LE PHARAON
QUI N'AVAIT PAS D'OMBRE

Du même auteur

Gilles de Raiz ou la confession imaginaire (roman), Le Seuil, 1989.

Le Prisonnier (poésie), Le Cygne, 1991.

Martine Le Coz

LE PHARAON
QUI N'AVAIT PAS D'OMBRE

Littérature

ÉDITIONS DU ROCHER

Jean-Paul Bertrand
Éditeur

© Éditions du Rocher, 1992

ISBN 2 268 01250 6

À Églantine
À Thomas

Le visage du roi vous est connu.

Par tous les dieux ! Étriqué, il est immense. Son profil acéré se taille la place parmi les autres visages.

La ligne de son front s'incline comme un roseau, sa pensée flue comme le miel. Son cœur est une dangereuse béance et sa douceur un marécage profond. Des mots vivants naissent de sa bouche et des arbres géants surgissent à l'horizon.

Son amour extravagant en est cause. Il parle, et ses paroles font éclore à la surface des vases des lotus blancs.

Le visage du roi est un paysage.

Derrière la dune du front, derrière les pierres et sous les sables, il couve un œuf énorme.

L'œuf aurait jailli du milieu des roseaux, ou bien du haut du ciel il aurait roulé avec la pluie, tout est possible.

« C'est celui du grand jars, ont dit les oiseaux, d'où un soleil naîtra. »

Les Égyptiens croient que les mondes se pondent.

PREMIÈRE PARTIE

L'héritier

I

La reine Tiyi, épouse du Troisième Aménophis, pharaon de la XVIIIᵉ dynastie en la fidèle Égypte, avait conçu plusieurs fois. Des filles pour commencer, des fils que le mauvais sort poursuivait. L'un avait péri sous la roue d'un char, l'autre demeurait innocent. Le Double-Pays attendait l'héritier. Après quelque temps d'amertume conjugale, les souverains annoncèrent à la cour la nouvelle d'une prochaine naissance.

La reine, pour une raison ou pour une autre, se portait mal. Les dignitaires murmuraient et s'enquéraient chaque jour avec zèle de la santé de Sa Majesté.

Un beau matin, l'œuf lui vint.

Des artistes de partout accoururent au palais, attirés par cette curiosité qu'ils voulaient peindre ou sculpter.

La reine, une Nubienne bien trempée, la bouche grenade et l'œil minuit, leur désigna sans un mot sa progéniture, trois ou quatre petites, pâlotes et anguleuses, qui ressemblaient à leur père. L'autre, l'ovale, un garçon peut-être, dormait au milieu d'elles dans un berceau d'osier.

Les artistes avancèrent vers lui des lèvres suaves et ciselées. Tiyi les arrêta d'un geste et montra les aînées :

— Voyez plutôt celles-ci, leur dit-elle comme si elle mordait, et flattez à votre aise. Mes filles aux yeux

13

clairs sont des créatures superbes. Pourquoi fallait-il que j'enfante aussi un fils à tête d'œuf ?

La fureur de la reine leur tombait sur les épaules... Les artistes s'inclinèrent. Les louanges, à propos de l'héritier, leur séchaient sur la langue.

— Gardez-vous de reproduire une erreur de la nature, acheva-t-elle en les congédiant, afin d'en décourager l'existence.

Intriguée malgré elle, elle ne pouvait pourtant s'en détourner tout à fait.

C'était un gros œuf, de ceux que l'on vend au poids plutôt qu'à la pièce, de la divine famille des oies, semblait-il. Les jours passaient. Il ne manifestait nulle joie d'être là, nul déplaisir ; tout à son incubation, il ne manifestait rien du tout, replié sur lui-même comme un œuf ordinaire qui se donne en propre le spectacle complet de l'univers.

Le père et la mère le regardaient sans comprendre. D'où cela leur venait-il ?

— C'est un œuf d'autruche, disait Tiyi. Une bête de mon pays.

Aménophis penchait pour le jars.

— Il faut que je tienne de l'oiseau sans l'avoir jamais su, déclara la reine finalement.

Je voulais un sphinx à mon image, devant lequel eût blêmi celui de la noble Hatshepsout. Le mien sera ailé, voilà tout, et me hissera jusqu'à l'apogée de la grandeur.

L'inquiétude, cependant, s'accroissait au palais. Le pharaon convoqua les dignitaires et leur donna mission d'interroger dans le royaume tout ce qui pondait parmi les volatiles, les reptiles et les mollusques, les volumineux insectes et les poissons du Nil, pour découvrir l'origine de l'œuf qui gâchait un règne splendide.

Les animaux ignoraient tout et retournèrent à leurs affaires.

On chercha la réponse dans les légendes anciennes. Si les oiseaux étaient innocents, il restait le serpent, éternellement coupable. Aménophis, que l'histoire lassait, renonçait pour de bon à la paternité.

Les imaginations s'y mettaient. L'œuf grossissait. Toutes les têtes le couvaient. C'était une punition de la divinité, une maladie qui se répandrait. Les femmes se retenaient d'accoucher, par peur d'une désastreuse issue. Le printemps, dans les corps, rattrapait ses bourgeons ; les rêves se fanaient à l'ourlet des paupières.

Sur un coussin carré, près du trône, l'œuf pointait effrontément son petit bout vers le ciel.

Le roi et la reine l'avaient en vain tourné en tous sens, il gardait son mystère. Ils résolurent de le porter au soleil et d'attendre.

L'ayant confié au désert, tous deux goûtèrent un peu de paix.

*
* *

Le pharaon n'avait plus depuis longtemps l'humeur belliqueuse. Il saluait chaque matin l'être merveilleux qu'il voyait dans son miroir de cuivre, se souhaitait longue vie, santé et force, et se carrait tranquillement dans son trône de bois doré, comblé et soulagé, serein comme un juste au royaume de justice.

Au fil des inondations, les siècles se glissaient insensiblement à la suite des saisons ; les dynasties passaient, le trône demeurait. Les souverains s'y succédaient avec d'imperceptibles différences aux yeux du peuple. Un roi s'éloignait-il vers la Douat et s'enfonçait-il dans le monde inférieur qu'un autre déjà siégeait. Le pharaon mourait à peine.

Celui-ci laissait son épouse gouverner à sa guise et faisait mine de se désintéresser du sphinx croisé d'autruche. Toutefois, il voyait les incrustations de pâte de verre qui simulaient sur le trône la peau d'un félin ocellé, ses mains reposaient sur les deux têtes de fauves sculptées des accoudoirs, il y songeait.

— Je suis une pauvre merveille, si ma compagne rutile à mes côtés, se lamentait-il tout bas.

J'ai élevé dans l'aire sacrée des stèles de lapis-lazuli, dressé sur un sol d'argent deux pierres de ciel qui se reflètent dans des portes d'or... J'ai fait du sphinx le simple motif d'une frise gigantesque le long d'une avenue qui va d'un temple à l'autre : elle met des ailes au sien et remporte la gloire.

Le soir venu, le découragement le gagnait. Ses mains rabougries lui tombaient sur les genoux tandis qu'il gémissait d'une voix affreuse :

— Mes jambes, où me conduirez-vous ? Le pharaon lui-même doit entreprendre le voyage nocturne et s'en aller vers le Royaume des Morts.

*
* *

L'œuf avait roulé dans les sables, à quelques pas de l'édifice de Tiyi. Les dunes, tout autour, chuchotaient et riaient du corps de grès contre lequel se brisait le vent du désert. Aucun Nil, pourtant, ne s'écoulait non plus de leur poitrine friable, et la fatale sécheresse les affligeait. Leur gaieté, bientôt, se muait en détresse... De l'une à l'autre s'élevait une longue complainte pour l'impossible séduction de l'engendreur des millions d'années d'existence, le dieu bleu à la mamelle pendante.

— L'infinité liquide, soupiraient les dunes, la connaîtrons-nous un jour ?

Et elles s'abaissaient humblement sous la main du vent qui jouait avec elles, tout en machinant l'usure des sphinx.

Gardiens des seuils, veilleurs au bord des infinités, ceux-ci maintenaient fermement le désert sous leurs lourdes pattes, l'œil rèche et le corps roide, arrogants depuis le début et imbus de leur réputation. En secret, néanmoins, le chagrin les ruinait. Ils languissaient d'amour pour la déesse Sekhmet, la femme léontocéphale qu'Aménophis avait fait reproduire une multitude de fois pour le temple d'Amon. De part et d'autre de l'allée brûlante montaient parfois de leurs bouches closes des rumeurs désenchantées qui faisaient frémir au loin les roseaux.

« Notre corps de lion désire son visage, disaient les sphinx, et son corps féminin dépérit à cause de notre face humaine... Divinité, qu'as-tu fait ? Nos images se sont séparées, leurs morceaux sont mal assemblés. Notre solitude a été voulue, notre désespoir a été prémédité... Divinité, qu'as-tu fait ? »

L'œuf dévala une petite pente et s'en vint buter contre l'animal fabuleux dont avait rêvé Tiyi, merveille des merveilles et oiseau malhonnête aux ailes dangereusement emmanchées. Les sables s'amassaient dans les orbites de pierres. Le sphinx impassible aux paupières grincheuses ne vit pas l'œuf, qui échoua au creux d'une dune voisine.

La dune s'ouvrit et le garda.

*
* *

L'emprise d'Amon sur Thèbes était telle qu'imposer au temple le culte de Sekhmet avait été tout un monde.

Les prêtres vindicatifs en avaient pris ombrage, leur être tout entier se fâchait et grignait, mais ils avaient dû en rabattre, car le pharaon tenait à sa déesse, la magicienne, la guérisseuse, il y tenait pour de bon et se félicitait de l'avoir établie dans les lieux.

— Par Amon épanoui dans tous ses rayons, disait-il, j'ai fort bien fait. Je vieillis, mon corps se répand en chairs abondantes qui plissent sur les pieds, mes mains sont terriblement agitées ; il me semble que les doigts me poussent au fond des paumes... Sekhmet remédiera à cela.

Point d'effet.

— Je suis vieux, répétait un peu plus tard l'infortuné Aménophis, je suis défait. Qui me rendra mon contour ?

Il avait invoqué déjà tous les dieux du royaume. Il n'en restait plus qu'un, un petit dieu peu connu des Thébains, un certain Aton, qui n'avait pas de forme propre et les empruntait toutes.

Le roi introduisit dans le temple ce dieu chétif dont les prêtres plaisantèrent.

18

Le modeste Aton était partout. Aménophis priait pour ainsi dire aisément et sans discontinuer, dedans aussi bien que dehors, debout sous l'œil rond du soleil.

— Sauve-moi, concluait-il un peu vivement au crépuscule, sentant l'angoisse l'étrangler. Cache-moi dans ton ombre. Je suis vieux et craintif, mais c'est de peur que je meurs.

Et, tournant vers le désert de longs regards inquiets, à mi-voix il ajoutait : « Il y a là-bas un œuf qui me fait peur. »

Les oracles consultés avaient prédit que le fils ovoïde mènerait le Double-Pays à la désolation. Le roi tourmenté perdait son bon sens. Il délaissa Aton, le bouda tout à fait et, uniquement soucieux de sa sauvegarde, se remit servilement au service des dieux de ses ancêtres. Son attention se dirigea vers Nout, la voûte étoilée, qui formait au-dessus de la terre un arc rassurant. Il la fit peindre sur le plafond du temple et sur le couvercle de son sarcophage, prêt d'avance, pour étreindre dans la mort celle qui l'accompagnerait jusqu'aux champs des félicités. Puis il recopia soigneusement le papyrus que chacun devait emmener avec lui dans la tombe, serré sur sa poitrine entre les plis de ses bandelettes ou roulé dans une statuette d'Osiris, et qui contenait les formules nécessaires pour affronter les quarante-deux juges du séjour des morts.

— Je n'ai affamé personne, ressassait le pharaon, et je n'ai assassiné avec peu de raisons que quelques lions... Je n'ai pas souillé le pain des dieux ; je n'ai pas faussé le peson de la balance. Ô divinité ! Je t'ai louée tant que j'ai pu, je suis irréprochable.

Devant ses abandons de toutes sortes, la reine avait renforcé son pouvoir et menait dans les pays limitrophes, récemment annexés, des expéditions punitives, proclamant aux Thébains qui l'acclamaient que l'ardeur virile d'Aménophis s'était épuisée et qu'il désertait le trône et sa couche, impuissant une fois pour toutes.

— Qu'importe? affirmait-elle en découvrant un sourire de trente-deux étincelles. L'honorable épanchement de l'homme, c'est le sang de ses ennemis : j'accomplis l'œuvre à sa place, je suis la coupe et la lance. La tradition veut ici que la reine transmette la divine substance à l'héritier : c'est elle, dit-on, qui donne au fils du souverain le sang solaire. Je suis d'humble extraction, vous le savez tous. Ce privilège m'a été refusé. Mais il me reste l'autre voie, pour que soit manifeste la puissance de l'Égypte au temps de la faiblesse d'Aménophis. Vos dieux, gens de Thèbes, n'ont pas à se plaindre de Tiyi la Nubienne.

Là-dessus, elle submergeait les sables voués à l'aride qui gémissaient aux pieds du sphinx et se plaignaient d'avoir été abreuvés contre leur désir. Cette eau-ci les souillait, c'était du sang humain.

— Qu'a fait la lionne aux seins de pierre...? murmuraient les dunes. Quel lait est-ce-là, qui nous macule de rouge?

Cependant, le roi se mordait les lèvres et désapprouvait la manière dont Tiyi dirigeait le royaume. La honte lui moisissait le cœur. C'était un vase infâme que les monstres divins piétinaient sans relâche.

Les menaces de son papyrus hantaient Aménophis, dont il remâchait inlassablement les abominations : « Le crocodile Sobeck engloutira les âmes qui n'auront pas pu se justifier, et elles ne seront plus qu'une ordure dans son ventre... »

Le pharaon examina son âme. Honnêtement, elle était noble, d'une exquise beauté ; son chant flûté, son aile dégagée, ne célaient rien d'haïssable. Le responsable de son malheur ne pouvait être que l'œuf.

Après avoir bien réfléchi, il se rendit bravement au désert.

« C'est là », dit-il devant la plus haute dune ou devant son creux le plus profond, les deux se valent.

S'adressant à la dune, il demanda :

— Ouvre-moi ton ventre, pour que j'y contemple l'œuf incompréhensible.

Ou bien, s'avançant vers la dépression, s'adressant à la fosse, il dit :

— Sommet des profondeurs, ouvre-toi, et montre l'œuf.

Les deux sont possibles. Mais la dune abritait un millier de millions d'œufs.

— Comment cela se peut-il ? s'exclama le pharaon.

Un seul fut porté au désert.

Les crocodiles pondent en abondance : le Grand Aquatique lui revint à l'esprit. Pourtant, lorsqu'il rentra au palais, interrogé par Tiyi, il se contenta de dire en hochant la tête d'un air lamentable :

— Cet œuf aura pour le monde un millier de millions de conséquences.

La dune, heureuse de son précieux dépôt, s'enflait d'orgueil.

Elle atteignit peu à peu une telle dimension que les humains, là-bas, dans la vallée, l'aperçurent. Le prodige les plongea dans le repentir. Ils avaient boudé l'œuf, ils le mirent à l'honneur et bientôt à la mode. L'art des bijoux empruntait tout à la volaille. Il fallait être tondu, pour ressembler à l'œuf. Les pauvres eux aussi en étaient coiffés. Les fiancées devenaient détestables et réclamaient à leur promis qu'il les menât jusqu'à lui, pour assurer leur fécondité. Les malades croyaient qu'il les guérirait, ils s'y précipitaient. Les prêtres s'interrogeaient et devenaient maigres. Ils se jetèrent eux aussi sur les chemins en quittant leurs richesses, ce qui ne s'était jamais vu. Les enfants partirent à l'aventure. Les villes se vidaient, le peuple était en route. En un rien de temps, le désert fut bondé et impraticable.

Les pensées pliaient leur courbe à celle de l'œuf, le pays tout entier s'était rendu à l'adoration du fameux objet : la dune se prenait pour la colline originelle, sortie un jour de l'eau, à partir de laquelle la divinité avait créé le monde, ni plus ni moins.

Les hommes d'Amon suggérèrent d'accomplir un sacrifice pour rompre le sortilège. Aménophis affirma qu'il suffirait de déposer l'œuf au-delà des frontières, tant il craignait d'exercer contre lui une plus grave atteinte. Tiyi se rendit à son avis. Le roi et la reine dépouillèrent la dune de son bien, enveloppèrent leur rejeton d'une méchante couverture et dépêchèrent un maigre équipage, un enfant et une chèvre qui tirait une cariole, pour conduire le fils désavoué à la lisière des terres égyptiennes.

Ils donnèrent à l'enfant du miel et des figues et lui firent promettre de ne revenir jamais. L'enfant, les yeux mouillés, les remercia et partit... C'est ainsi qu'ils bannirent l'héritier.

Les Thébains voulurent ensuite ignorer les fièvres extérieures et retournèrent peu à peu aux arrangements d'avant l'œuf. Les petits continuèrent de s'ennuyer à l'école, assis en rond autour du maître qui leur enseignait l'histoire du royaume en omettant le fâcheux épisode. Les pères recommencèrent à terrifier leurs fils et les mères à compliquer leurs filles. Les fiancées s'assagirent ; les prêtres redevinrent gras et s'adonnèrent à la boisson. Les malades moururent comme d'habitude.

Des mois et des années s'écoulèrent ainsi paisiblement. Curieusement, les animaux s'assemblaient toujours autour de la dune. Les hirondelles inscrivaient au-dessus d'elle d'indéchiffrables hiéroglyphes, et se posaient en rêvant sur le dos d'un chacal ou d'une gazelle étonnée, appuyée contre l'épaule d'un lion. Les vautours au front soucieux mâchouillaient du nuage.

Les taureaux et les girafes venaient aussi visiter la mère abandonnée. Les singes tressaient à la dune des couronnes de roseaux : elle voulait des paniers, des berceaux d'osier. Des baobabs ventrus, très loin, offrirent leurs eaux. Elle restait sèche et muette. L'œuf manquait.

*
* *

Au palais, les trois filles d'Aménophis grandissaient dans la frivolité, le corps modelé par les masseuses qui les oignaient et parfumaient, le regard ouvert sur le monde d'un trait de khôl. Elles ne s'écartaient guère de la salle de lustration et ignoraient presque tous des sables ; de la Nubie maternelle, elles connaissaient surtout les coffrets de toilette en bois précieux. Les lotus qui fleurissaient les plus nombreux dans leurs mains ornaient le manche du disque de cuivre dans lequel elles se miraient.

Devant tant de beauté, bouleversé par les derniers événements de son règne et comme hors de lui-même, leur père ressentit à la fin de sa vie un trouble maudit et s'éprit de l'aînée, la ravissante Sât-Amon.

Tiyi les découvrit un soir au bord du lac, à quelques pas du palais.

— Que fais-tu mon époux, avec notre fille, s'écria-t-elle, quand tu as au harem des centaines de concubines ? Despote vieux et lascif ! Que l'héritier à tête d'œuf règne à ta place !

Le pharaon répondit calmement que Tiyi la Nubienne n'était pas de souche royale, mais fille de peu, née d'un simple prêtre. Il puisait dans le vase de l'aînée un sang plus divin pour donner à l'Égypte une meilleure descendance. Le bout d'homme de la reine grandissait au-delà des frontières ; il demeurerait à jamais un étranger. Il fallait au souverain du Double-Pays un autre fils.

— J'épouserai Sât-Amon, dit-il tout net, et ses sœurs entreront avec elle dans mon harem.

Son épouse se récria. Il la rejetait à l'obscur.

— L'obscur te sied, répliqua seulement Sa Majesté.

Cela n'empêchait pas que, seul avec soi-même, il songeât à sa femme avec tristesse. Pourquoi celle-ci n'était-elle pas tendre comme ses autres épouses ? Il en avait acheté des quantités durant sa jeunesse, hélas ! plus sottes les unes que les autres.

— Malheur ! s'écriait-il. Ce que l'on achète ne vaut rien. Pourquoi ai-je fait cette dépense ?

24

Le harem m'effraie... se lamentait-il encore. L'horrible bête que ce corps, avec ses cent têtes aux cent idées fixes et ses cent bouches pour me dévorer ! Non, décidément, cent femmes n'en font pas une.

Un soir, l'air absent, il se laissa choir dans le lac en poussant un cri : « Osiris ! »

Ses serviteurs le repêchèrent et subirent ses reproches : il souhaitait que le poisson oxyrhynque de la légende avalât son membre comme il avait avalé celui de l'époux d'Isis, pour être enfin délivré de son obsession.

De temps à autre, il évoquait encore cet Aton qu'il parait de toutes les patiences et toutes les indulgences, ce dieu bienveillant par excellence que le clergé d'Amon considérait avec mépris. Il décida d'édifier pour lui un temple en Nubie, comptant que ce cadeau atténuerait un peu la rancœur de Tiyi.

Celle-ci se méfia et se désintéressa du temple. C'était aussi à son intention qu'il avait fait creuser ce lac immense en forme de lune devant lequel elle l'avait surpris avec Sât-Amon, quand il avait voulu la consoler de n'avoir pas obtenu des prêtres une place officielle dans la procession d'Amon, lors de la fête annuelle du protecteur de Thèbes.

Les présents du pharaon avaient décidément perdu de leur charme.

A la fin, ce dernier réclama un bateau qu'il nomma *Splendeur d'Aton* et déclara qu'il abandonnait la capitale à la reine : il traverserait le Nil et s'établirait sur l'autre rive pour y passer le reste de ses jours.

Tiyi lui manifesta cette fois une réelle reconnaissance et commanda à son sculpteur un groupe énorme les représentant tous deux majestueux, souriants, d'accord.

— Voilà, lui dit-elle, magnanime, l'image de nous que le monde conservera.

— Divinité! s'exclama Aménophis en recevant la statue, je suis magnifique. Je puis m'aimer désormais et ne me lasserai plus de la contemplation de moi-même.

Tiyi acquiesçait finement.

— L'Égypte me célébrera, continuait naïvement Aménophis, et avec elle le monde entier. Je suis un être merveilleux, cela se voit une fois pour toutes, c'est assuré pour des millions d'années futures.

Le royaume prospérait. Le pharaon Vie-Santé-et-Force et son épouse étaient adorables ; l'Égypte vivait avec eux chaque jour comme un jour de fête. La statue du roi émettait au lever du soleil un son musical, celui de la prière la plus pure que la divinité entendît jamais. Les petites maisons de boue séchée ressemblaient à des barques sacrées, et le bassin du lac à une coupe de bière.

Tout cela était le fait d'Aménophis, troisième du nom, époux de ses filles et père d'un œuf.

II

De temps à autre parvenaient d'au-delà des frontières de curieux récits concernant un être extraordinaire qui portait sur la tête l'œuf de son oiseau. L'oiseau ne surprenait pas ; il était de bon ton pour un Égyptien d'en abriter un qui fût bien en plume pour figurer son âme. En mourant, l'Égyptien libérait son oiseau, qui s'envolait. L'âme de l'étranger était encore dans sa coquille, et cette âme s'exposait. L'être extraordinaire courait peut-être un danger.

Le pharaon refusa de prêter la moindre attention à ces contes et ordonna de marteler l'image de l'œuf sur les stèles des temples où il apparaissait parfois sous l'Oie Primordiale ou entre deux roseaux.

Le nom de l'héritier n'avait été mentionné dans aucune inscription. Le peuple oublia que le Troisième Aménophis avait donné naissance à un fils, une pitrerie de la nature, quelque chose de pittoresque. Or, la succession n'était pas assurée. La petite Sât-Amon n'avait pas enfanté à la suite de leurs relations incestueuses.

Le Nil couvrit l'Égypte quatorze fois. Lorsque la quatorzième inondation toucha à sa fin, le pharaon venait de chausser les sandales qui devaient le mener au Royaume des Morts. Il était descendu vers les douze régions du monde inférieur pour y affronter les quarante-deux dieux et le grand Osiris, et s'en était allé vers son devenir.

Les vents tournoyèrent au-dessus du désert et suspendirent leur souffle par-delà les dunes, plus loin que les roseaux, à deux ou trois portées d'oiseau, sur un jeune homme pourvu d'une tête gigantesque, comme si la divinité avait jugé nécessaire d'agrandir pour lui son logement ordinaire. Il avait des yeux effilés, une bouche semblable à un trou d'eau, et la voûte de son front évoquait celle du corps de Nout avec son pont d'étoiles.

Les vents enveloppèrent l'héritier. Il se leva et marcha lentement vers l'Égypte. Après bien des jours, il rencontra le sphinx glorieux de Tiyi, dont il ne vit pas les pattes sanglantes ni la poitrine de pierre. Il se jucha sur son dos et au bout de l'une des ailes cruentées aperçut le monde.

Puis il alla vers la dune, la contourna et revint en chancelant jusqu'au sphinx. Les cieux, autour de lui, sombraient en déliquescence. Dans sa tête flottaient des aubes aux dorures de midi, des aubes et des aubes, dans un déferlement rouge.

Sa longue marche l'avait épuisé. Il tomba au désert.

Quand il ouvrit les yeux, il eut une vision des multitudes. Il y avait là des gens des quatre directions, colorés comme des abricots, des raisins et des mangues, mais secs comme de vieilles figues et durs comme des poings, des soldats que la reine avaient envoyés au service de son sphinx rongé par les sables.

L'un d'eux le secoua par les épaules et s'exclama :

— Te voilà, toi ! On t'a donc chassé de Thèbes !

Il le prenait pour un malheureux qui errait dans les rues de la ville et frappait aux portes en quête de bière et de paroles.

— Je le reconnais, dit un autre, c'est cette tête incohérente où toutes les idées baignent ensemble, c'est cette coupe trop pleine.

Ils commencèrent à le meurtrir de coups de pied comme ils avaient coutume de le faire dans les tavernes.

Un soldat plus âgé s'interposa :

— Attendez ! Celui-ci n'est pas qui vous croyez : il porte de riches vêtements et des sandales dorées.

— En effet, constata un autre, il est vêtu à la manière des grands de mon peuple, de la maison de Toushratta, roi du Mitanni.

— Penses-tu ! reprit le premier. C'est un simple d'esprit. Il a dû voler ses nippes à un voyageur égaré... Il ne sait même pas son nom. Tu n'obtiendras rien de lui.

Un jeune homme s'approcha, l'air un peu méchant :

— Qui a pondu l'œuf que voici ?

L'héritier restait replié sur lui-même. Le garçon fit mine de lui tirer sur les bras et se tourna vers ses compagnons en riant :

— Le fou vient de Babylone : il y a là-bas un oiseau aux ailes ridicules que l'on nomme « poule ».

Le chef des soldats, qui s'était tu jusque-là, intervint :

— Il suffit. Il est tombé ici, dans l'aire consacrée du sphinx. Nous devons le conduire à la reine.

L'héritier remua, se rassembla enfin et dit :

— Les dieux se sont dressés en rivaux les uns contre les autres. Du milieu de leurs débris je suis né.

Les soldats l'écoutaient avec surprise.

— Je suis l'héritier, poursuivit-il.

— De qui es-tu l'héritier ? demanda le chef des soldats incrédule. La reine a bien un fils, mais c'est un demeuré qu'elle a enfermé au harem. Tiyi règne seule aujourd'hui sur le Double-Pays et n'a besoin de personne.

Ce disant, il s'inclina devant le sphinx. Ses compagnons l'imitèrent. Le soleil, au plafond du ciel, tressaillit. L'ombre du lion ailé les recouvrit tous, mais le prince resta debout dans la lumière.

L'un des soldats s'en aperçut et tendit son bras vers lui. L'ombre de son bras serpenta un instant sur le sol et s'enfonça dans les sables.

— J'ai touché sa lumière, s'écria le soldat, et je ruisselle ! « Un soleil qui ne brûle pas ! répétait-il aux autres soldats interdits... Un soleil dont les rayons sont des rivières ! »

Ce prodige les frappa de stupeur. Ils se serrèrent les uns contre les autres et reculèrent vers le fond du désert.

— Certains prétendent que l'ombre est la trace que le soleil abandonne sur les sables au cours de son union avec le monde, dit doucement l'héritier, et ils célèbrent l'ombre liquide.

Le chef des soldats se sentait la pensée molle et soumise. Le goût de commander le quittait. Il craignait pour sa réputation et pour sa vie.

— Ne peux-tu retenir le miracle ? demanda-t-il. Ma carrière est perdue. A cause de toi, l'ordre ordinaire est rompu.

— Ce que je sais, répliqua l'héritier d'une voix sourde, c'est qu'il faut vivre à en mourir. Le corps fourbu porte son oasis.

Les autres ne comprenaient pas. L'héritier sourit et adressa aux hommes éberlués un regard fraternel.

— En route, mes amis, leur dit-il joyeusement. Il me tarde de voir la reine, ma mère.

Ils partirent. Les plus valeureux de la troupe tremblaient maintenant de perdre leur ombre remplie d'eau précieuse. Ils s'apercevaient soudain qu'ils tenaient à cette présence noire avec eux ; ils ne la projetaient plus sur le sol n'importe comment. Ils avaient des égards pour elle et évitaient de marcher sur les voisines. L'armée s'en allait en ondulant.

Un maigre chien vint lécher les mains du prince. Les soldats ne le chassèrent pas à coups de pied : son ombre, à lui aussi, était peut-être gorgée d'eau précieuse.

L'attention nouvelle prêtée à leur personne demandait aux hommes un effort inhabituel qui les harassait. Les oiseaux, au chaud des entrailles, s'étaient évanouis. Nul n'était plus en mesure d'affirmer quoi que ce fût. Les volontés fléchissaient et les âmes n'avaient plus cœur à rien. Les esprits ne mordaient plus dans les chairs et les chairs se précipitaient dans leurs eaux primordiales.

C'était un abandon total des corps devant la divinité.

En arrivant au palais, tous étaient fort las et maudissaient la reine de les avoir envoyés balayer les sables à l'heure de la sieste.

Lorsque le prince s'avança, Tiyi sut aussitôt qu'il était l'héritier. L'Égypte entretenait avec le Mitanni, où il avait grandi, de bonnes relations. La reine avait été avertie de son possible retour.

Il ouvrit les bras. Ses mains fleurissaient au bout du geste élargi. Il ouvrit les yeux, deux roues ardentes.

— Fils étrange, dit la mère.

— Fils rejeté à l'étranger, sans père ni mère, fils de la divinité, répondit le fils.

L'oracle s'accomplissait. Le jeune homme se coifferait de la double couronne et perdrait le royaume.

La reine dut le présenter à la cour quelques jours plus tard.

Acclamé aux cris d'« Aménophis, Paix d'Amon ! », l'héritier pâlit. Il attendit que le calme revînt et déclara d'une voix sûre :

— Je suis celui qui vit en vérité.

— Paix d'Amon ! répéta un vieillard au premier rang.

L'héritier baissa vers lui des yeux sereins et répéta à son tour posément :

— Celui qui vit en vérité.

Le palais s'emplit de mauvaises rumeurs. Un inconnu prétendait régner, qui ne se recommandait pas du défunt pharaon ! Foi d'Égyptien, il reniait son père, l'homme de sa mère, et disait être né d'une goutte de soleil !

Les ventres des dignitaires se gonflaient de rires et de colère.

La reine prit le jeune homme à part et le harcela de reproches :

— N'es-tu pas le fils de Paix d'Amon, l'homme de ta mère ?

— Es-tu bien ma mère ? répliqua l'héritier. Ton vase glacé m'était un sarcophage. C'est dans la chaleur d'Aton que j'ai grandi.

Tiyi ne cilla pas en l'entendant citer ce dieu en faveur au temps du déclin de son époux. Elle s'inclina, dispersa sans un mot l'assemblée et alla s'étendre, anéantie, sur sa couchette.

*
* *

A l'heure de la sieste, l'Égypte tout entière était plongée dans un profond sommeil. Hommes et bêtes dormaient. Le dieu bleu s'étirait paresseusement et se frottait l'échine contre la rive. La dune, reprise par la méditation ronde, comptait ses sables. Les sphinx somnolaient, l'air grave, rêvant que la divinité recueillait enfin les corps épars et ajustait à leurs épaules de lion la tête de Sekhmet, qui recevait un visage humain et s'en allait apaisée, à petits pas gracieux.

« Le mystère est dans la boucle de la nuque », disait la divinité... Et elle rappelait ses dieux un à un pour défaire patiemment son ouvrage.

Au tombeau, les yeux des momies peints sur les sarcophages suivaient sur le mur les gestes des servantes, aux petits soins à leur chevet. A l'intérieur, sculptée dans le granit, la belle Nout étreignait les corps froids qu'elle parsemait d'étoiles. Dans les maisons, la mort s'insinuait peu à peu parmi les vivants et leur insufflait ses désirs de voyages colorés. Les mondes sans le savoir s'habituaient l'un à l'autre.

Un pauvre garçon, assis au désert dans les sables au milieu de son ombre, s'entretenait avec lui-même et parlait à ses paumes.

— Paumes de mes mains, leur disait-il, comme je vous suis reconnaissant... Je vous pose sur mes genoux et les voilà consolés, dans leur rude solitude. Aucune femme ne viendra les entourer de ses bras, pas même une femme de mauvaise vie, car je n'ai pas la moindre piécette à donner, je ne peux acheter le bonheur avec de l'or. Personne ne viendra à moi, qui suis contrefait et stupide. Qui pourrait concevoir pour moi de l'amour ? Les femmes aux sourcils peints accourent à la venue du chef des soldats, lorsqu'il entre dans la taverne, et ils rient de moi ensemble.

Le malheureux regardait avec affection ses mains vides.

— Mes deux mains, poursuivait-il, je n'ai pas non plus d'argent pour l'achat d'une coupe, et c'est en vous que les servantes, prises de pitié, me versent un peu de bière. Puis-je me plaindre d'être seul, tandis que vous me tenez compagnie ?

C'est ainsi qu'il demeurait au désert en plein midi, dans la maigre fraîcheur de son ombre, et se contentait sagement de lui-même.

L'héritier avait quitté le palais et marchait sans escorte vers l'oasis. Il aperçut cet être identique à son être, seul dans l'aride immensité.

L'autre, en même temps, aperçut l'héritier. Il crut se voir passer et se tendit les bras.

« Je me parle, pensa-t-il gaiement, et aussitôt je viens à moi. »

— Moi-même, viens donc ! s'écria-t-il. A l'heure de la sieste, nous ne trouverons pas d'autres compagnons.

— Qui es-tu ? demanda le prince avec curiosité.

— Je suis l'image de ton visage. Vois !

L'héritier s'approcha. Il vit les sables de sa peau et l'eau de son regard, et au fond de cette eau, la lumière ardente. Il dit :

— En effet, me voici.

Il s'approcha encore et voulut toucher le front trop grand.

— N'a-t-on pas souvent ri de ce crâne en forme d'œuf ? demanda-t-il doucement.

— Hélas ! répondit le pauvre garçon. Le chef des soldats, Horemheb, n'y manque pas, et les femmes de la ville menacent de me faire cuire. Mais je ne redoute pas le feu du soleil, que craignent les autres hommes.

— C'est bien moi, remarqua l'héritier avec un sourire : je ne crains pas le soleil, qui est mon père et ma mère.

— Mon père et ma mère ! C'est bien dit.

Puis ils gardèrent le silence.

Le garçon contemplait par terre sa silhouette noire. Au bout d'un moment, il proposa en bâillant :

— L'Égypte sommeille. Dormons nous aussi. Couchons nos ombres côte à côte contre la dune.

— Je n'ai pas d'ombre, répondit l'héritier gentiment.

— Tiens, fit l'autre sans réfléchir, c'est vrai. Je suis ton double, la mienne fera l'affaire, t'en voici une.

Là-dessus, il s'assoupit.

L'héritier le réveilla sur-le-champ.

— Dis-moi... Suis-je un homme heureux ?

— Bien sûr, répondit l'autre en bâillant de nouveau.

— Alors, répliqua l'héritier gravement, ne dors pas.

— Bon, dit le double. Qu'est-ce que je fais ?

— Je regarde.

L'héritier le considéra longuement.

— Le nom de l'homme heureux que je suis, insista-t-il avec politesse, quel est-il ?

— Moi-même, pourquoi me tourmentes-tu ? geignit le double, fâché et piteux, en levant les mains au ciel en signe d'impuissance. Je n'ai pas de nom... Autant dire que je n'existe pas.

— Ne sois pas triste, répondit l'héritier : je t'en donnerai un. Et... de temps à autre, je te prêterai le mien.

Il se pencha vers son oreille et ajouta à mi-voix :

— Au moins, y a-t-il en la planète quelqu'un qui t'aime ?

Le double prit une mine lamentable :

— Aucun baiser n'a touché ma joue... Personne ne me chérit.

— Je t'aimerai donc, déclara l'héritier.

On ne peut être bon envers autrui, si on ne l'est avec soi-même.

Les deux amis restèrent longtemps muets et immobiles, serrés l'un contre l'autre au flanc de la dune.

A la tombée du jour, l'héritier se reprit à parler avec un peu de trouble.

— Une personne, pourtant, je puis te le confier, a de la tendresse pour nous.

— Vraiment ! s'exclama son compagnon à demi effrayé.

— Une jeune fille.

— Je rêve. Que dis-tu ?

Il fit la moue.

... Il faut qu'elle soit laide ou menteuse.

L'héritier secoua la tête.

— Je suis arrivé il y a quelques jours à peine, et déjà ma cousine Néfertiti m'a embrassé, dit-il prudemment.

L'autre le dévisagea avec admiration et resta pensif.

Puis, n'y tenant plus, il demanda avec inquiétude :

— Mon beau moi-même, ne souffres-tu pas, où Néfertiti t'a embrassé ?

— Certes, répondit son ami, je souffre aussi. Son baiser m'a laissé une plaie profonde.

« Une plaie... pensa le double. Quel grand péril j'ai couru. » Et il se tâta avec précaution du bout des doigts, à la recherche de la blessure, sous le regard tremblant de l'héritier.

Lorsqu'il toucha ses lèvres, il s'écria, bouleversé :

— Ma douce blessure ! Je ne rêve donc pas ?

L'héritier se leva prestement et changea de sujet. Il se mit à raconter, pour les distraire tous deux, sa rencontre au palais avec les dignitaires et la façon dont il avait exigé qu'on l'appelât simplement « Celui qui vit en vérité ».

— Malheur ! s'écria le double, je suis pharaon ! Le pharaon doit composer avec le chef des soldats et s'unir aux femmes du harem sacré... Ces demi-cœurs se moqueront de moi, c'est sûr.

— Personne ne se moquera de celui qui converse avec la divinité, dit seulement l'héritier.

Son visage se muait en une transparence. Le double crut apercevoir l'oiseau sous la voûte lactée du front, dans la ramille des veines.

Le jour mourut. Ses lambeaux sanglants éclaboussaient la nuit.

Les jeunes gens se turent jusqu'au matin. Au beau midi, l'héritier tendit ses bras vers le ciel. Ses doigts touchaient ceux du soleil, qu'il nouait avec les siens. Le double bondissait autour de lui en poussant de petits cris et en applaudissant avec de grands rires. Pour de bon, il était stupide, une outre pleine de vin.

Les bras de l'héritier s'étiraient dans les airs, ses mains s'allongeaient comme des lotus d'une espèce gigantesque et des palmiers merveilleux où nichaient des singes et voletaient des oiseaux. Le double avait aussitôt fait de même : son ombre s'étirait sur le sol, des forêts lui naissaient.

— Nous avons fait fleurir le désert, dit lentement l'héritier. Nous œuvrons pour la réconciliation, entre le tout et le rien, le très haut et le très bas. Nous gardons les liens qui les attachent.

Le double se frappa la tempe et prit un air idiot :

— Je comprends cela, dit-il. Oh ! J'ai compris : les arbres attachent le ciel avec la terre.

L'héritier sourit et continua tranquillement :

— Je suis heureux. Nous veillons. Le monde est bien gardé.

Le brave garçon opinait de bon cœur.

... Mon ami, ajouta-t-il avec émotion, nous sommes responsables.

Le double courba le dos.

— C'est essentiel, reprit l'héritier.

Il était grave et radieux. Il était roi déjà. Il le regarda bien en face et déclara solennellement :

— Je te nomme aujourd'hui Gardien de l'Oasis.

Cela se déroulait au désert, à l'heure de la sieste. Les deux amis marchaient tout en parlant sur la ligne horizontale, loin des yeux des sphinx. De leurs poitrines malingres ils forçaient la grille oblique du soleil qui s'ouvrit à leur passage.

*
* *

La reine en tout s'opposait à son fils et haïssait le désert. Le jeune homme s'y rendait, disait-il, pour y recevoir son père. Son père reposait, serré dans ses bandelettes, rétorquait Tiyi. A l'heure qu'il était, il déjeunait avec les dieux.

— Rê dans son œuf, Rê qui brille en son disque et pointe à l'horizon est mon père, répondait patiemment l'héritier. Ma mère a honoré à Héliopolis, avant ma conception, Rê-Horakhti, dont la forme d'apparition est Aton. Mes origines sont claires.

— Le clergé reconnaît en Amon le créateur, ripostait la reine.

Mais le fils l'accusait de mensonge, parce qu'elle savait qu'Amon avait été fabriqué de toutes pièces à partir de plusieurs divinités locales et qu'il avait usurpé la forme du dieu solaire.

Aton était un, perpétuellement.

Il souriait. Il était si différent d'elle... A première vue, rien ne prouvait qu'il fût sien. La personne de Tiyi s'imposait immédiatement dans la place ; tout, chez lui, voulait s'enfuir ailleurs. Ses yeux battaient comme des ailes, son nez se lançait dans l'espace comme un navire fend la mer, précipitant la bouche à sa suite. Ses chairs se réfugiaient dans l'immédiate sécheresse des os. Du front à la pointe du menton, c'était une impatience extraordinaire des traits du visage, une hâte irrépressible de vivre loin devant. Il n'y avait que sa bouche qui fût charnue — une énormité ouverte sur un puits sans fond avec sa margelle de dents rondes.

Tiyi le scrutait impitoyablement. Sa laideur avait trop de douceur. Elle voulut le blesser.

— Te fallait-il cette bouche aux lèvres rebondissantes comme quatre joues cousues ensemble ? lui demanda-t-elle un jour avec aigreur. Dis, pourquoi une si grande bouche ?

39

— Pour parler de la divinité, ma mère, répondit l'héritier.

Elle pensa bientôt qu'elle s'était effacée trop vite pour qu'il trône à la place d'Aménophis. Visiblement, il n'était pas mûr pour la charge. Il négligeait l'armée et causait avec les esclaves. Au général il parlait de convaincre, et aux soldats il enseignait la vie éternelle. Son attitude envers tous était charmante et distante ; il n'aimait profondément que sa cousine... Enfin, on l'avait surpris en compagnie d'un ingénu qui faisait l'œuf à ravir : ils étaient identiques, à une ombre près. Les filles de la reine prétendaient que la double couronne ne tiendrait pas sur son crâne difforme.

Le prince n'avait pas encore été proclamé officiellement pharaon. Toute l'Égypte avait maintenant connaissance de sa présence au palais, où les dignitaires pressaient Tiyi de choisir la date à laquelle le jeune homme recevrait les insignes royaux.

En réalité, les dignitaires voulaient renverser ce sphinx insolent que le peuple admirait. Leur estomac se soulevait devant la poitrine de pierre, leur foie exécrait les ailes prétentieuses qui tapaient aux yeux. Devant lui, le cœur leur passait par la bouche et se répandait sur les sables. Le sphinx révélait un goût vulgaire pour ce qui venait d'au-delà des frontières. Et puis, les étoffes bariolées dont Tiyi continuait de se vêtir faisaient à la cour le plus vilain effet : une Égyptienne n'aimait que le lin blanc.

De son côté, la reine méprisait les hommes à la nuque flexible. Elle pensait en les voyant aux babouins peureux et futiles, perchés sur les branches des arbres du jardin. Combien de fois ses filles avaient-elles plaisanté à propos de ces singes, assis sur leur derrière, avec ce nez allongé de chien curieux et ces yeux ronds, à l'affût sous le front plissé ? « L'horizon des dignitaires, c'est la ligne basse de leur front », disaient-elles. Et Tiyi, souvent, en riait avec elles. Mais l'héritier, entendant qu'elles les insultaient, prit une fois la défense des conseillers du royaume et dit :

— Ne savez-vous pas que les cynocéphales sont les adorateurs du soleil de l'aurore, et que l'aurore point à l'horizon ?

De la sorte, sa mère et ses sœurs comprirent qu'elles devaient les respecter, parce qu'ils préparaient son avènement.

Les dignitaires babouinaient. Leurs bavardages saturaient les espaces. Le pharaon devait s'unir en mariage... Qui serait la grande épouse royale ? C'était à Sât-Amon, sa sœur, que revenaient les plumes et le disque royaux, mais la princesse ne pouvait se lier au fils après avoir connu le père, la fidèle Égypte en eût rougi.

Il semblait à tous que la fille aînée devait mourir oubliée au harem. Le prince avait beaucoup voyagé. Il pouvait élever à la dignité de reine une étrangère, pour sceller avec les peuples voisins des alliances utiles, comme l'avait fait le Troisième Aménophis.

Sa mère, naturellement, entendait à travers lui continuer à gouverner à sa guise, et pensait lui donner en mariage la sœur cadette, qui avait le caractère mol et docile. Mais quant à lui, avait-il le caractère mol et docile ?

III

Dans les arbres et les roseaux, les oiseaux s'agitaient. Les ibis frottaient leurs becs effilés les uns contre les autres et conversaient entre eux aux abords des marais. Les hirondelles nouaient aux cieux leurs lacs d'amour au-dessus du désert où brasillaient les sables de leurs milliers de prunelles. Les sables... Ce qui restait des hommes après leur abandon par la divinité, murmurait l'héritier, les pupilles durcies de leurs yeux apeurés.

Quand elle l'avait modelé, lui, elle avait enfoncé les doigts dans la pâte de son visage pour creuser ses orbites et y avait versé de son soleil liquide. Ses doigts l'avaient transpercé, pour qu'il la voie... Être vue pour exister, la divinité n'échappait pas à cette nécessité. Elle lui avait donné des yeux à sa mesure, fentes étranges dans le tissu humain, ouvertes à l'insupportable.

La reine soutenait que le désert était la demeure de Seth, l'habitant des ténèbres, celui qui dérobait les âmes et vivait dans la salissure putride. Son fils répondait qu'elle ne pouvait exclure Seth de la communauté des dieux. La divinité distribuait la mort avec la vie. Si celle-ci était âpre au désert, c'était que la divinité s'y penchait davantage. Il se rendait là-bas pour recevoir en pleine face son haleine brûlante.

43

Tiyi laissa bientôt de côté l'argument religieux pour parler de mariage. L'héritier l'écoutait obligeamment, mais il refusait la sœur cadette.

La reine s'écria qu'il était faible et repoussant. La sœur cadette, aimable et gracieuse, lui faisait bien de l'honneur.

Ils étaient assis ensemble au jardin. L'héritier apercevait dans le lointain la dune maternelle.

Il répondit que la sœur cadette imitait l'aînée aux cheveux enrubannés sans que ses manières timides pussent s'accorder avec cette fantaisie. L'imitation n'avait pas de grâce. Seule la nature était charmante.

Tiyi se contint et dit seulement, d'une voix perfide :

— Je constate, mon fils, que tu portes sur tes sœurs un regard d'homme, toi qui ne manifestais d'intérêt que pour l'eau et le soleil.

— Les amours de l'eau avec la lumière et celles de l'homme et de la femme sont de semblable essence, ma mère, dit l'héritier.

La reine connaissait l'affection du jeune homme pour la fille de son frère, le grand Ay à la noble figure. L'adolescente, fière et réservée, se gardait des intrigues de la cour et portait haut son front blanc.

Elle feignit l'indifférence :

— Néfertiti ?

Le nom à peine soufflé gonfla le cœur du prince comme une voile. L'héritier baissa les yeux. Devant lui, des fleurs impudentes aux larges pétales aplatis se balançaient avec nonchalance.

— Il est de mon devoir d'épouser la sœur aînée, selon la coutume égyptienne, plutôt que ma cousine, répondit-il d'un ton neutre. L'ordre divin a institué le mariage royal entre le frère et la sœur suivant le modèle de Shou et Tefnout, l'air et la pluie, de Geb et de Nout, la terre et le ciel, et des bien-aimés Isis et Osiris.

La reine restait raide et glacée.

— Ne prends pas celle-ci, dit-elle durement. Ne hais pas ton père à ce point. Sât-Amon refusera. Aménophis avait l'ardeur vivifiante du Nil ; pour elle, tes paroles souillent la terre d'Égypte comme l'écume des mers qui lèchent la côte... Les Égyptiens ont horreur de la mer. Ils la tiennent pour une sécrétion corrompue du feu, un résidu apparenté à l'eau saumâtre du désert.

— Je sais, répondit l'héritier, que pour symboliser la haine, ils dessinent un poisson, et qu'ils appellent le Nil Osiris, et Seth la mer.

Il soupira. Le soir tombait. Les fleurs s'étaient recroquevillées sur le lit mouvant des feuilles et se perdaient dans l'obscurité du lac.

— Aménophis était pour Sât-Amon un Nil vivifiant, dit-il en reprenant les paroles de sa mère, mais il a conçu un fils pour le prolonger.

Tiyi s'écarta de lui et déclara avec satisfaction :

— Tu reconnais donc aujourd'hui Aménophis pour ton père.

— La reine m'entraîne à discourir pour me perdre, répliqua l'héritier avec froideur. Peu importent les sentiments de Sât-Amon et les miens. Le pharaon doit épouser sa propre sœur, et rechercher toujours une union plus étroite avec la divinité.

Il l'observait. Elle se taisait.

— Parce que je l'ai décidé, ce mariage aura lieu dans la gloire d'Aton, qui est mon père et ma mère, conclut-il.

Puis il se retira pour qu'elle n'engloutisse pas dans sa colère les forces de son cœur et cacha son regard dans la nuit.

La reine rentra seule au palais et s'enferma dans son tourment. Elle ne cessait d'évoquer son époux, auquel elle vouait une admiration désormais sans borne. Elle pensait à son œuvre qui les honorait tous deux, à ce temple qu'il avait ordonné à l'architecte Amenhotep, fils d'Hapou, d'édifier à Soleb en Nubie. La rencontre entre les deux hommes lui revenait à l'esprit et l'émouvait aux larmes... Le fils d'Hapou portait le même nom que son roi et le dominait d'une demi-tête. Aménophis irrité, l'architecte s'était cru perdu.

— Ma stature, je le vois bien, offense Votre Majesté, avait dit l'homme courageusement. Que le pharaon considère seulement ceci comme un second corps à sa disposition, suscité par la divinité pour être le support de sa grandeur.

Depuis lors, les deux Aménophis étaient devenus inséparables.

— « Amenhotep, s'écriait le pharaon en l'apercevant, l'ami prodigieux, mon bras et ma gloire ! » L'architecte s'avançait sur ses grandes jambes avec son monument de corps et sa tête aux conceptions immenses, et il pliait tout cela respectueusement devant le pharaon.

— Mon bras ! s'exclamait Aménophis, viens, que je t'embrasse.

Et l'autre venait.

— Ma gloire ! Viens pour que je t'honore.

Et il le couvrait d'or.

— Mon ami prodigieux, disait-il enfin, asseyons-nous ensemble.

Aménophis se levait de son trône, descendait toutes les marches qui le séparaient du sol, s'installait sur la dernière et faisait signe au géant de prendre place à ses côtés.

— Nous voici en bas, où tout commence, disait-il. Qu'édifierons-nous maintenant ?

Tous deux levaient la tête vers le ciel, au bout de la volée de marches.

Aménophis disait :

— Je vois le ciel au bout de la volée de marches.

— C'est que la divinité réclame un sanctuaire, répondait l'architecte.

Et ils se félicitaient de leur belle entente en s'adressant longuement de mutuels éloges.

Tiyi alla trouver le fils d'Hapou. Cet homme sage aimait l'héritier. Il suggéra à la reine de se rendre auprès du frère qu'elle avait en Akhmîn, plus au nord sur le Nil, pour envisager avec lui l'accession du prince au trône, la double célébration de son couronnement et de son mariage.

Nul plus que le grand Ay à la noble figure n'était avisé en matière d'alliance susceptible de plaire à la divinité. Dans la résidence du dieu de la fécondation, il portait le beau titre d'Observateur de la Sève. Il y vivait loin des tumultes de Thèbes avec une femme immobile, énorme et sereine, posée sur ses pieds comme une colonne sur son socle à la porte du temple, la nourrice Ti, majestueuse image de la fertilité et emblème magnifique.

La reine s'inclina devant le fils d'Hapou et fit préparer son bagage. La plus jeune de ses filles, Baketaton, l'accompagnerait en Akhmîn pour y être présentée à son oncle.

Le voyage se déroula sans encombres. Quand le navire s'approcha de la rive, la reine, debout dans l'embarcation de papyrus, fit appeler la fillette. Elle désigna à l'enfant qui riait bien fort la nourrice sous un olivier, vigile assise, fidèle et muette. La lumière l'attaquait et tremblait tout autour.

On arrivait enfin. Tiyi fit signe à son escorte de l'attendre à bord et descendit rapidement. Ay l'accueillit avec les égards dus à la souveraine, puis il prit la petite par la main et l'envoya au jardin auprès de la nourrice pour rester seul avec sa mère.

La reine s'assit près de lui sur un banc attenant à la maison. Elle eut tôt fait d'exposer ses soucis : une divinité mineure, Aton, cherchait à Thèbes, du fait de l'héritier, à supplanter Amon sous l'égide duquel vivait dans l'aisance une quinzaine d'autres dieux. Ceux-ci se regroupaient par sept ou huit à Abydos et Hermopolis ; l'Ennéade d'Héliopolis était fameuse jusqu'aux extrémités de la terre... Le clergé, dans chacune de ces villes, tirait profit de l'émulation des dieux. Il était jusque-là tout-puissant à Thèbes, qu'un réseau d'intérêts maintenait dans l'opulence. Or, le misérable Aton, un quelconque substitut du soleil, le va-nu-pied des dieux et un pied-plat, un vagabond, à ce qu'elle avait compris, ne supportait aucun rival dans sa solitude dorée. Voilà que l'inférieur prenait le dessus et se proclamait unique. Oui, certes, et c'était tant mieux. Parce qu'il avait de la complaisance pour l'indigence, une compassion de bas étage, il ruinerait la capitale, cet affolé.

— Ton fils, reine Tiyi, est un être lumineux, objecta pourtant le noble Ay après l'avoir posément écoutée.

— Quel est ce langage, mon frère ? répliqua-t-elle, hérissée et déçue de ne pas trouver en lui l'appui qu'elle escomptait. Le seul éclat qui m'importe, à ce jour, est celui de la couronne.

— C'est parfait, enchaîna Ay sans manifester quoi que ce fût. L'Égypte veut maintenant que le pharaon s'en coiffe. Il ne te reste qu'à lui céder la place.

La nourrice, non loin, les dévisageait de ses bons yeux patients. La grosse femme équanime n'avait pas bougé d'un pouce. Des oiseaux lui poussaient sur la tête. La colonne fomentait son chapiteau et élaborait sa géométrie.

Ay s'était détourné de Tiyi et avait fait quelques pas vers l'être posé droit, brut sur le monde.

Les lèvres replètes de la nourrice s'étirèrent en un sourire benoît ; le corps se mit à dodeliner tranquillement sur son petit siège de pierre. Baketaton s'était endormie à ses pieds.

Le noble Ay revint vers la reine, à laquelle il demanda brusquement ce que devenait le jeune Smenkhkérê qu'elle tenait enfermé. Tiyi se contenta de répondre qu'à la mort de son père, il n'était pas en âge de régner. Chacun savait, d'ailleurs, qu'il en eût été incapable.

L'homme clairvoyant n'entendait pas entrer dans son jeu et fit remarquer que la dynastie avait ses exigences.

L'héritier connaissait-il seulement Smenkhkérê ?

— Les deux frères s'ignorent, proféra la reine sèchement. Je l'ai jugé préférable.

Ay eut pour elle un regard de mépris.

— La reine, dit-il seulement, veut-elle à ce point conserver le pouvoir qu'elle néglige d'y préparer ses enfants ?

La grosse nourrice se leva tout à coup, emportant avec elle la petite fille attachée à son ombre. Le ciel s'obscurcit, les oiseaux s'enfuirent vers des aires plus calmes. Quelle folie prenait l'Immobile, et l'Immuable, pourquoi fallait-il qu'il s'élance ?

49

— Repose-toi, mon épouse, lui dit Ay gentiment. Que devient le Double-Pays, si l'harmonieux accord des deux mamelles est rompu ?

La bonne femme vint s'asseoir lentement auprès de la reine, qui agrippa vivement Baketaton pour la garder sur ses genoux. Les nuées frissonnaient encore, lentes à se consoler.

Perplexe, Tiyi remarqua :

— Mon frère, le temps se gâte.

— C'est que la divinité sourcille devant l'orgueil trop grand d'une reine, commenta Ay sans ménagement. L'héritier a été désigné, l'Égypte doit l'accepter. Soumets-toi maintenant, accepte le plan divin. Il est trop tard pour Smenkhkérê, que tu as rendu faible et veule, inapte au commandement, perdu pour la vie ordinaire, selon tes propres dires. Mais qu'il serve son frère, pour que l'oracle s'accomplisse.

L'enfant inclina la tête et reçut sur la natte posée de travers un petit rayon tiède. Sa mère détourna la sienne, profondément troublée. Toutes deux saluèrent le grand Ay et la nourrice Ti et s'en furent l'âme comprimée, laissant la nature, derrière elles, arranger son désordre avec un soin silencieux et impérieux de servante.

*
* *

Au milieu des concubines parfumées du harem, le prince Smenkhkérê, las de l'exubérance des chairs, rêvait au désert. Son bonheur eût été de s'y rendre pour découvrir le charme sec et toucher des yeux l'extrême limite du monde où la réalité s'exténue. Mais au-delà du désert aux reliefs rebondis et par-dessus tout, il aimait la ligne plate de l'horizon. Prompt à s'exalter, abattu aussitôt, rongé par l'oisiveté et exaspéré par l'imagination, il s'était farouchement attaché à ce rien, une belle droite simple.

Il avait pris à son service un eunuque chinois qui lui était entièrement dévoué depuis la mort de sa maî-tresse, l'une des plus ravissantes épouses du défunt Aménophis. Son amitié pour le petit homme s'expli-quait sans peine, du fait qu'ils éprouvaient pour l'hori-zon une égale fascination. L'eunuque le désignait cou-ramment comme son pays, disant : « J'habite là-bas. » Il jouissait donc d'une grande faveur auprès de Smenkhkérê, qui lui avait accordé le titre honorifique d'Ami de l'Horizon.

Les gardiens de l'oasis ne soupçonnaient pas l'exis-tence des amis de l'horizon. Ceux-ci avaient tout juste entendu parler de l'héritier. Les uns faisaient pousser en plein soleil des verticales feuillues, les autres, cla-quemurés, s'occupaient de garder la ligne plate. L'héri-tier tenait la hauteur, son double et son contraire la profondeur. L'eunuque, d'un coup d'œil, évaluait les longueurs, Smenkhkérê coinçait toute la largeur hori-zontale entre les montants de la fenêtre de sa chambre.

Le monde était dans l'ignorance des gardiens des quatre mesures, et pourtant leur devait tout.

*
* *

Lorsque Tiyi alla prévenir Sât-Amon de la décision prise par son frère de l'épouser, la jeune fille ne manqua pas de répondre que la figure de l'étranger était celle d'un avorton de Seth, et que ses paroles insensées souillaient l'Égypte comme l'écume des mers qui léchait la côte.

Aucun scandale n'affecta malgré tout la vie de la cour, car la fatalité voulut que la jolie princesse disparût.

Pendant que les serviteurs et les dignitaires se lamentaient scrupuleusement selon leur rang sous le regard sévère de la divinité, les soldats menèrent de consciencieuses recherches. Au bout d'un temps très long, le regard de leur chef se posa distraitement sur le lac où se mouvaient lentement les crocodiles. Tout en parlant avec la reine, il distingua sans penser à rien un adorable oisillon surmonté d'un toupet de plumes dorées, perché sur le dos de la plus grosse des bêtes, qui fixait Tiyi d'un œil rond.

Averti de la mort de Sât-Amon, l'héritier en tint aussitôt sa mère pour responsable. Elle ne lui dissimula pas son forfait. Cependant, elle avait résolu de lui résister et le regarda avec hauteur : le rai de son œil noir se heurta à un mur étincelant et s'y cassa. Quand elle voulut parler, des pierres et des pierres s'amoncelèrent dans sa bouche.

Il la laissa à ses remords et rejoignit Néfertiti qui jouait de la harpe au bord de l'eau, pour se confondre avec elle dans la prière.

Les dignitaires évoquaient entre eux la perte de la princesse. A cause d'une mort, le désert s'agrandissait. Il s'avançait vers les vivants qu'il gagnait l'un après l'autre et, jamais rassasié, convoitait ainsi tout le Double-Pays. Néanmoins, si le deuil de l'Égypte réjouissait Seth, l'Égypte fêterait bientôt son roi.

On disait que l'héritier épouserait la fille du grand Ay et se coifferait le même jour de la double couronne. La dignité de la belle Néfertiti égalait celle de son père, elle était celle d'une reine, mais le jeune homme n'avait, par malheur, ni le visage ni le langage d'un Thébain. Les Égyptiens réclamaient un pharaon... Avaient-ils seulement le choix ? Celui-ci régnerait, il le faudrait bien.

Les babouins dans les arbres imitaient les dignitaires en faisant claquer leur langue sur leurs lèvres lippues. Fatigués d'avoir tant discouru, les favoris du royaume se retirèrent un à un, somnolents et suants, pour attendre dans le confort des maisons cossues de la capitale la suite des événements.

IV

L'héritier marchait sur les sables en traçant des cercles, inlassablement, autour de son double endormi.

— Mon bon moi-même, lui dit-il, le Jubilé est annoncé, mais je ne me révélerai pas. Je saurai me soustraire aux prêtres. Ils me croiront en leur pouvoir, mais ne tiendront que mon corps contraint à s'asseoir sur le trône d'Aménophis tandis qu'au zénith mon âme se baignera dans le regard de la divinité.

Son double dormait toujours.

— La terre repose peut-être sur un océan, reprit-il. Au-dessus s'étendent les eaux du ciel supérieur, au-dessous celles des cieux inférieurs. La terre flotte dans l'univers comme une barque modeste et vogue vers des éternités : qu'est-ce donc que l'Égypte, que l'on me demande de gouverner ?

Le double ouvrit les yeux et aperçut l'héritier, très loin, dans la lumière blanche, qui lui parlait de la haute extrémité.

— Je reste couché, pensa-t-il, parce qu'il est bon que l'un reste fixe pendant que l'autre s'élève, je sens cela confusément.

L'héritier parlait. Son œil s'ouvrait sur le jour, sa bouche s'ouvrait sur la nuit, et le jour et la nuit se déversaient sur son double en deux fleuves irrésistibles : le jour offrait ses ombres, la nuit ses étoiles. Sur le double, en une cascade mêlés, ils se répandaient pendant qu'il dormait. Il tenait le nadir tandis que l'héritier était au zénith, pour le bon ordre du monde.

Il se mit soudain sur son séant et sourit à l'héritier :
— Je volais, lui expliqua-t-il, mais en même temps je restais étendu sur le sol. Je tenais à la fois le haut et le bas. J'étais resplendissant et obscur, maigre et abondant, je donnais et je dévorais, je connaissais d'inexprimables enlacements.
— Je sais cela, lui répondit l'héritier.
— Comment ! s'exclama le double.
Il se leva d'un bond, recula un peu, et vit dans le sable les cercles autour de lui. Il dit sur un ton soupçonneux :
— Tu l'as lu dans l'écriture des oiseaux.
— C'est cela, dit l'héritier. Tu rêvais le monde, et les oiseaux sont les gardiens du monde.
— Je n'oublie pas, continua le double avec un sourire fin, que je suis moi-même gardien de l'oasis.
— Fais ton devoir, répondit l'héritier fermement. Garde avec moi l'oasis qui est une coupe pour la belle alliance.
— Que dis-je ? demanda le double avec inquiétude. Que deviens-je, si je ne comprends pas ce que je dis ?
Il éclata en sanglots, navré pour la première fois.
— A la fin, qui suis-je ? s'écria-t-il. L'illusion d'un autre ? En partant tu me laisseras seul et douteux pour de bon, car je n'ai pas de nom. Sans nom, je n'existe pas et suis privé de ma pauvre compagnie.
L'héritier le prit dans ses bras et lui dit doucement :
— Il t'en faut un de toute urgence. « Nadir », voici ton nom.
Le double, ravi, répéta à mi-voix :

— Nadir... Nadir...

Je m'apprivoise, dit-il à l'héritier, les yeux brillants.

Celui-ci serra ses mains dans les siennes et rit de bon cœur.

— « Nadir », cela signifie-t-il quelque chose ? demanda encore le double anxieusement.

L'héritier ne répondit pas et partit sur la pointe des pieds.

*
* *

Sur la rive gauche du Nil, au sud-ouest de Thèbes, aux portes du palais, les hommes d'Amon évoquaient le défunt Aménophis et l'avenir incertain de l'Égypte. Ils imaginaient mal le jeune prince sur le trône à baldaquin, revêtu de la peau de léopard du grand-prêtre qui seyait si bien à son père. Le sacrifice sanglant lui déplairait, à coup sûr. Il tremperait plus volontiers ses mains blanches dans le lait et le vin des libations que dans les entrailles tièdes d'un animal.

L'aîné des prêtres s'avança tête nue, dépouillé de tout ornement, dans la sobre grandeur du deuil, et prit lui aussi la parole. Elle lui montait du cœur comme d'un abîme... Il vomissait ses phrases qui mouraient en soupirs.

— Ce palais, disait l'ancien, ne sera jamais celui de l'héritier, qui ne fera pas de l'Égypte son royaume. L'héritier aspire à d'imposibles Au-Delà. Tout ce qui porte la marque d'Amon, il l'abolira. Il y a chez lui une certitude inhumaine et une résolution terrible que même en l'un des nôtres nous découragerions. L'héritier prétend se tenir avec Aton face à face. Un roi tenté par l'interdit nous condamnera tous.

Des violences lui venaient. Des mauves, sur le carmin du cœur. Des crachins sur les lèvres.

Le vieux prêtre regarda ses compagnons un à un et reprit plus bas, la voix aigre :

— Tout, pendant les cérémonies du couronnement, sera avec lui cause de discorde... Jusqu'à sa statue dorée de pharaon, à la proue de la barque sacrée, le figurant une rame à la main pour conduire le dieu à son sanctuaire... « Je ne me rendrai pas complice de ce voyage » : ce furent ses mots.

Il n'a pas encore donné d'ordre contre la statue rituelle d'Amon, parce qu'il serait inconcevable à Thèbes que le dieu n'apparaisse pas lors d'une fête publique, et que le peuple sur la berge se pressera pour le spectacle ; mais quand on l'a interrogé là-dessus, il s'est contenté de répondre : « Que m'importe la présence d'une statue, pourvu qu'elle soit enfermée dans une châsse ? »

Il est malheureusement probable qu'il n'en restera pas là.

— Ma foi, soupira un autre prêtre, le peuple ne se plaindra pas, si l'héritier lui laisse lancer des guirlandes de fleurs autour du cou des béliers qui ornent la barque.

— Pas de béliers non plus, coupa le vieil homme. « Il est intolérable de donner à la divinité une quelconque forme, animale, végétale, ou même humaine », a-t-il déclaré. « Elle n'en a aucune, ou bien les revêt toutes. »

Les béliers seront abattus avant les festivités.

— Par Amon ! s'écria son compagnon éberlué.

— Ne jure donc pas, reprit l'aîné. Le nom du Caché doit tomber maintenant dans l'oubli pour disparaître à jamais du Double-Pays : c'est là, j'en suis certain, ce qu'il a décidé. Il voudra sous peu le rayer de nos sanctuaires et le fera marteler jusque dans le cartouche de son père.

— C'est insensé, mon frère ! Tu prédis notre perte... Marteler le nom du dieu serait l'assassiner. Marteler celui d'Aménophis, c'est le tuer tout à fait. Divinité ! Quelle sorte d'amour l'héritier prône-t-il ?

Les mots de la colère distendaient les lèvres et laissaient voir l'éclat dangereux des dents. Quand les prêtres d'Amon ouvraient la bouche, l'Égypte respirait par leur bouche. Quand ils la fermaient, elle suffoquait, du moins le prétendaient-ils. Mais la parole sur leur langue avait le goût des âmes blettes.

*
* *

Un peu plus haut, entre deux couches de bleu, les ibis tenaient conseil. Penchés au-dessus des sables, ils aperçurent l'héritier debout pour l'oraison.

— Ô Divinité, disait-il, comment se fait-il que je doive être conduit dans un désert qui n'a pas d'eau, qui n'a pas d'air, noir comme un piège et méchant comme la faim ?

— De quelle mort parles-tu ? demandait la divinité. Tu ne connaîtras jamais la profondeur obscure du séjour désolé, et je te compte déjà parmi les bienheureux.

— Je parle de mon désespoir de régner, de la solitude des foules au milieu des hommes au cœur étroit et desséché mais à l'âme lourde de mauvais désirs, répondit-il.

— Tu vivras pourtant dans la béatitude, où j'ai mis la glorification au lieu d'eau, d'air et de volupté, et la joie au lieu de pain et de bière, accorda-t-elle.

— Et voir ton visage ? insista l'héritier.

— Eh bien, répondit la divinité, son père et sa mère, je ne souffrirai pas que tu sois dans le besoin.

— Qu'en est-il de ma durée de vie ? demanda-t-il encore.

— Tu as devant toi des millions d'années de vie future, soupira la divinité.

Les hirondelles aux reflets métalliques s'élevèrent au-dessus de la dune et ouvrirent l'horizon. Les oiseaux disparurent, dévorés par le soleil. Le ciel et la terre enfin réconciliés ne marquaient plus leur frontière et ne séparaient plus leurs destinées : le contact terrestre ne répugnait plus aux chairs célestes, le ciel ne fuyait plus la terre et n'en mourait pas. Ils se ressaisissaient dans l'étreinte première.

L'héritier priait. Les gardiens regardaient. Ils virent sourire la divinité.

Rompu par l'émotion, Nadir voulut s'appuyer contre la dune. Sa compagne de sable lui offrit cent genoux droits et cent genoux gauches, vingt hanches et mille épaules, des seins en troupeaux qui montaient des vagues dorées.

— Me voilà bien tranquille, pensait-il, lorsque l'Égypte jubile. Personne ne viendra aujourd'hui ratisser le désert. Les rues de Thèbes, ce matin, étaient calmes : j'ai pu y flâner à loisir sans crainte des soldats querelleurs et des femmes perfides ; les plus jeunes tressent des couronnes parfumées, les vieilles raccommodent les pagnes ; les soldats, au temple et au palais, plus que jamais montent la garde. Aucun chant ne s'élève des tavernes... Chacun réfrénera sa joie jusqu'à l'heure dite. Les prostituées elles-mêmes seront sages. Amon le Caché tient la ville en respect.

... Où suis-je en ce moment ? Que fais-je ? Je me marie. Je deviens pharaon.

Nadir baissa les yeux vers le misérable linge dans lequel il s'était entortillé et déplora :

— Par malheur, je n'ai même pas de pagne propre et je jubilerai en guenilles.

Songeur, il reprit :

— Où se cache donc Amon, que je n'ai jamais vu ? Tous se vantent d'avoir admiré sa statue sur sa barque, du temps d'Aménophis, et je l'ai certes aperçue moi-même.

Il fronça les sourcils et ajouta :

— Je connais bien celui qui repeint chaque année les têtes de bélier. Un bon garçon, dont j'ai oublié le nom... J'ai vu les béliers, répéta-t-il, mais je n'ai pas pour autant vu Amon. Peut-être fuit-il le bruit des fêtes et prête-t-il sa statue pendant les réjouissances pour éviter d'y prendre part en personne. Les marchands ambulants, installés sous les tentes, les danseuses, les flûtes et les crotales, les plaisanteries de barque à barque font un affreux vacarme.

Nadir ferma les yeux.

— Je deviens pharaon... On sort pour moi en grande pompe la barque sacrée, pour que le dieu accomplisse à nouveau son voyage sur les flots... Tiens, remarqua-t-il, surpris : les béliers ne sont pas là, et la châsse est fermée. Ce n'est pas encore aujourd'hui que je verrai Amon.

61

Cependant, il poursuivit avec bonne humeur :

— Le peuple célèbre à la fois les bienfaits de l'inondation, mon avènement, et mon mariage.

Il entrouvrit les paupières et jeta alentour un regard inquisiteur :

— Je me crois seul, assis sur les sables, mais la vérité, c'est que la foule hurlante me porte et que je suis roi.

Nadir pinça les lèvres, puis dit sévèrement :

— L'atmosphère de liesse ne convient pas à mon peuple. La musique entraîne les femmes, qui s'abandonnent à des danses impudiques. Je réprouve fort ces mœurs licencieuses. J'enverrai les soldats mettre bon ordre à cela.

Laissant aller sa tête dans ses mains, il observa avec amertume :

— Il est vrai que la conduite d'Horemheb fait scandale. On l'a vu avec la vive Moutnedjemet, la deuxième fille du grand Ay, une petite effrontée qui donne le fouet à ses servantes et répond à sa tante. La reine le dit bien : nombreux sont les soucis du pharaon qui tient mal son armée... Le pharaon, c'est moi aujourd'hui. A peine nommé à ce poste, me voici accablé de soucis.

Un peu de temps passa. Nadir baissait le nez et laissait pendre une lèvre sur son menton. Il souleva néanmoins par distraction une paupière fripée. Son visage s'illumina subitement :

— Par Isis ! s'exclama-t-il, joyeux derechef. Je vois ma jeune femme. Qu'elle est petite ! Une reine aussi petite... Cela ne se peut pas. Une femme petite, c'est une servante, je le sais. Le peintre des béliers m'a bien expliqué la chose : on dessine sur les fresques la servante minuscule et la maîtresse grande. L'esclave lui arrive tout au plus aux genoux. Ma parole, la reine a la taille de celles qu'on loue pour dix unités d'argent.

Il se frotta les yeux et se concentra sur la silhouette blanche qui s'avançait vers lui.

— Tout de même, murmura-t-il déconcerté, cette distinction n'est pas celle d'une serve. Ces mains délicates ne doivent pas moudre le grain, elles ne pétrissent pas la pâte à pain. Je doute qu'elles s'adonnent au tissage, qu'elles glanent ou récoltent des lys pour la fabrication des onguents.

Un large sourire éclaira finalement le pauvre garçon.

— Cette bouche-ci est la plus belle que j'aie jamais vue, remarqua-t-il avec contentement. Le chagrin ne l'a pas durcie, aucune méchanceté ne l'a déformée, elle n'a émis aucun son discordant. Elle ne s'affaisse pas avec molle complaisance et ne bée pas devant l'abondance des mets.

Il rêva un instant et s'exclama soudain :

— Mais c'est bien cela ! C'est elle qui a causé en m'embrassant une plaie dans mon visage.

Il approcha lentement la main de ses lèvres, et constata :

— Voici la plaie bien-aimée. D'ailleurs, continuat-il, tout absorbé par sa vision, me voici moi-même : je marche vers la gracieuse petite personne, que je conduis à la foule pour la lui présenter. Elle s'incline maintenant devant moi, impressionnée sans doute par le clinquant monticule que l'on m'a vissé sur la tête. La gracieuse petite personne, c'est la reine Néfertiti... « Je suis bien content, pensa-t-il avec soulagement : l'idée m'est venue tout à l'heure qu'il s'agissait peut-être d'une pleureuse, et je me suis cru mort. »

Il se tapait sur les cuisses en riant.

— Que je suis donc sot ! Si j'étais mort, je volerais déjà parmi les oiseaux.

Il baissa la voix, et se confia en chuchotant :

— Quand je serai oiseau, je sais bien ce que je ferai : j'irai me percher sur le nez du sphinx de Tiyi pour la narguer, je lui boucherai les yeux avec mes ailes déployées, je regarderai les soldats de haut, et je trônerai là en digne gardien de l'oasis.

Nadir se tut et se recoucha sagement dans son ombre, au cou de la dune.

« Que m'arrive-t-il, songeait-il, pour que je pense à mourir le jour de mon mariage et lorsque je suis nommé pharaon ? La divinité est bonne de m'accorder à la fois femme et couronne. Mon ingratitude n'a pas de bornes : je me battrais volontiers, mais je dois prendre soin désormais du corps qui réjouira mon épouse et m'exercer à moins pécher pour lui épargner les corrections. »

Il fit claquer une main sur sa joue qu'un moustique agaçait de sa pointe et dit en soupirant d'aise :

— Pour les soldats, j'ai mon plan... Au lieu de les envoyer guerroyer, ce qui viderait mes coffres, à ce que j'ai compris, je les maintiendrai à la seule occupation de balayer les sables, à laquelle la grande Tiyi les emploie déjà, et avec l'argent des économies j'élèverai un somptueux palais de la bière.

Ratisser le désert est une entreprise d'envergure qui peut faire la gloire d'un pharaon, conclut-il en se félicitant. Horemheb aura la charge de son entretien, cela me vengera de tout.

*

* *

Le nouveau pharaon regardait la tête de serpent qui ornait l'extrémité de son sceptre. L'image de Seth enroulé sur lui-même apparut, et cette image n'était pas détestable. C'était celle du vainqueur d'Apophis au dos abominable, le serpent du séjour des morts qui tentait de faire chavirer la barque solaire... Qui mieux qu'un reptile pouvait déjouer la ruse d'un autre reptile ?

Le jeune homme murmura :

— Qui est maître de la double nature ? Seth, l'assassin de son frère, sauve les morts du péril inférieur, et l'assassin sauveur des morts règne au désert qui produit pourtant l'oasis... Apophis oppose à Rê une gueule rayonnante comparable à la face divine. Au fond des abysses, la lumière blesse encore... Apophis est cause de désordre, selon ce qui est écrit. Je crois pour ma part au-delà des écritures que le désordre n'est qu'un aspect d'un ordre supérieur, et qu'un vaste mouvement universel entraîne ensemble les éléments épars vers un but unique.

— Que dis-tu, pharaon ? demanda respectueusement Néfertiti.

— Je pensais à régner, répondit-il simplement en croisant sur son sceptre la main de son épouse avec la sienne, je pensais à la double nature, et à ses multiples effets.

— Comment, mon frère ? Je t'entends mal, dit très bas la jeune reine avec humilité. Mais ce que tu voudras m'enseigner, je le comprendrai.

— Je disais, expliqua le pharaon, que régner serait réunir. Réconcilier les natures opposées et finalement les résoudre. Concevoir ensemble la faim et la satiété,

65

la teneur et l'exhalaison, replier en un cercle l'horizon. Régner ne serait pas guerroyer, mais porter à l'unité, et gouverner, organiser ce retour vers la globale existence, les tribulations révolues, pour l'éclosion parfaite à la lumière.

Il sourit à Néfertiti :

— Peut-être l'œil du soleil n'est-il dans l'étendue céleste qu'une prunelle semblable à cent mille autres, ajouta-t-il, comme le grain de sable dans le champ du désert. Toutefois, cet œil nous regarde, et nous sommes liés à ce regard.

Au loin, deux oiseaux blancs prirent leur essor. Néfertiti ferma les yeux et dit :

— J'aperçois la lumière.

La foule attendait l'accomplissement des rites. De toutes parts, on priait le pharaon de tirer quatre flèches en direction des points cardinaux, et d'envoyer jusque-là autant d'oiseaux pour annoncer à l'univers le début de son règne.

Les flèches fendirent les airs et partagèrent le ciel en quatre parties égales qu'elles précipitèrent vers l'infini. Quatre Nil jaillirent de leur sillon dans l'azur. Les sphinx moroses en eurent le sommeil gâché. Ils se plaignirent de ce qu'habituellement les flèches s'en allaient en sifflant se perdre à l'horizon en toute inconséquence, tandis qu'elles entraînaient cette fois le ciel avec elles en emportant la destinée humaine.

Celui de Tiyi, devant la glorieuse image de l'équité, s'affaissa dans les sables qui l'engloutirent aussitôt. La dune bouda ce mort qu'elle ne convoitait pas, et grosse d'une nouvelle pierre, se referma fâchée de servir de tombeau. Le désert s'étira, tâta précautionneusement le territoire acquis, une bonne surface, un gain précieux, et s'étendit là avec satisfaction.

Nadir, réveillé en sursaut, applaudissait à ce qu'il avait vu. Du bruit qui s'élargissait déferlèrent en criant trois paons qui roulèrent dans le ciel jusqu'au soleil. Les oiseaux y perdirent les yeux. Ils tombèrent en pluie sur le pauvre garçon qui scintilla sans comprendre.

Dans la ville, le spectacle plut aux prostituées et tracassa les soldats. Horemheb fit à Moutnedjemet ce jour-là compliment de ses iris. Tiyi regardait son fils, qu'aimait Néfertiti. Le pharaon dit simplement qu'il penserait à la grande équité. Après quoi il lança les oiseaux.

De leur côté, les gardiens de l'horizon étaient abasourdis. L'eunuque et Smenkhkêrê avaient vu leur ciel s'escamoter. Longueurs et largeurs avaient été pulvérisées et ne reprenaient leur place qu'à regret. La ligne aimée hésitait à s'encadrer dans la fenêtre et restait dans les brumes.

— J'accuse les prêtres, déclara Smenkhkêrê d'un ton cassant, d'avoir brouillé les étendues et de ne nous avoir laissé que poussières d'air et miettes d'azur. Quand la divinité plisse le front, que devient l'horizon ?

— Mon maître, répondit l'eunuque, j'observe comme vous le poudroiement des cieux, mais j'aperçois là-bas des yeux comme s'il en neigeait.

... Mon prince, ajouta-t-il avec ménagement, les cieux voient.

— Si c'est un bel enchantement, pas de doute : les prêtres n'y sont pour rien, rétorqua le prince... L'Égypte jubile, poursuivit-il tristement, et sa jubilation remue ciel et terre, mais on me tient à l'écart de peur que je manifeste des intentions de pouvoir. On veut me laisser dans l'ignorance d'un frère qui fait de la neige, on ne veut pas que je le voie, mais il envoie ses yeux au-devant de moi. Jamais je n'oublierai ce regard tout-puissant.

L'eunuque le détourna affectueusement de la contemplation du désert et lui dit avec sagesse :

— Vous quitterez un jour le harem. Peut-être serez-vous appelé à seconder le pharaon, votre frère. Il faut vous préparer à cela. Les hommes, à l'avenir, peuvent vous être hostiles. La fréquentation des ornements du royaume et des fonctionnaires ne vous a pas instruit sur vos semblables.

— Les ornements du royaume ?

— Les concubines.

— Ah ! fit Smenkhkérê, déçu.

— ... Les dignitaires, les soldats, les scribes, les médecins, continua l'eunuque, forment des espèces distinctes aux aspirations particulières. Vous saurez que l'Égyptien respecte le paysan, mais méprise le gardien de troupeau ; que parmi les médecins, celui qui réduit les fractures et pose les attelles ignore les intestins ; le chirurgien ne connaît pas les plantes, le diététicien sait à peine où se loge son foie. Celui qui trépane recommande à tout hasard, pour compenser la perte de sang, le lait ou l'huile de ricin. L'être complet n'est pas perçu.

En outre, prince, vous constaterez que dans tous les cas, la maladie et la santé sont l'œuvre des dieux : grands et petits les implorent pour la guérison, et c'est au temple que sont entreposés les médicaments. Seule la prêtrise concentre tout.

Smenkhkérê fit la moue. L'eunuque continua :

— Par bonheur, certains hommes comprennent les choses dans leurs effets depuis leurs causes, certains les devinent même dans leur avenir. Le pharaon doit être de ceux-là. Il aura besoin de votre aide ; mais vous appliquez au monde pour l'instant des mesures personnelles et votre appréciation des valeurs est approximative en tout.

Smenkhkérê n'entendit pas cette remarque de son serviteur.

Il lança distraitement :

— Les prêtres sont-ils des hommes ?

— Comme les autres, répondit l'eunuque.

— Ma mère prétend qu'ils énoncent la volonté des dieux, à cause de laquelle je suis enfermé.

— Pour transmettre les messages divins, on leur verse des oboles.

Smenkhkérê fit une grimace de dégoût :

— Il y a donc deux sortes d'êtres dont les faveurs s'achètent : les femmes et les prêtres.

— J'ai peur, mon maître, répondit l'eunuque hardiment, que la corruption ne s'étende jusqu'aux fonctionnaires.

Smenkhkérê, maussade, reprit :

— Les prêtres m'abîment le ciel. Sont-ils si influents ?

— Rien n'échappe à leur juridiction. L'armée dépend d'eux. Le roi lui-même est soumis à leurs lois.

Le jeune homme se renfrogna et regarda négligemment par la fenêtre. Les yeux étaient partis. Il ne restait plus d'eux que leur grand regard blanc, qui flottait encore.

— Temps clair, dit-il machinalement. Ciel dégagé à l'horizon.

L'eunuque, depuis quelque temps, observait Smenkhkérê. Le prince était beau, le plus bel enfant d'Aménophis. Malheureusement, il était affligé d'oreilles si petites que son serviteur avait pris, au début, leurs deux tourbillons pour des volutes décoratives. Il avait aussi une bouche minuscule, parce qu'il parlait peu, des mains inutilisables et des pieds courts qui n'étaient jamais allés nulle part.

Un examen attentif permettait de relever une autre bizarrerie. Ses yeux trop grands voyaient des choses invisibles à autrui, à savoir, l'ensemble des phénomènes attachés aux péripéties des droites.

L'eunuque s'était demandé s'il y avait à cela une cause morphologique et s'était aperçu que Smenkhkérê avait les yeux plats. Il en était venu à conclure que le prince devait avoir, pour le seul fait de regarder, les plus grandes difficultés. L'œil sphérique de tout un chacun bénéficiait de perspectives rasantes, balayées, estompées — toutes sortes de nuances de la vision permises par un mécanisme perfectionné ; celui de Smenkhkérê n'autorisait guère qu'une vision simple, droit devant. Alors que les deux yeux s'associaient couramment pour faire œuvre commune et confondaient insensiblement leurs trajectoires, les siens, bornés et solitaires, travaillaient chacun pour soi.

Enconséquence, le prince devait voir, au lieu d'une seule, deux images côte à côte séparées par un trou noir correspondant à l'intervalle du nez.

S'il regardait de loin quoi que ce fût, il voyait cela deux fois avec un décalage minime. De près, c'était en deux morceaux. S'il avait devant lui un vase à deux anses contenant un lotus, il voyait une anse à droite, une anse à gauche, et manquait le lotus.

Smenkhkérê, dans sa chambre, s'était replongé dans ses pensées.

Il ne se doutait pas de son infortune, mais le bon eunuque en souffrait pour lui. Le remède était là, sous sa couchette : il s'agenouilla et tira de son coin un objet curieux, semblable en tous points à une omoplate de bœuf.

C'en était une, percée d'un trou, à laquelle était attribué dans son pays certain pouvoir magique, et qu'il avait gardée comme porte-bonheur. Grâce à ce cache, le prince jouirait de la vue d'une image limitée, certes, mais unique.

Le serviteur zélé se demanda un instant quelle perception Smenkhkérê pouvait bien avoir eue, jusque-là, de l'horizon, se félicita de l'utile correction qu'apporterait en tout cas l'os de bœuf, et posa l'instrument près de son maître.

Il avait beaucoup appris à l'écoute des colportages des fonctionnaires. Ceux-ci allaient régulièrement au palais de Tiyi pour rendre compte de la production des ateliers de tissage, et ils y retrouvaient leurs collègues qui ne se gênaient pas pour leur communiquer les informations publiques et privées qui leur parvenaient.

Il avait compris ainsi que l'héritier avait été accueilli avec quelque méfiance, bien que les dignitaires eussent facilité son accession au trône pour mettre fin au pouvoir abusif de Tiyi, dont ils savaient cependant qu'elle était capable de tout pour conserver sa place et faisait jeûner ses crocodiles.

L'eunuque tendit l'oreille.

Au loin, le tumulte de la fête avait cessé. Il distinguait nettement chacun des bruits qui montaient de la foule ; les voix aiguës des jeunes filles et celles des femmes de mauvaise vie dont la ville était infestée ; le pas rythmé des soldats, les applaudissements des enfants, le crissement des calames sur la palette des scribes, l'invocation des prêtres, qui sourdait lentement et éclatait en acclamations obsédantes.

L'« Amon » affleurait partout aux lèvres égyptiennes, et avouait sa présence aux seuils marqués par le vice et l'envie.

Puis les clameurs se turent, et la voix claire du pharaon s'éleva : « Grand et vivant Aton, mon père, mon rempart d'un million de coudées, l'évocateur d'éternité ! »

Le peuple se taisait. Que faisait le jeune roi ? L'eunuque l'imaginait frêle et droit au milieu des indignes et des fourbes.

La voix reprit, plus forte :

— Dieu unique ! Un pour tous ! Son haleine chaude en chaque bouche, pour que vous viviez, tous privilégiés, élus par milliers, en tête à tête avec la divinité !

La vague d'Amon refluait dans les gorges. La foule hésitait.

— Ce qui se dilate ne doit pas se reprendre ! s'écria l'eunuque du fond du harem.

Que le cœur s'ouvre et ne se referme plus ! Ce qu'Amon cache et emprisonne, qu'Aton le délivre !

Il secoua la tête et remarqua, décontenancé :

— Attendri par mon maître, me voilà amené à prendre parti.

Il n'entendait plus rien.

Dehors, le soleil tendait les bras à la terre.

L'eunuque commençait à somnoler lorsqu'il vit s'ouvrir la plage du front du prince sur un serpent qui froissa ses sourcils et glissa le long de sa tempe. La grande salle du harem était toute emplie de cet agacement fluide. L'animal se coula contre le flanc de Smenkhkérê et descendit à ses pieds qu'il enferma dans un premier anneau.

Le corps du dormeur ne formait plus qu'une flaque laiteuse, comme si la ligne qui le rassemblait avait subi le charme de celle, plus forte, du reptile, et s'était détachée de la matière pour la suivre.

L'eunuque songea : « Mon maître disparaît à cause de son obsession d'une ligne. »

Le serpent lia fermement les pieds joints et commença à remonter vers la tête en s'enroulant autour de la masse défaite. Smenkhérê ne s'éveillait pas. L'eunuque effaré se voyait lui-même observer la scène sans émotion apparente, à deux pas. Indigné, il protesta :

— Le prince ne peut revêtir encore son habit de lumière, les bandelettes de lin blanc ! Je n'ai pas parfumé sa momie avec le parfum de fête et celui de l'acclamation, je ne l'ai pas ointe à l'huile de cèdre ! Malheur ! Je n'ai pas ajusté sous son menton la barbe osiriaque !

Mais il avait beau sentir la colère gronder dans sa gorge et le chagrin lui brûler les yeux, il se voyait toujours à deux pas du corps, impassible et impuissant, et se traita de mauvais serviteur.

— Est-ce parce que je suis chinois, gémit-il, que l'application des rites m'est refusée ? Un Chinois hors de Chine ne vaut pas un bol de riz.

Il chercha dans les plis de son vêtement une amulette, un bijou, à fixer tout de même sur la poitrine de son maître. Lorsqu'il releva la tête, le serpent avait disparu.

Smenkhkérê remua, ouvrit les yeux et s'assit sur les coussins.

— Pourquoi me regardes-tu avec cet air bouleversé ? demanda-t-il à son compagnon.

Celui-ci s'inclina et lui répondit avec émotion :

— C'est, mon prince, que je viens de découvrir sur vos joues la barbe virile qui se met à croître comme un gazon. Je dois maintenant vous préparer à quitter ce harem, et pour cela, vous instruire au mieux.

Smenkhkérê étira ses longs membres, et s'approcha de la fenêtre pour s'assurer du bon ordre des éléments. L'eunuque lui tendit sans un mot l'omoplate de bœuf, en lui faisant signe de l'adapter à son œil.

Le prince obtempéra, eut un petit sursaut, et répondit seulement d'une voix indifférente :

— Très bien, ami de l'horizon.

Le serviteur sourit et retapa la couche de son protégé. Il trouva, renversa sous les étoffes, le guéridon d'un jeu du serpent qu'une concubine avait oublié là, enroulé sur lui-même, la tête au centre et le corps divisé en portions régulières. Les pions sculptés en forme de lion et les boules blanches et rouges s'étaient éparpillés sur le sol. Smenkhkérê se pencha pour les ramasser :

— Ce jeu a dû marquer mon imagination, dit-il. J'ai rêvé qu'un serpent m'étouffait.

L'eunuque resta songeur. Il avait vu à son front l'emblème de la royauté, et roi, il l'avait vu mort.

Le malheureux cacha son visage pour pleurer.

— Je veux connaître l'histoire de mon pays, déclara Smenkhkérê, la mine déterminée.

Apporte-moi les papyrus et les tablettes.

*

* *

En retournant vers les temples, les prêtres devisaient avec amertume. Ils brisaient en marchant les roseaux d'où s'élevaient en criant des oiseaux, et meurtrissaient la dune qui se creusait en traîtres trous sous leurs pas.

Ils répétaient que l'attitude du nouvel Aménophis offensait Amon, qu'il proclamait à tort la suprématie d'Aton en faisant retentir ses titres jusqu'à l'horizon, alors que par crainte sacrée le nom de la divinité devait être frappée d'interdit. Cependant, celle-ci dardait sur eux ses regards droits, mais la poussière sous leurs pieds salissait sa lumière et faisait mentir le jour.

La dune s'ouvrit. Plusieurs prêtres furent ensevelis. Si Nadir les vit, il ne leur porta pas secours. Horemheb les aurait aperçus mais, occupé à coucher Moutnedjemet dans les roseaux, n'aurait rien fait pour eux. Ses soldats, envoyés à la recherche du sphinx ailé, affirmèrent tout ignorer, ce qui fut cru sans peine. Moutnedjemet soutint devant sa tante que les prêtres étaient bien passés près d'elle, à telle heure du jour, mais sans la saluer, à cause de leur prétendue chasteté, et conclut que la divinité avait justement puni leur insolence. Le pharaon ne leva pas le petit doigt.

Les prêtres d'Amon, en apprenant la perte de leurs frères, firent savoir dans tout le royaume que leur pouvoir excédait celui du Quatrième Aménophis parce qu'ils bénéficiaient sous l'égide du dieu de la multitude des autres, tandis qu'il était seul avec le sien.

C'était sans tenir compte de la grande organisation universelle des gardiens de l'oasis et des amis de l'horizon.

Le soir venu, le nouvel Aménophis, quatrième du nom, quitta la fête donnée en son honneur pour se rendre au désert. La petite Baketaton, pendue à son cou, avait voulu le suivre. Ils trouvèrent Nadir à sa place, adossé contre un palmier. Voyant les deux jeunes gens si ressemblants, la fillette battit des mains.

— Je vais te confier un secret, dit le pharaon. Voici le gardien de l'oasis. Sans lui, le monde n'est plus.

Baketaton, bouche bée, attendait.

— Laisse-moi t'expliquer, mon enfant, poursuivit-il. Le gardien est utile parce que, posté au milieu du désert, il voit l'oasis. Si personne ne la regardait, l'effort de celle-ci serait vain, et le monde croirait que la mort gagne au désert. Or, la mort ne gagne nulle part, le gardien en témoigne : il est l'œil qui voit l'oasis, le bras qui la désigne, la bouche qui la proclame. L'eau de l'oasis est d'abord celle qui baigne son œil. La mort ne gagne nulle part, car même si, par un subterfuge de la nature, il n'y avait, au lieu merveilleux, que sables et vieux ossements, elle disparaîtrait encore dans le mirage de l'oasis. La mort serait submergée par l'eau du mirage.

Le désir de l'eau, c'est déjà l'eau dans la bouche, et c'est une source irrésistible... Le gardien consent volontiers à ne garder qu'un simple mirage, pour préserver le beau désir.

DEUXIÈME PARTIE

La cité de l'horizon

V

Le couple royal mit un fils au monde au cours de l'année suivante. Cette naissance était très attendue par la reine mère, qui avait perdu à la mort de son époux beaucoup de la vitalité que stimulaient leurs incessantes disputes. Aménophis, c'était curieux, lui manquait cruellement.

Tiyi usait ses servantes à force de chagrin. Elle en avait dressé plusieurs à réciter les louanges du défunt et, pour cette raison, les surnommait « Souvenir d'Aménophis ». Celles-ci avaient ordre de citer le souverain à tout propos et de ne prononcer rien qui ne le concernât, de sorte que les événements les plus infimes de la vie quotidienne portaient sa marque. Des dizaines se relayèrent à cette tâche, que Tiyi épuisa l'une après l'autre. Cette obsédante mission privait les malheureuses de toute existence propre ; en même temps, leur être trop étroit ne pouvait contenir la mémoire de l'homme merveilleux assis parmi les dieux... De toutes les esclaves du Double-Pays, les « Souvenirs » étaient celles qui menaient la vie la plus éprouvante.

Tiyi avait confié l'une d'elles à Néfertiti alors que la grossesse de cette dernière touchait à son terme, pour que le premier son susceptible de frapper les oreilles du nourrisson l'assimilât directement au grand roi : ses parents le voueraient inévitablement à Aton, mais la servante, en recevant dans ses bras le nouveau-né, prononcerait le nom d'Amon compris dans celui d'Aménophis et rétablirait ainsi sa filiation avec l'un des dieux les plus glorieux de la fidèle Égypte.

Le roi l'apprit. Profondément affecté par l'irrespect manifesté par sa mère envers l'Unique, il délia la jeune fille de son engagement, et alla affronter sa maîtresse.

— Cette esclave m'appartient, répondit Tiyi. Elle est d'origine syrienne ; elle vaut six plats de bronze, quinze vêtements de lin, un voile et un pot de miel. Je peux tout exiger d'elle.

— Cette jeune fille, répliqua le pharaon, n'appartient à personne. Elle est membre de la grande famille universelle. Avant d'être égyptien ou syrien, nous sommes tous des humains nés d'Aton, auquel l'animal et le végétal doivent tout, et les eaux de la terre, et les étoiles aux cieux.

Ma mère, cette jeune fille est ma sœur, comme l'étoile est ma sœur.

— Le Quatrième Aménophis s'égare, rétorqua Tiyi. Je n'ai pas enfanté d'étoiles et je hais les Syriens.

Le roi se tourna pensivement vers l'horizon. Le soir tombait. Le soleil allait échouer au désert, au ventre de la dune, et roulerait jusqu'à l'oasis. Il étirerait vers elle ses lames rougies, ses pics et ses lances pour qu'elle le prenne dans sa bouche humide. Puis il ferait nuit.

*
* *

En Akhmîn, le grand Ay et la nourrice Ti s'apprêtaient à monter à bord d'un modeste bateau à quille plate, facile à hâler le long des rives. L'embarquement de Ti ne se faisait pas à la légère. Lorsque la grosse femme siégeait sous son arbre, les pieds bien à plat sur la terre, les genoux calés l'un contre l'autre, les épaules en équilibre, un ordre invisible régnait. Se mouvait-elle d'un geste qu'ausitôt elle affolait les sphères et dévergondait les quatre directions.

— Ma bonne épouse, lui recommanda Ay aimablement, embarque-toi prudemment.

Le Nil prit le fardeau sur lui. Le dieu bleu à la mamelle pendante aimait Ti comme sa parente.

— Les papyrus qui couvrent en touffes serrées les abords marécageux du fleuve ont avec lui des liens privilégiés, observa Ay. Notre bateau, fabriqué avec ces plantes disposées en faisceaux, me fait penser lui-même à un rouleau à demi ouvert qui flotterait sur les eaux. Le rouleau, ma bonne Ti, désigne dans notre écriture sacrée la connaissance, dévoilée ou secrète, selon qu'on le déroule ou non.

La brave femme hochait la tête.

— Le clergé d'Amon, poursuivit Ay, tient les rouleaux fermés. Le Quatrième Aménophis, en proclamant Aton, les déploie et nous découvre des merveilles. Aton... murmura-t-il. Aton...

Le vent s'empara de ce murmure et poussa l'embarcation jusqu'à Thèbes.

Au palais, la peur de l'œuf revenait. Quelle forme aurait l'enfant ?

81

Les dignitaires invoquaient le dieu Khnoum qui avait façonné les vivants sur son tour de potier ; les courtisanes imploraient Heket et Meskhenet, protectrices des nourrissons, pour que celui-ci ne vînt pas au monde débile ou fluet. Des jeunes femmes parmi les plus belles du royaume furent choisies pour représenter les sept Hathor qui devaient former des vœux en touchant son berceau du bout d'une tige de roseau. Tiyi voulait se concilier Thot, le calculateur des durées, pour qu'il accordât longue vie à l'enfant.

Il avait été convenu que le père de Néfertiti remplacerait le pharaon, qui s'en remettait en tout à Aton, au cours des cérémonies dont il refusait d'accomplir les rites.

Le Quatrième Aménophis rejetait aussi Isis et Osiris. C'en était fini pour lui des anciennes croyances. Ou plutôt, elles n'avaient jamais été siennes.

L'enfant naquit dans le demi-jour.

La pharaon avait renvoyé « Souvenir d'Aménophis » dans son pays, parmi les siens. Il se rendit au chevet de Néfertiti l'âme quiète. Amon n'était pas à craindre. Amon, en soi, n'était rien.

Il se pencha vers la reine, très pâle, un peu tremblante.

L'enfant, un beau garçon d'une coudée au crâne à peine allongé, dormait près d'elle.

— Fils du soleil, Toutankhaton, dit-elle à mi-voix en lui caressant la joue.

Elle sourit à son époux qui portait sur elle un regard agrandi. Il répéta avec ferveur :

— Fils du soleil, Toutankhaton.

Les femmes qui avaient assisté la reine au cours de la naissance se tenaient respectueusement inclinées dans un angle de la pièce. Devant elles, le roi remarqua une petite Nubienne, sagement agenouillée, les mains levées vers son visage, qu'il ne connaissait pas. Il s'approcha d'elle et lui demanda gentiment :

— Qui es-tu, toi qui viens du pays de ma mère ?

La jeune fille se prosterna humblement et répondit :

— La reine mère m'a donné ce matin le nom de « Souvenir d'Aménophis », Votre Majesté. J'ai reçu dans mes bras votre nouveau-né.

Les époux échangèrent un regard bouleversé. Dans celui du roi, quelque chose rétrécit. Néfertiti pleura. Il la serra tendrement contre lui et renvoya les servantes.

Il vit le lendemain, attaché au cou de son fils, un sachet minuscule qui contenait des arêtes de poisson. Il fut pris d'un malaise. Sa mère et la nourrice Ti s'étaient glissées près du berceau pendant que Néfertiti sommeillait.

Le roi arracha le sachet et le jeta loin du prince. La nourrice le reçut dans sa jupe.

— Les arêtes écartent les mauvais esprits des nouveau-nés, proféra Tiyi d'une voix chargée de blâme.

— Il n'existe ni bons ni mauvais esprits, répliqua-t-il clairement. Un seul souffle passe, sa mère, celui de la divinité. Aucune eau n'est maléfique, ni celle impure des marais ni celle des mers que vous détestez. Certains saules, dit-il encore en désignant les osiers du berceau, croissent aussi bien le long des côtes. La nature est sereine, les amis sont partout. La divinité a tracé d'un même geste le poisson dans l'océan et la feuille qui vole aux cieux, le dessin de l'arête et le chemin de la sève.

Il se tourna vers la masse imposante de la nourrice Ti et ajouta :

— Ce qui est subtil doit l'emporter sur ce qui est pesant, ce qui est furtif et éphémère doit l'emporter sur les lentes années.

Néfertiti tressaillit et ouvrit les yeux. Il acheva plus doucement :

— Nous aurons des armes infaillibles ; l'arc souple de Nout, fixé à la corde tendue de l'horizon, les hastes des roseaux, les flèches des oiseaux. Nous connaîtrons ensemble d'étranges luttes... Il n'est pas temps de dormir, Néfertiti.

*
* *

Sous la tutelle de l'eunuque chinois qui dirigeait ses études, Smenkhkérê faisait de grands progrès.

Le bon serviteur mêlait parfois à l'écriture égyptienne des signes à lui ; des phrases entières du dialecte Shang s'insinuaient dans les descriptions du Nil, et il n'était pas rare que du riz poussât dans la vallée à la place de la courge ou du potiron.

Smenkhkérê se prêtait à tout avec un zèle touchant. Il dessinait soigneusement les objets que l'eunuque posait devant lui, mais ses yeux souffraient à saisir les volumes. Reproduire le ventre bombé du vase au lotus lui était un supplice, et les modèles vivants lui donnaient la migraine.

Les Ornements du Royaume se moquèrent de lui. Dès lors, il résolut de se contenter de composer sur le thème de l'eau, figurée par une ligne brisée, ou après tout, sur celui de l'horizon. Il s'en tint là et dessina joyeusement des lignes par milliers.

L'eunuque regardait avec fierté s'empiler dans la chambre les pages d'argile au charme indéfinissable gravées par son protégé. Il n'avait nul besoin de consulter le Livre des Rêves que se passaient de main en main les concubines pour s'assurer de la signification de la vision qu'il avait eue. On avait eu beau fêter récemment la naissance de Toutankhaton, Smenkhkérê régnerait.

Le pharaon pénétra un jour au harem sous la conduite d'Ay. Le père de Néfertiti lui avait révélé l'existence du garçon aux yeux plats, qu'il désirait maintenant ardemment découvrir. Pour toute réponse à ses nombreuses questions, Smenkhkérê montra ses tablettes. Leur vue plongea le roi dans le ravissement. Le cœur de l'eunuque, endolori de bonheur, débordait de reconnaissance.

Les deux frères tombèrent dans les bras l'un de l'autre et pleurèrent longuement. Le pharaon, très vite, parla de l'oasis où il pensa mener sur-le-champ Smenkhkérê.

Ce dernier répondit timidement qu'il ne méritait pas cet honneur, qu'il travaillerait pour cela le dessin de l'eau davantage, ses lignes brisées laissant encore à désirer.

— Je loue notre père Aton, dit le roi en le quittant, de nous avoir réunis aujourd'hui.

Smenkhkérê acquiesça à tout hasard et médita sur cette phrase un moment. C'était la première fois qu'il entendait parler de ce père-ci.

Grâce à son serviteur, il savait que l'on naissait généralement d'un père et d'une mère, que cela était fort courant. Lors de la dernière inondation, l'eunuque avait attiré l'attention de son élève sur les jeux des babouins dans les sycomores et lui avait demandé s'il ne remarquait rien d'insolite ou de plaisant dont il eût aimé avoir l'explication.

Smenkhkérê, habituellement maussade et buté, n'avait jamais ri. Il réfléchit. Ses yeux se plissèrent, sa bouche se déforma et s'ouvrit pour émettre un grand bruit : « Je remarque en effet, s'exclama-t-il enfin, la ressemblance des babouins avec les fonctionnaires ! »

L'eunuque ne s'était pas découragé et l'avait entraîné dans la basse-cour. Il appela l'oie et son jars et montra les oisons. Smenkhkérê comprit.

Ainsi, la dame au visage sévère et aux robes chamarées était sa mère : Tiyi se rendait parfois au harem pour y prendre de ses nouvelles. Son père était l'homme qu'il avait aperçu une fois ou deux au bord du lac avec la plus jolie de ses sœurs.

Tout à coup, son frère lui en présentait un autre, Aton. Ce frère le fascinait, il avait sur lui toute autorité : Smenkhkérê crut sans peine qu'il était fils d'Aton et fit serment d'obéir au pharaon jusqu'à sa mort.

— Mais, mon ami, répondit le souverain l'air de rien, nous ne mourrons pas.

*
* *

Le roi marcha vers l'oasis et y trouva Nadir, qui accourut à la rencontre de la belle image de lui-même.

— Me voici de retour ! s'écria-t-il joyeusement. Me voici heureux, me voici resplendissant. Qu'ai-je vu aujourd'hui qui me rende brillant ?

Le roi l'embrassa chaleureusement.

— Mon bon Nadir, lui dit-il, tu as quitté pour moi la maison de la bière, les soldats ne te chassent plus ivre des tavernes, tu n'y es plus la risée des prostituées. Tu brilles maintenant de ton propre éclat. Mais

j'ai découvert aujourd'hui il est vrai un être extraordinaire dont la vue m'a réjoui.

Nadir ouvrit de grands yeux.

— Mon compagnon, continua le roi, nous avons un
frère.

— Est-il très bon ?

— Il est excellent.

... Il parle peu, parce qu'il a la bouche petite.

Nadir penchait la tête pour mieux entendre.

— Il est un peu sourd, poursuivit le roi. Les sons
s'égarent dans le tourbillon de ses oreilles... Deux
volutes magnifiques, se hâta-t-il d'ajouter. Son corps
démesuré repose sur des pieds minuscules. Ils ne se
sont pas développés, n'ayant pour ainsi dire jamais
servi.

Nadir baissa les yeux vers ses orteils qui jouaient
avec les sables.

— Et puis, avoua encore le roi, il a deux mains gauches. Pourtant notre frère est splendide.

— Assurément, répondit Nadir, la mine déconfite,
puisque je le dis.

Le roi sourit, prit son ami dans ses bras et le fit
tournoyer :

— Il veille sur la limite du monde... Il a fait de l'horizon des dessins admirables et s'exerce à présent à la
représentation de l'eau de notre chère oasis. Notre
frère est un gardien. Il vit au harem où ma mère l'a
confiné, un lieu insupportable, où par bonheur un
eunuque chinois prend soin de lui. Ils sont aussi attachés l'un à l'autre que nous le sommes tous deux, mon
ami bien-aimé.

— Est-il possible ? demanda Nadir en faisant la
lippe.

Le roi le regardait tendrement. Nadir, confus,
ajouta :

— Comment s'appelle notre frère ?
— Il s'appelle Smenkhkérê.

Le Quatrième Aménophis décida un beau jour d'emmener avec lui son ami à Thèbes, où le prince vivait reclus.

Les gardiens de l'oasis et les amis de l'horizon feraient de l'avenir cause commune ; leurs regards tendraient le voile des cieux, leurs voix creuseraient la terre pour qu'en jaillissent l'eau et le feu, leurs jambes arpenteraient l'infini, leurs gestes ouvriraient des prairies où gambaderaient les enfants, les bêtes et leurs petits.

Nadir, bouche bée, écoutait le roi et sanglotait. Il n'aurait pas voulu quitter l'oasis.

Il céda pourtant et accepta de se rendre à Thèbes. En traversant tous deux le désert, ils passèrent devant les sphinx bien rangés. Nadir, pour s'amuser, couché dans les sables, imita leur posture. Le roi s'assit sans façon sur son dos :

— Le pharaon te chevauche. Il ordonne : « Par-delà les par-delà, jusqu'à la défaillance ! »

Nadir se leva, partit comme une flèche et renversa son souverain qui riait aux éclats.

Aménophis eut du mal à la convaincre de pénétrer au harem.

— Nous irons nuitamment, lui dit-il. Les concubines seront au pays des rêves.

Ils trouvèrent Smenkhkérê debout à la fenêtre, en train de garder l'horizon. La façon dont la nuit tombait sur la terre était pour lui chaque soir un sujet d'appréhension. L'eunuque, empli de sollicitude, tenait d'une main le coussin sur lequel son maître s'effondrerait épuisé, de l'autre une omoplate de bœuf percée d'un trou. De temps à autre, il tendait l'os au prince qui l'ajustait à son œil et scrutait l'horizon.

Par déférence, les deux amis n'osaient bouger. Personne ne les avait remarqués.

Au bout d'un moment, Smenkhkérê s'exclama à l'adresse de son serviteur :

— Enfin ! La nuit touche terre.

L'eunuque se précipita avec son coussin à la rencontre du jeune homme qui sombra dans la plume. Le roi fit à Nadir un signe discret et tous deux se retirèrent sur la pointe des pieds.

Une fois dehors, Aménophis interrogea son compagnon sur la scène étonnante qui s'était déroulée devant eux et lui demanda ce qu'il pensait du prince. Nadir, très gêné, tergiversait. A la fin, après qu'on l'eut prié et supplié, il lâcha :

— Il a les yeux plats.

Les soldats montaient la garde aux portes du palais. Leurs lances dressées se prenaient dans les épaisseurs de la nuit. Les dents métalliques déchiquetaient les chairs de Nout, un sang d'or coulait à chaque morsure. Le pharaon leva des yeux confiant vers les étoiles : par les échancrures perçait la lumière d'Aton. Nadir ne voyait pour l'instant que les armes.

Les soldats se mirent à bavarder en attendant la relève de la garde. Les deux amis s'étaient cachés pour les entendre. Le roi voulait connaître les préoccupations des soldats. Ils évoquaient l'époque où la grande épouse était montée sur le trône, à la mort de « Paix d'Amon », munie de ses emblèmes, le sceptre et le fouet, la barbe royale et la queue de lion autour de la taille.

Nadir surveillait la flamme de la torche appendue au mur contre lequel s'appuyaient les soldats, trépignait dans son ombre, suivait du doigt ses bavochures, éprouvait son élasticité, s'ennuyait ferme.

Les soldats poursuivaient leur conversation.

— La reine avait de la prestance, disait l'un d'eux. Notre nouveau souverain, au contraire, dédaigne les honneurs et sort souvent, au mépris des dangers, sans litière et sans garde... La mère royale, ajouta-t-il avec regret, accordait aux mercenaires d'abondantes soldes ; le roi aujourd'hui ne s'en soucie pas ; nous sommes livrés à notre sort par un pharaon pacifique, qui néglige également les dignitaires et prend pour compère un misérable auquel il ressemble comme un œuf à un autre œuf.

Nadir s'assit dans son ombre et tendit l'oreille. Le roi se raidit.

— Il paraît qu'il a un frère enfermé au harem, continuait le soldat, un original qui regarde par la fenêtre, long comme un héron. Un étranger le suit partout, un petit homme qui n'a d'yeux que les fentes, sans sexe, quelque chose d'affreux.

Nadir s'esclaffa, puis rougit sous le regard attristé du pharaon.

Les soldats regardaient sans les voir les voiles des barques sur le Nil qui battaient mollement, semblables aux ailes noires de gros insectes mourants plaqués sur le flot sale. L'un des hommes abaissa sa lance et cracha sur la lame. La lumière se troubla, les étoiles se noyèrent dans les eaux visqueuses. Puis il planta l'arme dans le sol avec rage.

— Pour reluire, dit-il, c'est du sang qu'il lui faut.

Aménophis entraîna Nadir loin des soldats. Ils s'en furent, malheureux, au désert.

Dans leurs nids maladroits, accrochés aux branches d'acacias, les ibis les virent passer. Le roi priait en marchant et prenait le ciel à témoin : « Gardiens des liens, veilleurs invisibles, que faites-vous ? Vous, les Yeux, par quoi êtes-vous distraits ?... »

Les sables enserraient ses jambes jusqu'aux genoux et usaient leurs pierres contre les siennes. La dune, les flancs crevés en mille endroits, s'ouvrait sur la nuit qui déversait sa mort entre les lèvres béantes ; faute de lait, la mère navrée se repaissait d'encre, elle goûtait à l'amer et au rance.

Des veinules jaunes jaillissaient dans les pourpres du soleil éclaté ; le désert altéré suçait le sang du ciel et buvait à sa plaie.

Le roi levait les bras et empoignait la nuit de ses mains fiévreuses :

— Coupable ! criait la divinité. Maître oublieux !

Elle lui rappelait ses leçons de naguère :

... « La nuit et la lumière ne sont pas l'une sans l'autre... La nuit n'est que désir de lumière ! » Maître oublieux, qui ne supporte pas le mal et veut ignorer la guerre ! Roi indigne, qui s'enfuit au désert !

Le jeune homme se frappait le front et se martelait les tempes.

— Tête difforme, trop étroite encore, gémit-il. Tête aux conceptions infimes, logement exigu.

Il se frappait la poitrine, se traitait d'immodeste et de lâche.

— Quinze années d'existence, et je ne suis pas sage !

Près du roi désolé, quelqu'un gesticulait en clamant que les soldats étaient des méchants, qu'on les en punirait.

— Mon pauvre Nadir, répondit doucement Aménophis... L'Égypte veut guerroyer. Les peuples alentour la harcèlent, les soldats s'exaspèrent aux casernes.

91

— Nous les enverrons demain balayer le désert, proposa Nadir en pleurnichant.

— C'est cela, mon ami, répondit le roi patiemment.

— Allons vers l'oasis, dit-il un peu plus tard.

Mais là-bas, au loin, elle faisait un trou noir.

*
* *

Tiyi n'osait interroger directement son fils sur ses intentions concernant le gouvernement du Double-Pays, tant elle redoutait ses décisions. Il n'avait aucun projet de conquête et se désintéressait de la défense des territoires chèrement gagnés par ses prédécesseurs sur le trône. La reine mère savait les peuples noirs prompts à se dissiper. Elle constatait que l'Égypte perdait sur eux toute autorité.

Si le pharaon avait peu de goût pour les affaires étrangères, à l'intérieur, en revanche, il inovait en tout. Au mépris des nantis, il mettait les pauvres à sa table. L'histoire tournait à la fable.

Incertaine quant à la position exacte d'Ay vis-à-vis du jeune souverain, Tiyi chercha l'appui du fils d'Hapou, à ce point élevé dans la hiérarchie du palais que le défunt roi lui avait accordé l'honneur, dont aucun civil n'avait alors jamais joui, d'élever son propre sanctuaire auprès des temples funéraires royaux. Chef des recrues militaires, chef de tous les chantiers du roi, devenu prince selon le vœu de celui-ci, Amenhotep avait été nommé aussi Maître des Cérémonies de la Fête d'Amon. Malgré sa fonction privilégiée auprès du dieu rejeté par le pharaon, celui-ci, c'était incompréhensible, le tenait en haute estime.

92

Tiyi pensait que le vieil homme qu'était devenu l'architecte favori de son époux pourrait jouer entre son fils et elle, mais plus encore entre Amon et Aton, les divinités rivales, un rôle de médiateur.

Lorsque s'avança vers elle celui qui avait fait pour le temple du Troisième Aménophis le calcul de Pi, les larmes lui vinrent aux yeux.

— Amenhotep, lui dit-elle la voix brisée, son bras et sa gloire...

Le géant s'inclina.

— Amenhotep, rapporteur divin, poursuivit Tiyi, l'émotion passée, n'y a-t-il aucune conciliation possible entre Amon et Aton ? Mon fils nie ton dieu et tient sa statue pour abominable.

Elle hésita et reprit :

— Il dit la statue creuse, et que le Caché n'existe pas.

Amenhotep fit un profond salut.

— Grâce au service quotidien de la pierre cultuelle, la statue qui suscite la colère du pharaon est l'image vivante d'Amon, Votre Majesté.

— Le roi parle de supercherie.

— Je le sais, Majesté.

— Peu avant la naissance de Toutankhaton, continua Tiyi, il a brisé une Touéris de terre cuite, quand il s'est aperçu que les prêtres emplissaient de lait l'une de ses cavités secrètes pour qu'il s'écoule goutte-à-goutte du sein de la déesse. Son dieu n'en supporte aucun autre. Si personne n'y met bon ordre, mon fils ne laissera pas pierre sur pierre en la fidèle Égypte.

Amenhotep leva une main large comme le delta du Nil.

— Aton, ma reine, dit-il, nous protégera.

Tiyi se rembrunit. L'architecte poursuivit néanmoins calmement :

— Amon et Aton ne sont pas en tout opposés l'un à l'autre. Amon est un refuge pour le cœur des humbles. Moins qu'Aton, il est vrai.

La reine se taisait.

... J'avais pour votre époux la plus grande affection, continua-t-il avec précaution. J'éprouve pour le jeune Aménophis... De l'admiration. J'ai élevé pour les rois des granits et des grés : un mot de lui et des forêts se dressent à l'horizon... Un seul de ses regards, et le désert verdoie.

— L'Égypte est en danger.

— Oui, répondit Amenhotep. Est-ce bon ? Est-ce mauvais ?

— Tu vieillis, l'architecte.

— L'Égypte est-elle une mère si faible, qu'elle craigne aujourd'hui son enfant ?

— L'Égypte est sage. Elle fera de cette sagesse son rempart.

— Trop tard, ma reine, répondit doucement Amenhotep, trop tard. Ce que ton fils a insinué en elle, c'est de l'espérance.

— De l'espérance ! s'indigna-t-elle. Et ne peut-on rien, contre l'espérance ?

Tiyi refusa d'écouter plus longtemps le grand Amenhotep ; il allait renier ses édifices pour célébrer les sables. Elle l'implora en tout cas de garder son bon sens et de s'établir au palais dans le dessein de cerner les plans du pharaon tout en maintenant, dans la mesure du possible, quelques relations entre le clergé d'Amon et le souverain. Elle s'attendrit une fois encore au souvenir de son cher époux, et quitta Amenhotep sur sa promesse de veiller à l'éducation du jeune Toutankhaton, avec l'approbation de ses parents.

Néfertiti attendait un second enfant. Tiyi lui rendait de fréquentes visites avec Baketaton enchantée de s'occuper du premier-né, et proposa un jour, pour égayer les petits, de raconter la belle histoire d'Osiris. Néfertiti, soucieuse, s'approcha pour mieux entendre. La reine mère accommodait l'aventure à sa façon dans l'intérêt du royaume qu'elle mesurait à son aune, et mettait tout en œuvre pour revigorer une tradition qui, ragaillardie, pouvait encore tenir un petit million de siècles.

Tiyi jeta sur la jeune femme un regard en biais : sa nièce était, à son goût, trop encline à suivre le pharaon dans l'adoration exclusive d'Aton. Il s'agissait pour elle d'en écarter les enfants.

Vint le moment où l'épouvantable Seth coupa le corps de son frère en morceaux qu'il dispersa le long du Nil. La valeureuse Isis s'était mise en devoir de les retrouver tous.

— Il en manqua un seul, déplora Tiyi, la voix descendue. Le membre. Un poisson... un oxyrhynque, l'avait dévoré.

— Oxyrhynque, oxyrhynque... répéta Baketaton avec application en posant sur elle-même un regard inquiet.

Cette évocation assombrit la reine mère elle aussi.

— Isis préféra ignorer cet inconvénient, conclut-elle rapidement. Elle reconstitua soigneusement le corps séché et parfumé et enveloppa le tout dans des bandelettes de lin.

Tiyi s'accorda un silence, se tourna vers sa fille et acheva, comme sur un coup de cymbale :

— La première momie égyptienne, mon enfant.

Néfertiti baissa la tête. Des prières froissaient ses lèvres et moiraient ses paupières. Toutankhaton, boudeur, s'endormait dans ses bras.

Elle alla vers une fenêtre. Le jour s'embrasait devant elle. L'or brûlait tout. Les chairs célestes, tuméfiées et noircies, montraient au centre une blessure éclatante, une flache de lumière, un bâillement du ciel par où la divinité vomissait son sang jaune, son poison nécessaire.

— C'est insoutenable, dit faiblement Tiyi, Aton menace l'Égypte, Néfertiti.

Se penchant vers Toutankhaton qui somnolait toujours, elle ajouta d'une voix grave :

— Voici un beau garçon, ma fille. Veillons à ce qu'il grandisse en paix. Parle au roi, et attendris son cœur à l'égard du clergé. Amon ne se laissera pas détruire comme un simple dieu dont on inscrit le nom sur une poterie pour la réduire en miettes.

Néfertiti serra son fils contre elle. Il se plaignit et crispa les poings.

— Je ne peux vous promettre de fléchir le pharaon, Majesté, répondit la jeune femme avec une fermeté nouvelle. Sa foi en l'Unique est infaillible.

Tiyi redressa pourtant son visage d'ébène.

— Je ne peux vous le promettre, acheva la petite reine au front limpide, parce que la même foi m'anime.

Ce disant, elle avait connu une étrange paix.

VI

La première fille du couple royal, Méritaton, naquit quelques mois plus tard.

Le souverain, très ému, posa un baiser sur le front légèrement protubérant de l'enfant, et s'en alla trouver Nadir qui sommeillait sous un palmier.

— Mon ami, lui dit-il en le secouant par le bras, réveille-toi, nous avons un enfant.

Nadir se frotta les yeux.

... Une fille, qui nous ressemble prodigieusement.

— Vraiment ?

— Vraiment.

— Divinité ! Quel heureux père je suis... Mais quel piètre gardien : l'ombre de cet arbre m'a tenté, je me suis assoupi. Moi-même, je te le dis, je suis un misérable.

— Dormir s'accorde à ta nature, répondit doucement le roi. Et lorsque tu dors, ton ka ne vibre-t-il pas toujours en toi ?

— Mon ka ? En vérité, ce mot-là me rappelle quelque chose. Ka ? Quoi ? Qu'est-ce que c'est ?

Le roi s'assit près de Nadir, raidi d'avance.

— Les scribes enseignent que l'homme se compose de trois éléments matériels, expliqua-t-il : son corps, son nom, et son ombre.

— Ah ! fit Nadir.

97

— ... Et de trois éléments spirituels : la vie, l'âme et l'esprit. Ba désigne l'âme que les Égyptiens représentent sous la forme d'un oiseau à face humaine qui s'échappe du corps au moment de la mort.

Nadir cligna des yeux.

— C'est une belle image, dit simplement le roi. Mais l'impérissable ka...

L'autre pencha la tête, l'air très sot.

— Le ka est ta force vitale ; la partie de ton être qui appartient à l'univers... Il existait avant ta naissance, et il te survivra.

Lorsque tu lèves les yeux vers les étoiles, demanda-t-il en le dévisageant étrangement, ne sens-tu pas leur appel ?

— Quand je me cogne la tête, sans doute, je vois des étoiles, dit Nadir après un effort de réflexion, comme si j'en abritais sous ma calotte... Ma calotte est profonde, ajouta-t-il pour s'excuser en s'inclinant devant le pharaon. Elle recèle aussi beaucoup de nuit.

Il s'agenouilla, les larmes aux yeux.

— Moi-même, dit-il d'une petite voix, je ne comprends pas bien ton langage.

Le roi resta un moment silencieux. Puis il demanda :

— A laquelle de nos formes doit-on être le plus attaché, ami, à celle du corps, ou à celle invisible du ka... ? Qu'en dis-tu ?

Nadir réfléchit.

— A celle du ka, qui ne périt pas, je suppose : tel que je me connais, je ne peux désirer d'autre réponse.

— C'est juste, répliqua le pharaon, amusé : soyons attachés à ce qui nous relie à l'univers, et oublions nos intérêts particuliers.

Nadir fit cette fois la grimace :

— Quand mon estomac crie famine, l'univers ne s'en soucie guère, et toi, mon beau moi-même, tu acceptes bien la nourriture abondante du palais. Sans vouloir t'offenser, j'en conçois de l'amertume, et changerais volontiers de rôle de temps en temps.

Le pharaon se leva, fit un tour de palmier, réfléchit lui aussi et tendit la main à Nadir :

— Qu'il en soit ainsi, puisque tu le souhaites, lui dit-il. Prends ma place aujourd'hui et rends-toi au palais où m'attendent les dignitaires ; mange là-bas à ta faim, vois notre fille Méritaton et la gracieuse Néfertiti, trouve enfin le sage Amenhotep et assure-toi qu'il veille bien sur notre fils Toutankhaton, qui a déjà beaucoup grandi et précipite le temps. Échangeons nos vêtements, et puis va, mon frère. Je garderai l'oasis.

Nadir chaussa les sandales du roi et s'éloigna. Deux lions affamés le guettaient derrière le dos de la dune. Il s'enfuit à toutes jambes, la dune cambra les reins, les lions tombèrent dans sa voussure et disparurent. « Un service pour un autre », dit la belle alanguie en remettant à Nadir un message pour le Nil.

Trois gazelles buvaient au flot clair. Nadir, en s'approchant, les effraya. La première partit vers le nord où un prêtre l'apprivoisa, la seconde partit vers le sud où un nègre la mangea. Un regard happa la dernière qui passait devant une fenêtre ouverte : un jeune homme l'observait de ses grands yeux noirs ; elle se mira dans leurs eaux froides et y sombra aussitôt. Nadir souffla au Nil : « La dune vous aime... » Mais le dieu bleu, soucieux de presser sa pauvre mamelle, n'entendit rien.

99

Dix oiseaux s'envolèrent. Nadir voulut les suivre, s'élança et trébucha : l'une de ses sandales bondit sur un nuage et s'enfuit. Penaud, Nadir se perdit dans les roseaux ; il y rencontra un cheval, une girafe et un hippopotame. Il salua le premier, sauta au cou de la girafe, vit d'en haut l'oasis et enfourcha l'hippopotame.

« Vers Thèbes, au galop ! » lui dit-il. Mais il le frappa du talon et fit choir dans la boue l'autre sandale dorée... Voici comment il arriva pieds nus au palais.

Là-bas, les dignitaires entouraient le trône vide. Ils regrettaient le défunt Aménophis, cet habile diplomate, organisateur de grand talent et bâtisseur infatigable, et ressassaient leurs craintes.

Nadir entra et considéra le siège royal. Celui-ci faisait pour son ombre un bon fauteuil dans lequel il souhaitait s'asseoir avec elle. L'ombre d'un pharaon méritait quelques égards. Il fit donc la révérence et dit avec emphase :

— Ma forme fraîche, un fauteuil doré nous attend, toi et moi. Assieds-toi la première, je te suis.

Là-dessus, il s'installa confortablement et ajouta, la face réjouie :

— Me voici deux fois assis, j'ai deux enveloppes : une enveloppe d'eau et une enveloppe d'or. Je suis splendide. Vrai, je suis pharaon.

Une fois prêt, il jeta autour de lui en quelque sorte par mégarde un regard circulaire et s'écria, déconfit :

— Sapristi ! Que font tous ces singes ici ?

Les fonctionnaires encerclaient le trône en fronçant les sourcils.

— Que c'est laid, un babouin qui plisse le nez, commenta Nadir contrarié en se trémoussant sur son siège. Suis-je de travers ? Mes genoux sont en place, mes épaules ont fait connaissance avec le dossier sculpté, mes bras suivent avec discipline les directives des accoudoirs. Ma tête s'emplit maintenant de pharaonesques pensées, je suis disposé.

Les fonctionnaires observaient avec surprise ses pieds nus qui battaient le sol avec impatience. « Que me veulent-ils ? » pensait Nadir. « Je suppose que je dois saluer l'assemblée. » Il se leva. Son ombre se rua derrière lui.

— Bonjour la compagnie ! dit-il pompeusement.

Les fonctionnaires, déroutés, se lançaient des coups d'œil inquiets.

— Les courtisans minaudent, explosa soudain Nadir, fâché, mais je ne suis pas dupe. On me fait la tête, parce que j'ai perdu les sandales dorées. La nudité fait-elle scandale au palais, quand chacun revêt aujourd'hui un pagne de lin transparent et que les femmes ne cachent plus aucun de leurs charmes ? L'homme vêtu d'un corps, d'un nom et d'une ombre craint-il quelque chose ?

Le noble Ay et le vizir Ramosé, proche autrefois du Troisième Aménophis, suivaient la scène avec attention. Il était bon que le pharaon s'emportât quelquefois. Le jeune homme était trop souvent d'une féminine douceur.

Nadir se leva brutalement et tonna :

— A quoi bon un trône, quand chacun a pour siège son propre fondement ? Que chacun apprenne donc à régner en lui-même avant de porter un jugement sur autrui.

Ay sourit, rassuré.

— Pourtant, poursuivit Nadir, puisque j'ai aujourd'hui de l'autorité, que j'en use.

Avisant la couronne, sur un coussin à proximité, il s'en empara et la posa sur sa tête.

— Je prends sur-le-champ la mesure suivante : vous voyez passer parfois dans les rues de Thèbes un misérable du nom de Nadir, surmonté d'un crâne semblable à celui-ci.

Il pointa l'index sur l'édifice de son crâne.

— J'exige que par respect envers le pharaon auquel il ressemble, les dignitaires et les prostituées ne lui crient plus d'injures mais accourent vers lui avec des coupes de bière en disant : « S'il te plaît. »

Songeant subitement à son beau soi-même, il rougit et ajouta d'une voix profonde :

— Les soldats sont oisifs aux casernes. Qu'ils partent en campagne contre le désert et le soumettent. Depuis la disparition du sphinx ailé, ils ont négligé cette tâche.

Il époussetta son pagne d'un revers de la main, en rajusta les plis, et marmotta d'un air consterné :

— Les sables y sont en vrac. C'est d'un désordre insupportable.

Enfin, il se soulagea de sa couronne et conclut d'une voix claire :

— Le pharaon ne s'amuse plus. Que les singes se retirent.

Les dignitaires sortirent de la salle du trône mortifiés et pleins de rancœur. Ay et Ramosé s'assirent ensemble sous les tamaris et parlèrent longuement. Parmi les grappes fleuries, quelques canaris pépiaient gaiement.

Nadir, resté seul, avait pris le coussin destiné à recevoir la couronne pour caler ses reins endoloris en maudissant les reliefs du trône qui lui entamaient la peau et s'était endormi, les mains croisées sur le ventre, le chef de guingois.

Au bout d'un moment, agacé par quelque chose, il se tortilla et ouvrit un œil. Un ravissant oisillon empanaché d'un plumet doré se percha sur son nez et entreprit de lui piller un rang de cils. L'œil nu, Nadir fit face à la bête et vit que c'était une âme. L'âme avait le visage ovale, de grands yeux verts, un petit nez mutin et la bouche fardée. Ce détail l'émut. Il n'avait jamais songé à la coquetterie des âmes. Il ne s'était d'ailleurs jamais soucié de celles de sa famille, ignorant tout des siens. Il ne tenait pas à frayer avec cette engeance, qu'il fallait nourrir et gaver d'offrandes, des gloutonnes, des sans-gêne qui houspillaient les vivants pour les faire céder à leurs caprices.

— Ba, ba, dit-il de mauvaise grâce en se rappelant les paroles du pharaon.

L'oiseau glissa le long de sa narine et se rattrapa de justesse à la lèvre qui pendait.

— Ba, répéta Nadir ennuyé, pour l'en chasser.

L'âme lui souriait de sa bouche arrondie et faisait le joli cœur.

« Je connais ce visage, pensa soudain Nadir : c'est celui de la princesse Sât-Amon. »

— Tu as faim, vilaine, lui dit-il tout fort. Vois donc comme je suis maigre, je n'ai rien pour toi.

Il la repoussa en maugréant, se retourna sur son trône fort irrité et plongea dans les eaux vagues d'un sommeil plus profond où de grands crocodiles croquaient des oisillons.

Il se réveilla beaucoup plus tard, au son du luth. La belle Néfertiti en jouait au jardin pour ses enfants et pour oublier les dissentiments religieux qui se manifestaient dans toutes les circonstances de la vie domestique. Elle les taisait au roi ébloui pour ne pas altérer la félicité qu'il connaissait dans la louange d'Aton et prenait sur elle les attaques de Tiyi, les offenses voilées des courtisans, les menaces silencieuses des prêtres.

La jeune femme posa son luth avec lassitude et rentra au palais où elle croisa Nadir. Il quittait la salle du trône, attiré par la musique qu'il avait entendue dehors, le pagne chiffonné et la couronne sur l'oreille.

Néfertiti remarqua ses pieds nus et son air égaré ; elle découvrit tout à coup le torse malingre et le ventre mou, les cuisses disproportionnées, les chairs de femme de l'être singulier et cependant adorable qui était son époux, et le prit en pitié.

Nadir, en sa présence, fut plus niais que jamais. Il chercha un compliment à tourner, ne trouva rien d'abord, resta bouche bée. Puis des termes lui vinrent, saisis par hasard, qu'il essaya pour la première fois. Il s'avança, mélangea l'hommage avec l'offense et tombas sur le nez. La couronne chut à ses pieds, il s'écria. La reine pleura. Il assura qu'elle était plus belle encore et fit tant et si bien qu'il perdit le roi.

Néfertiti essuya ses joues et lui sourit gentiment, esquissa un geste, y renonça, et s'en alla sans un mot.

Désemparé, Nadir demanda son ombre. Il se retourna et la vit là, sûre et fidèle. Il la regarda avec affection, s'assit précautionneusement dedans en prenant garde de n'en pas déborder, ferma les yeux à demi, et peu à peu réfléchit.

— Mon ombre, lui dit-il, avais-je besoin de trôner ? Je voulais nous asseoir tous les deux dans un fauteuil doré. Hélas, qu'ai-je fait ?

Au bout d'un instant, il reprit :

— Quelle bonne chose, ombre, que tu sois là.

L'Égyptien, m'a expliqué un jour le roi, se compose de trois éléments matériels : son corps, son nom, et son ombre... et, si je me souviens bien, de trois éléments spirituels : la vie, l'âme, et l'esprit... Oui, c'est cela : ankh, ba et ka.

Il fit une pause et haussa un sourcil.

— Tout cela me dépasse. Je répète. Pour faire un homme, il faut premièrement trois choses : le corps...

Il se tâta avec soin et observa avec contentement :

— Je l'ai.

Il poursuivit :

— Son ombre...

Il jeta sur elle un regard attendri :

— La voilà. Il ne reste plus que le nom. J'en ai un depuis peu, tout va bien. Voyons la suite : la vie, sans doute, je l'ai aussi puisque j'en parle.

Le pharaon m'a présenté le ka comme une ombre invisible de moi-même, impérissable, et intégrée à l'univers : je suis l'ami des ombres, le ka me plaît, je l'adopte. Mais pour le ba, rien à faire. Je n'ai pas d'âme, c'est clair. Les âmes sont tyranniques et mesquines, égoïstes, rancunières, je n'en veux pas. Et puis, j'ai bien vu que le roi ne tenait pas le ba en aussi grande faveur que le ka. A propos de l'âme-oiseau, il s'est contenté de dire : « C'est une belle image. »

Malgré tout, c'est fâcheux. Si je n'ai pas d'âme, je n'existe pas. Ma foi, c'est possible. On m'a inventé, quelqu'un m'a rêvé. J'habite dans la tête d'un autre.

Nadir ramena ses genoux sous son menton et constata tristement :

— Ma laideur me consterne. Le pharaon, lui, au lieu d'une ombre, porte une enveloppe dorée.

Il y songea un moment et dit encore :

— Il resplendit. Lorsque je l'observe, je distingue autour de lui l'enveloppe dorée. Il n'a nul besoin d'accessoires. L'enveloppe dorée... continua-t-il avec effort, n'est ni le ba ni le ka et ne correspond à rien d'égyptien. A-t-elle seulement rien d'humain ? Je n'en ai vu autour d'aucun autre corps. Les soldats n'en ont pas, cela va de soi. Horemheb et Tiyi n'en ont pas davantage, la douce Néfertiti elle-même n'en a pas non plus.

Il considéra encore son ombre sur le sol et lui dit avec gêne :

— Tu es grise, mais je t'aime. Je ne suis pas un ingrat. Mais dis-moi, avais-je besoin de trôner ? Devant la reine, je suis tombé sur le nez, la couronne a chu à mes pieds... Qu'ai-je fait ?

Mon ombre, prends tes jambes à mon cou et fuyons du palais. Sortons au plus vite, avant le retour des dignitaires.

Et Nadir reposa la couronne sur son coussin pour s'éclipser rapidement, sa silhouette sombre à ses trousses.

Il aima retrouver l'animation des rues de Thèbes. Les femmes peintes, vêtues de robes légères, au cou et aux poignets chargés de bijoux, l'enchantèrent ce jour-là. Il se sentit de la sympathie pour les soldats attablés dans la maison de la bière, eut soif et entra.

La servante le reconnut et plaisanta. Les soldats s'y mirent aussi. Il était pour tous le pauvre Nadir, et se suffisait à lui-même. On lui offrit à boire ; il fit la bête de grand cœur et rit tant qu'on voulait. On le sifflait, on l'applaudissait ; il riait plus fort, donnait des bourrades aux soldats et aux femmes des baisers.

La nuit vint. On le jeta dehors. La fraîcheur de l'air le dégrisa. Il s'assit sous une grosse torche, contre un mur voisin, sur une pierre, et eut des remords.

Il y resta immobile pendant une heure, envieux de son ombre qui jouait par terre toute seule. Quelqu'un s'approcha de lui et lui posa une main sur l'épaule. Nadir ne leva pas la tête et dit sans se retourner :

— Je ne suis là que pour un ami. Tout le monde rit autour de moi, mais lorsque je veux rire aussi, je m'aperçois que je suis l'objet de la farce. Désormais, je fuis les hommes.

— Je suis un ami, répondit l'autre.

— Hum, fit Nadir. Tu sens la peinture sèche. J'ai deviné : tu es le peintre des béliers d'Amon. Amon se porte mal, par conséquent son peintre aussi. Dans ces conditions, c'est vrai, conclut-il, tu es mon ami.

Il se retourna enfin et sourit :

— Comment t'appelles-tu ? J'ai oublié ton nom.

— L'âme de ma mère s'est envolée à ma naissance, confessa le peintre. Mon père était déjà mort, égorgé par un Nubien qu'il avait refusé de peindre en jaune.

— Ah ! J'ai vu quelque part un homme à la peau jaune, coupa Nadir : c'est horrible. Ton père a bien fait de dire non.

L'autre hocha la tête.

— De la sorte, sussura Nadir, tu n'as pas de nom. A cause de cela, je crois savoir que tu ne te sens pas homme à part entière.

— C'est juste, admit le peintre, intrigué.

— Il me manque aussi quelque chose. Oh, presque rien : une âme, mais il s'ensuit que nous sommes frères. Et pourtant, tu as sur moi un avantage.

— Crois-tu ? demanda l'autre un peu ahuri.

Nadir se leva lentement et poursuivit avec un feint détachement :

— Quelles couleurs utilises-tu pour les béliers d'Amon ? Du rouge, du noir, du blanc... Du doré ?

— C'est cela : du rouge pour le museau, du noir et du blanc pour les yeux et pour les cornes. Il faut toujours du rouge pour attirer le regard du peuple. Les gens aiment le rouge. Le rouge plaît. Et puis il y a le doré.

— Le doré ne plaît-il pas davantage ?

— Bien sûr, dit le peintre. Le doré plaît aussi. C'est aux dieux qu'il plaît, ajouta-t-il après réflexion.

— Tu n'as pas de nom, reprit Nadir, mais tu connais le secret du doré. Tu n'es pas un homme complet, mais le divin t'est accessible.

— Tu tournes les choses à ta façon, repartit l'autre : je suis payé simplement pour peindre en doré des têtes de bélier.

Nadir s'assit sur sa pierre.

— ... Ou plutôt, j'étais payé pour les repeindre chaque année, corrigea le peintre. Cette fois, on m'a prié de ranger mes pinceaux. Je suis sans travail.

— Si je connaissais le secret du doré, dit Nadir qui suivait son idée, je sais bien ce que je ferais.

— Je t'écoute.

— Je me peindrais moi-même pour savoir quel effet cela fait de briller comme le dieu Amon derrière sa châsse. Je resterais parfaitement immobile et muet, on me prendrait pour un dieu.

— Tu exagères.

— Tu as raison, reconnut Nadir. J'ai voulu m'asseoir sur un trône, cela ne m'a pas porté chance, et voilà que je recommence. Le doré m'attire et me fait perdre l'esprit.

Le peintre secoua la tête.

— Il faut être raisonnable, dit-il. Tu as trop d'imagination. Moi, je n'en ai pas. Cela me protège depuis toujours. Les prêtres d'Amon me disaient : « Tu peins le museau en rouge, les yeux et les cornes en noir et en blanc, le reste en doré » ; j'obéissais sans discuter. Je n'ai jamais eu d'ennuis.

— Tu manques d'ambition, fit remarquer Nadir ; tu aurais pu peindre des fresques sur les murs du temple, des scènes d'offrandes ou de chasse dans le palais, des scènes de cour.

— Cela demande des efforts de style auxquels je ne suis pas préparé. Les pharaons ont d'eux-mêmes une vision qui n'est pas conforme à la réalité. Or, je n'aime rien tant que reproduire la réalité. Par exemple, le doré des béliers et de la statue du dieu ne correspond à rien de réel, il me coûte de l'utiliser.

— Pardon, objecta Nadir. L'or divin existe.

— Tu parles de celui du blé, ou de celui du soleil.

— Point du tout. Je connais un humain qui est recouvert d'une enveloppe dorée.

Le peintre fit un geste d'incompréhension :

— Je ne te suis pas, dit-il. Tu me parles d'un dieu, ou bien d'un homme ?

— Les deux, répondit Nadir : je parle du roi. J'ai cru d'abord que la lumière dorée qui entoure son corps venait du trône. J'ai essayé ce trône. Je suis persuadé maintenant qu'elle émane du roi lui-même.

— Tu me contes une fable.

— Que non ! C'est la pure vérité.

— Je ne croirai la chose que si mes yeux la touchent, répliqua le peintre.

— Des yeux qui touchent ! s'écria Nadir. Je côtoie un monstre.

Il s'approcha du peintre avec prudence, se pencha vers lui et inspecta minutieusement pupilles et iris :

— Je me méfie, expliqua-t-il. J'ai vu récemment des yeux plats. Depuis, il me semble que l'univers est moins sûr. Que devient-on, si son image est variable ?

Il recula d'un pas, s'assura de la symétrie des yeux par rapport au nez, s'inquiéta de la pente du regard, jaugea l'ensemble et dit d'un ton péremptoire :

— Gare aux yeux. Les yeux sont dangereux.

— Tu as bu, dit le peintre.

— J'ai bu, concéda Nadir. N'en parlons plus.

Il se rassit tristement sur sa pierre. Ses mains pendaient lamentablement entre ses genoux. Ses doigts désœuvrés entreprirent de se compter. Son ombre se mit aussitôt à la tâche. Vingt doigts s'agitèrent devant lui qui clignait des paupières, cou tendu, mâchoires contractées :

— Mon ombre ne cesse jamais, dit-il en soupirant. A cause d'elle, je vis deux fois : je cours deux fois, je suis deux fois battu par les soldats. C'est épuisant.

— Mais tu bois, grâce à elle, deux coupes de bière, rétorqua gentiment le peintre. Et puis, ajouta-t-il, abattu lui aussi, dans le sarcophage, il fait sombre. Ton ombre ne t'y tourmentera plus.

Il baissa la tête et soupira à son tour : ... Je dis des sottises. Ni toi ni moi n'aurons le privilège d'être ensevelis dans un sarcophage. Nous irons ensemble dans la fosse et pourrirons au soleil.

— Le roi, lui, aura un sarcophage doré, commenta Nadir, mi-figue, mi-raisin.

La flamme de la torche s'agitait. Les ombres sautillaient sur le sol.

— ... Le roi a tous les privilèges, reprit-il. Imagine-toi qu'il n'a même pas d'ombre.

— Tu as dit : « Imagine-toi », fit observer le peintre. Je ne le peux pas.

— Bon, dit Nadir, je recommence. Je dis : « Le roi n'a même pas d'ombre. »

Le peintre sursauta :

— Plaît-il ?

— Je disais, répéta Nadir d'une voix plaintive, que le roi à l'enveloppe dorée n'a même pas d'ombre ; je lui ressemble à m'y tromper, mais il est lumineux. Moi pas.

— Emmène-moi auprès de lui, demanda le peintre avec animation. Reproduire les ombres présente pour moi de grandes difficultés. Les autres peintres les omettent délibérément, pour obéir aux règles de l'art conventionnel. Moi, parce que je les vois, je veux les faire figurer ; mais parce qu'elles sont immatérielles, cela m'est impossible...

J'aurais pu être un grand peintre, ajouta-t-il humblement, mais ce problème insoluble a entravé ma carrière, et je me suis contenté de barbouiller des têtes de béliers.

Il hésita. Finalement, l'espoir l'emporta :

— ... Peut-être saurais-je faire le portrait du roi ! s'écria-t-il joyeusement.

Un petit vent passa et souffla sur la flamme. Les ombres disparurent dans la nuit.

— Sans doute, répondit Nadir fatigué, sans doute. Dormons l'un contre l'autre, veux-tu ? Tu n'as pas de nom, le roi n'a pas d'ombre ; son frère a les yeux plats, tu as des yeux qui touchent. Tout cela est inouï. La vie est compliquée, nous y penserons demain.

*
* *

La lassitude avait retenu le pharaon aux abords frais de l'oasis, où il était resté toute la nuit. Au matin, à l'idée de Nadir trônant à sa place, il se hâta de rejoindre Thèbes et le rencontra en chemin, escorté par le peintre des béliers.

Apercevant le roi qui longeait le flanc de la dune, ce dernier avait dit à Nadir : « Te voici, tu marches vers toi-même. » « C'est bien moi », avait confirmé Nadir. Mais lorsqu'Aménophis s'avança vers lui pour le serrer contre sa poitrine, le peintre poussa des cris, lança bras et jambes de droite et de gauche, pivota, tournoya, trépigna, éclata en sanglots.

Le roi, silencieusement, rayonnait. Nadir, très inquiet, s'approcha de son nouvel ami, posa la tête sur son cœur, entendit du bruit, et rassuré, lui dit :

— Tu vis encore, ne meurs pas.

Le peintre se laissa tomber sur les sables et ferma les yeux.

— Je suis perdu, dit-il. Le mirage a eu raison des yeux qui touchent.

Nadir, découragé, bâilla. Il savait bien que les « yeux qui touchent » causeraient des histoires.

— Ne t'avais-je pas averti, dit-il avec reproche, de ma ressemblance avec le roi ?

Aménophis sourit. Le peintre observa l'un puis l'autre, fronça les sourcils, baissa les paupières, les embrassa courageusement tous les deux d'un seul regard et cacha son visage dans ses mains.

— Je crains le désert, gémit-il en manière d'excuse. Des images s'y promènent, qui ne sont pas tangibles.

— Ne rêves-tu jamais ? demanda doucement le roi.

— Jamais, répondit le peintre. Mes nuits sont noires.

— Le malheureux ! s'écria Nadir.

— Ne penses-tu à rien ? insista le roi. Tes pensées n'ont-elles ni formes ni couleurs ?

— Les dieux me gardent de penser ! répliqua le peintre. Ma tête n'est emplie que de formes d'objets déjà vus. Au fond, je n'ai que des souvenirs... Nulle pensée. Mon esprit est lent, avoua-t-il, chargé de choses pesantes. Par prudence, je n'imagine rien et ne m'aventure pas à réfléchir. Je n'ai affaire qu'avec ce qui existe.

— Mais, jeune homme, répondit le roi gentiment, les rêves existent.

— Vous me faites peur, dit l'autre, farouche.

— Ne crains pas. Ne vois-tu pas que je suis semblable au pauvre Nadir ?

— Ce que je vois aujourd'hui m'effraie. Comment vous distinguerai-je l'un de l'autre ?

Nadir s'exclama avec impatience :

— Que c'est donc terrible, une tête sans intelligence ! Ne te souviens-tu pas de ce que je t'ai dit ?

— Je ne me souviens que de ce que j'ai vu... De la sorte, ajouta-t-il sérieusement, je tiens la vérité.

Nadir :

— Par pitié ! La vérité est un cauchemar.

Il tira le peintre par le bras et, désignant le roi :

— Est-ce le roi ?

— Peut-être.

— Vois-tu l'enveloppe dorée ?

— Non.

Nadir haussa les épaules.

— Maintenant, vois-tu l'ombre à mes pieds ?

— Parfaitement.

— Et sous les pieds du roi ?

— Non.

— Eh bien, celui qui n'a pas d'ombre est le roi.

Le peintre s'inclina profondément devant son souverain.

— Majesté, lui dit-il gravement, voici la chance de ma vie. Avec votre permission, ma carrière commence aujourd'hui. Aurais-je le bonheur de vous prendre pour modèle ?

Le pharaon le regardait avec bienveillance.

— Ton goût de la vérité me touche, bien que là-dessus nos opinions divergent, répondit-il. Je ne crains aucune flatterie de ta part ; tu reproduiras mon image

113

exactement. Au peintre, je ne demande que cela. De l'homme, ajouta-t-il doucement, j'attendrai davantage.

Le roi s'assit sur le genou de la dune et posa pour le peintre. De loin, il encourageait l'artiste : c'était bien, c'était lui tout à fait. Nadir s'ennuyait. Il contourna la poitrine de la dune, grimpa sur sa nuque et lui ravit un roseau qui poussait à l'écart. Il l'apporta au peintre et lui dit : « Pour la courbe du nez » en l'offrant en exemple. L'autre ne vit rien de ce qu'on lui tendait : les roseaux, à sa connaissance, croissaient aux marais.

Le pharaon réfléchissait. Il avait sous les yeux la ligne horizontale. Le harem n'était pas un lieu pour Smenkhkérê ; il allait l'en faire sortir ; leur mère ne s'y opposerait plus. Il avait songé pour le prince au poste de Scribe des Célestes Transformations Manifestes à l'Horizon, qu'il aurait créé à son intention ; il aurait assigné à l'eunuque celui d'Assistant du Scribe aux Mesures. Il avait abordé le sujet avec eux maintes fois déjà. Smenkhkérê, naturellement laconique, accusait ce trait en ne répondant pas du tout. Il écoutait sauvagement, allongeait le bras jusqu'à l'omoplate de bœuf qui gisait en travers d'un tapis, l'appliquait sans un mot sur son œil et se rivait à sa fenêtre. Un beau jour le roi, le cœur chagrin, avait tendu lui-même l'objet à son frère et y avait distingué une mystérieuse inscription dont il avait demandé le sens à l'eunuque. Celui-ci avait déchiffré pour lui les caractères chinois : « L'avenir est à l'horizon », et précisé que cet os troué était, dans son pays, utilisé pour les oracles. A Smenkhkérê il servait seulement de lunette.

Le jeune pharaon remuait dans sa tête la phrase fatidique : « L'avenir est à l'horizon. » Il n'était écrit nulle part que l'avenir serait à Thèbes. Son père s'était établi sur la rive gauche du fleuve à l'endroit nommé « La Recherche du Soir » où lui, le Quatrième Aménophis, résidait déjà depuis près de quatre années. « La Recherche du Soir » appartenait au passé du défunt. De son côté, il rechercherait toujours, au-delà de la ligne fuyante de l'horizon, la présence de la divinité, et interrogerait incessamment le globe du soleil, son œil parfait.

L'entêtement de son frère le tourmentait. Il lui apparut soudain que le prince était d'une fragilité extrême, due à l'extrême pureté d'une exigence intérieure. Il éprouvait pour cet être un respect infini. Le regard particulier de Smenkhkérê, il n'en doutait plus, était en quelque sorte un regard fossile de la divinité, fixé sur la limite du monde créé, inamovible en apparence, mais en apparence seulement.

Les yeux plats devenaient les fétiches attendrissants d'une civilisation révolue. Il décida de protéger ce trésor et d'élever une cité en son honneur. Il y trônerait sous le globe, toutes ses décisions en émaneraient. Elle porterait le plus beau nom qu'il pût imaginer... la Cité de l'Horizon.

Le peintre avait terminé son portrait. Le roi s'approcha et considéra son visage de sable.

— Les couleurs n'y sont pas, dit le peintre confus, j'ai tout fait dans les ocres.

— C'est mon teint, répondit le roi aimablement, c'est celui de tout homme d'argile friable.

— Mon pinceau m'a fait défaut, reprit le peintre en tirant de son pagne une tige de papyrus... J'ai dû plier ceci à ma volonté.

— Le papyrus à la section triangulaire était l'outil rêvé. La figure triangulaire évoque l'angle de vision de la divinité. Les pyramides, rayons de soleil pétrifiés, en sont un autre signe.

— Certains traits de la nuque et du menton sont un peu durs.

— Ne suis-je pas ainsi ? répliqua patiemment le roi. Ma nuque est raide, et mon menton bien affirmé.

— La projection du visage en avant...

— Est rendue à merveille.

— La bouche grande, aux lèvres rebondissantes comme quatre joues cousues ensemble...

— Est bien la mienne.

— Quant au crâne ovoïde... risqua encore le peintre...

— Nous y tenons. Ce monticule est admirable, ajouta le roi en se penchant sur l'ouvrage. C'est mon visage étroit, c'est bien moi.

Et, se tournant vers Nadir :

— Qu'en dis-tu, mon frère, est-ce nous ?

Nadir tendit le cou, pencha la tête.

— Nous voilà. Nous sommes hideux.

Le peintre recula.

— Ne crains rien, ami, lui dit le roi. Nous nous voulions ainsi.

Il s'accroupit près du portrait et murmura :

— Très intéressant... La plus juste image de moi que je vis jamais.

A Nadir :

— L'effacerons-nous ?

Nadir :

— Tout de suite.

— Je ne comprends pas, dit le peintre, très pâle. Vous aimiez mon travail.

Nadir se baissa et entreprit d'effacer la cime du crâne.

— Bravo ! applaudit le roi. Mon esprit à présent pourra prendre ses aises. Permets, très cher, que j'efface à mon tour un peu de cette joue.

Le peintre affolé courait de l'un à l'autre.

— Je suis bien soulagé, répondit Nadir. Je suis moins vulnérable. La bouche est disgracieuse, remarqua-t-il ensuite en s'approchant du dessin, je la fais disparaître.

— Tu as raison, dit le roi.

— Le nez est tordu, qu'il s'en aille.

— Je t'approuve entièrement.

Le peintre désolé tomba à genoux, disant qu'on se moquait de lui, qu'on jouait à le rendre fou. Le roi fit un signe à Nadir qui cessa aussitôt et prit le peintre par le bras.

— Mon ami, lui dit-il, faisons un tour de dune. Nous parlerons ensemble.

L'autre le suivit, un peu rétif. Le Quatrième Aménophis était une énigme. Bien qu'il n'ait pas perçu autour de lui l'enveloppe dorée, le peintre avait dû constater que son corps n'était pas suivi d'une ombre comme les autres corps. Cette absence d'ombre prouvait la lumière, il n'y avait rien à redire à cela. De plus, Nadir avait raconté partout dans les rues de Thèbes que chacun abritait en lui-même une oasis. Il regrettait maintenant de ne voir ni l'enveloppe dorée autour du corps du roi ni l'oasis à l'intérieur du sien.

— Ne pleure pas, lui dit doucement le pharaon, parce que tu n'as pas la perception intérieure des choses. Tu les appréhendes de l'extérieur d'une manière si précise que tu deviens pour moi un repère précieux, une sorte d'ancre qui me fixe au monde sensible, et me permettra de m'en éloigner dans l'idéal sans danger de m'y perdre. Grâce à toi, je connaîtrai sa laideur et pourrai aller plus loin dans le désir de la beauté. Grâce à toi, le mal deviendrait solide, s'il existait ; dès lors, une fois cerné, il serait combattu. Mais il n'a pas de consistance propre. On ne peut que constater son empreinte, parce qu'il s'inscrit en creux dans la réalité.

... Mon ami, déclara le pharaon solennellement, je te remercie. Tu m'es utile, nécessaire, même. Sans toi, probablement, je n'aurais pas pu continuer à progresser dans la connaissance de la divinité.

Le peintre reniflait, il hésitait à se laisser consoler.

— Je suis malheureux, répondit-il tout de même, à cause du rôle que m'attribue Votre Majesté.

— Est-il convenable que tu sois malheureux, quand le roi te manifeste sa reconnaissance ?

— Votre pensée est si noble, bredouilla le peintre... Votre Majesté est si... majestueuse... Votre Grandeur...

— Si grande, coupa le roi amusé.

— C'est cela, reconnut le peintre penaud.

Il restait pourtant embarrassé.

— Pardonnez-moi, Votre Majesté, ajouta-t-il en tremblant... Votre visage... Pourquoi est-il si repoussant ?

Le roi sourit tristement :

— Mon ami, murmura-t-il, à vrai dire, je ne le sais pas.

A quelques pas de là, Nadir creusait les sables et jouait à s'y cacher.

— Qui est Nadir ? demanda brusquement le peintre.

— Un autre moi-même.

— Une partie, ou le tout ?

— Une partie, et le tout.

— Et moi ? demanda-t-il encore. Qui suis-je ?

— Une autre partie, une autre expression du tout.

— Je ne comprends pas. Je ne ressemble pas à Votre Majesté.

— Les humains sont tissés dans un même tissu de chair. Il n'y a ni esclave ni maître... Ni roi ni serviteur, ajouta le souverain en tendant la main au peintre qui se prosternait devant lui. De même, nos esprits, tissés dans les chairs célestes, se mêleront-ils bientôt dans un total embrassement.

— Bientôt ? questionna le peintre effrayé.

— Dès maintenant, et dans la mort, pour un plus grand accomplissement.

— Ni esclave ni maître... répéta le peintre, songeur.

— Des égaux, des frères devant la divinité, conclut fermement le roi.

L'autre restait coi.

— C'est le roi qui te le dit, acheva-t-il avec un sourire.

Le peintre, un peu étourdi, fit distraitement quelques pas et se laissa choir sur une petite butte de sable. Celle-ci remua, se secoua, éternua, et la tête de Nadir apparut.

— Les convulsions terrestres annoncent l'écroulement des mondes, dit-il d'une voix tonnante. Nous sommes au bord des temps, sautons dans l'avenir.

Il bondit hors de son trou et, tournant la tête, vit ses compagnons.

— Tiens, un peintre près de ma royale personne.

Le peintre, abasourdi, cherchait des mots d'excuse :

— Je ne sais plus où j'en suis, dit-il. Ce que je tenais pour sûr, j'en doute aujourd'hui. Je vois double. Je suis malade. Je mourrai demain.

Nadir s'avança et lui répondit avec condescendance :

— Parle, mon brave. Nous t'écoutons.

— Je ne crois pas en l'âme-oiseau, dit le peintre en pleurant. La barque solaire, la vipère de la vallée, les quarante-deux dieux, les glorieux, les lumineux, les saintes faces des ténèbres, je n'y crois pas.

Nadir jeta un coup d'œil vers le pharaon qui suivait la scène attentivement.

— Franchement, mon ami, nous non plus.

— Les singes, le chien noir, l'hippopotame et le crocodile, toute la ménagerie, c'est trop pour moi.

Nadir hocha la tête :

— C'en est trop.

— L'histoire du nom magique, sans lequel on ne peut vivre dans l'au-delà, les mots ouvreurs de portes, le cœur qu'on pèse dans une balance, je n'ai jamais pu m'y faire. On m'en a parlé cent fois : peine perdue.

Nadir lui prit le poignet :

— Tout va bien, tu n'es pas malade.

Aménophis lui enjoignit discrètement de se taire.

— Bref, dit le peintre, jusque-là, je ne croyais en rien et m'en portais bien. Maintenant, devant le roi que voilà, je souffre de ne pas croire. Je sens que je l'aime. Il est aussi beau en dedans qu'il est laid au-dehors.

Le pharaon, immobile, le regardait intensément. Le soir tombait. Des étoiles naissaient dans la nuit de leurs prunelles. Le peintre éclata en sanglots :

— Je voudrais voir l'enveloppe dorée.

Il se renfrognait. Son visage, d'abord sombre et plissé, s'illumina subitement :

— Qui sait, s'écria-t-il, si le roi, à l'intérieur, n'est pas tout en or ?

Le souverain posa affectueusement une main sur son épaule. Nadir prit un air malicieux et dit d'une voix flûtée :

— Crois-tu ?

VII

Le jour se leva à Héliopolis. Les prêtres du soleil y célébraient paisiblement le culte de Rê devant la pierre sacrée nommée benben, dans la cour la plus secrète du temple. Le jour caressa rapidement les arêtes de la pierre et s'en fut. Il plana un peu plus loin, au-dessus des répliques grandioses et sacrilèges du benben élevées sur le plateau désertique, les pyramides. Il enveloppa de clarté la plus haute, exposa son grand corps à la cime ardente qui se ficha en lui pour l'épingler au ciel. La lumière se répandit lentement sur le Double Pays.

A Thèbes, des hommes et des femmes s'assemblèrent autour du pharaon. Au-dessus d'eux, les flèches noires des hirondelles indiquaient l'horizon.

Sur le chemin de la cité nouvelle, les animaux s'avançaient deux par deux. Des girafes tranquilles allaient l'amble, suivies de maigres lions. Les hippopotames, grincheux au sortir des boues, filaient maintenant bon train, aiguillonnés par des singes attachés par la queue. Des papillons amoureux mêlaient leurs couleurs. Ils se prenaient dans les regards langoureux des gazelles, virevoltaient, tourbillonnaient et s'en allaient, étourdis mais plus graves, se poser sur une brindille pour la fleurir. Des bouquets naissaient aux épines. Des arbres s'arrachaient au sol aride et marchaient vers le Nil. Les yeux des sables ruisselaient de rosée, la dune sentait ses seins s'ouvrir pour des palmiers. Le désert entier salivait.

Les humains, plus tardifs, découvraient qu'ils s'aimaient. Chacun offrait de soi sa douceur, son désir caché. Les plus méchants renonçaient à leur peur. Les meilleurs l'étaient davantage. Les femmes couraient devant, entraînant les enfants. Les aînés parlaient entre eux. Des groupes, çà et là, interrompaient leur marche pour s'embrasser. Certains volaient. L'or de la lumière s'était détaché de la nuit et flottait comme une soie... Dans chaque œil, un soleil. Dans chaque main, une étoile. Sous les dents, sous les ongles, des pépites.

La terre, fixée à la voile du ciel, prenait le large, et ce grand navire franchissait les espaces.

Les hirondelles rencontrèrent le jour entre Thèbes et Héliopolis, à mi-chemin, et plongèrent leurs plumes noires dans la lumière.

Le pharaon s'avançait dans ce désert, suivi d'une cour curieuse et du peuple joyeux. Beaucoup d'âmes avaient cru. Des loqueteux, des étrangers, seraient princes à l'horizon. Le scandale ravissait les dames du royaume. Les dignitaires, attachés au service de Sa Majesté, n'imaginaient pas d'autre fonction.

Les fidèles d'Amon étaient restés à Thèbes autour de la statue de leur dieu dont ils préféraient le vernis à la beauté du jour.

Le roi se plaça sous la jonction noire et blanche, dirigea son bras de haut en bas et proclama que la cité serait édifiée dans le vaste cirque formé par les falaises, éloigné des lieux édifiés, qu'aucun pied n'avait jamais foulé.

La terre vierge captivait les plus corrompus ; les pauvres espéraient en une égalité des chances avec la répartition de parcelles sans histoire et sans propriétaire. Chacun, avait promis le pharaon, aurait sa maison et son jardin, et n'en rendrait compte qu'à la divinité. L'époque de Thèbes était consommée. La noblesse, désormais, serait naturelle : plus de privilèges... la grâce ferait tout.

Le lendemain, le pharaon trônait sur un petit pliant dans son paysage jaune. Il composa quelques phrases sur la complicité des éléments en ce lieu neuf, l'entente muette des choses, la paix, dès que le temps s'absente, et conclut que l'unité repose. Les scribes accroupis tenaient prêts palette, calame et papyrus pour noter soigneusement les paroles royales en ce jour mémorable.

Tout près du souverain attendait un long jeune homme aux yeux plats. Aménophis présenta Smenkhkérê, qui fit à Néfertiti compliment de sa coiffure droite à la ligne si pure. La reine répondit qu'elle aimait sa présence.

La foule s'approcha lentement, attirant à elle des pans entiers de nature, des branchages pleins d'oiseaux aux pattes desquels s'accrochaient des vents d'Orient et d'Occident, des eaux habitées, des épaisseurs célestes où des âmes passaient. Les hommes et les femmes avaient le monde sous leurs sandales, sous les pieds des enfants s'étendaient des prairies où gambadaient des moutons et des porcs.

Sur un signe du roi, tous se plaquèrent contre le ciel et se donnèrent la main. Chaque nœud renforçait l'horizon solide.

— Vois la ligne vivante, dit Aménophis à Néfertiti, les bras noués ensemble, les cœurs d'accord. Allons, l'union des hommes est possible. Si la poussière salit leurs regards, elle ne peut rien contre l'eau retenue dans leurs corps. Leur désir de s'unir s'est inscrit dans la moiteur de leurs mains serrées. L'eau se souviendra.

Les hirondelles battirent des ailes et s'en furent vers l'oasis. Elles survolèrent les sphinx sans leur prêter attention et aperçurent Nadir, pieds joints dans son ombre étroite. Les oiseaux, le voyant si vaillant et si seul, formèrent au-dessus de lui un grand carré pour l'abriter du soleil.

Nadir vit au sol l'ombre noire et l'arpenta. Il pensait à la cité de l'horizon et se félicitait de ses entreprises grandioses qui assureraient à jamais sa réputation.

— Aujourd'hui, déclara-t-il d'une voix si forte qu'elle effeuilla trois palmiers et retroussa dix serpents, je bâtis la ville d'Aton, Akhétaton, en pleine lumière. Et cela, pas n'importe où : en face d'Hermopolis, un domaine d'Amon. Amon, pfft ! fit-il avec mépris. Amon est fini.

Il s'arrêta à un angle du carré, s'y posta et se tut pour laisser monter jusqu'à lui les bruits du monde. Leur musique le baignait, elle le parfumait, elle se donnait à toucher et à boire.

Un aigle vint. Il fendit le ciel en deux. Son aile gauche s'ouvrait sur les souvenirs, son aile droite sur les désirs. Celle-là était grise, et celle-ci vermeille. Celle-là déchirée, trouée ; plusieurs plumes manquaient. Celle-ci luxuriante, exubérante. Son duvet foisonnait. Chaque plume était un rameau, chaque penne

124

une branche fleurie, un arbre bientôt, une forêt. Le roi y marchait. Des garçons et des filles le suivaient ; beaucoup de femmes, quelques vieillards.

L'aigle saisit dans son bec le fil de l'horizon, en fit un cercle et y plongea. D'autres cercles aussitôt s'inscrivirent dans les cieux, une multitude, des milliers peut-être, des cercles menteurs, des imitations de l'œil de l'aigle, des simulations de perfection, des produits d'Amon.

Le roi ne s'y trompa pas, visa la cible de l'œil et se dressa au centre de son soleil. De là, il clama le nom du dieu que d'autres voulaient taire : « Aton ! »

Trop fort. Trop haut, trop bas, trop grave. Quelque chose se brisa dans l'harmonie des sphères. L'oiseau trembla, l'aile usée tomba en poussière, il s'effondra sur le sol. Quelques plumes s'échappèrent. Des hyènes se jetèrent sur elles pour en extraire la papille nourricière, une moelle sèche.

Nadir tressaillit. Il grelottait.

— Par exemple ! A l'angle de cette ombre, je suis dans les frimas, remarqua-t-il. Ombre carrée, je te quitte.

Les hirondelles se dispersèrent dans les quatre directions.

L'aigle gisait à trois pas. Nadir vit la béance ronde de son œil, chercha celui-ci, sut que c'était le soleil et ne s'inquiéta plus. L'aile vermeille reposait sur les genoux de la dune. Il s'en approcha et fit la scrupuleuse inspection de ses plumes magnifiques.

— Bel organe du vol, observa-t-il. Parole de gardeur d'oies. Il peut encore servir.

Cependant, Nadir s'endormit sans même s'en apercevoir, comme cela arrivait souvent, et sa conscience s'aventurait vers les par-delà. Il rêvait à la cité nouvelle.

A l'horizon, le roi se tenait debout près de Néfertiti qui serrait contre elle ses enfants dans un char de bois précieux recouvert d'électrum, cet alliage d'or et d'argent où le soleil et la lune combinaient leurs vertus. Mais il était frêle et l'attelage trop puissant, les roues s'enflammèrent. Elles se détachèrent du branlant assemblage et incendièrent le jour. Une coulée de nuit fit de l'avenir une ruine.

Le char royal s'arrêta au centre de la plaine. Les grands personnages l'entouraient, attentifs aux instructions du maître de cérémonie. Celui-ci fit descendre la première Néfertiti, la souveraine des Deux Pays, la dame à la couronne de plumes, l'aimée d'Aton que le roi chérissait.

— Les regards déploient leurs eaux et des mers sont créées, des étendues infinies, murmura le pharaon.

Les regards croisés drapent les cieux autour de la terre et la maintiennent éternellement libre et suspendue. La grande responsabilité que celle d'aimer ! Le sort du monde en dépend.

Néfertiti inclina la tête.

— Un chant d'amour aux cieux, poursuivit-il, c'est encore dix mesures de futur. Aimer repousse l'issue fatale. Face à face avec la divinité, c'est le seul recours. Un baiser fait d'une planète froide et grise une étoile qui gagne sur la nuit. Le baiser est la seule arme.

Le maître de cérémonie attendait poliment. Sur un signe du souverain, il annonça pompeusement : « Le roi de la Haute- et de la Basse-Égypte, Néfer-Chéperou-Rê, l'Unique de Rê, Aménophis ! Qu'il vive et resplendisse ! »

Le roi, du haut du char, corrigea sans détours :

— Aménophis n'est plus. Que vive Akhénaton, celui qui plaît à Aton et marche dans la vérité.

Les dignitaires, inquiets de voir qu'il ne se conformait pas à ce qui était prévu, faisaient de longs museaux et le dévisageaient avec crainte : le pharaon changeait de nom !... Pour quelle incidence, aux cieux et sur la terre ?

Le souverain ouvrit les bras à l'assemblée et considéra ses sujets. Il tourna alors sa face vers le soleil et dit avec l'autorité de la voix nue :

— Aton. Mon père, le vôtre.

La foule s'animait. Le pharaon fit acclamer Néfertiti.

— Néfer-néferou-Aton-Néfertiti est l'aimée d'Aton, psalmodia le maître de cérémonie... Qu'elle vive et resplendisse !

Le roi demanda ensuite à son épouse de jouer de la harpe et chanta. Quelques hommes l'accompagnèrent. Les femmes s'étaient approchées du char et voulurent toucher sa main. Troïs ou quatre prétendirent voir sa peau scintiller comme de l'or et moururent aussitôt. On emporta les corps et chanta plus fort.

Une clameur s'éleva soudain dans l'assistance : un archer lançait contre le globe un méchant trait. Akhénaton offrit à l'homme sa poitrine à transpercer. Ce dernier, un certain Mahou, tomba à genoux et parla de se livrer comme esclave. Le pharaon le pria de n'en rien faire. L'homme lui jura fidélité et se vit attribuer la fonction de préfet de la police de Sa Majesté.

Aton était sur toutes les bouches. Son nom redessinait les lèvres, remodelait les mâchoires, façonnait autrement les visages. Un peuple nouveau naissait, d'un type particulier, plus fin, plus élancé. La bouche s'avançait, les pommettes s'effaçaient, les yeux se bridaient. Pour loger ce nom aux longs retentissements, les fronts se dilataient.

Quelques prêtres au service du dieu menacèrent de s'en aller : leur rôle était de tamiser les lumières d'en haut pour protéger les humains des embrasements divins. L'Unique se donnait à tous, selon le pharaon, sans en passer par eux. Ils affirmaient néanmoins que les rayons droits d'Aton feraient encore bien des victimes. Sa Majesté devait être avertie des dangers que l'Égypte courait à cause d'Elle.

Le roi les entendit. Le dieu, assura-t-il, en appellerait à eux pour montrer à tous la voie révélée. Aton aurait son temple et son grand-prêtre, s'il le fallait. Il nomma Panehésy.

Les prêtres le remercièrent et s'en furent vers les autels. Il y avait là des fruits et des laitages, pas de bêtes ouvertes et fumantes. Le pharaon n'aimait pas les offrandes sanglantes. Les chasses de toutes sortes, la guerre, l'esclavage, étaient des hontes passées. De l'amour, de la paix, rien de plus : tel serait le règne d'Aton, à l'entendre.

Sous les acacias, aux abords de Thèbes, les ibis déplorèrent la disparition de plusieurs des leurs, dont ils abandonnèrent la carcasse aux sables. Les insectes s'immiscèrent dans les vieilles pennes des gros corps gras ; puis les vers s'y mirent. Les plumes relâchèrent enfin l'air misérable qu'elles retenaient encore. Le souvenir même du vol s'estompa.

La dune s'ouvrit en renâclant une nouvelle fois et engloutit les ibis.

Smenkhkérê suivait les cérémonies à travers l'omoplate de bœuf. L'instrument le sauvait de la foule. Grâce à lui, au lieu de voir d'un seul coup mille personnes, il n'en voyait que deux ou trois à la fois, et encore, tronquées, autant dire seulement à demi dangereuses. La plupart du temps, il se contentait d'une pièce de ciel avec trois rayons de soleil. La forme du globe le gênait. Le pharaon lui avait conseillé de concentrer son attention sur les droites qui en émanaient. Il y tenait lui-même et envisageait de les faire figurer dans la représentation qu'il adopterait pour le soleil. Sauvegarder la ligne droite, dans un monde aux reliefs mous, lui paraissait nécessaire.

Le prince s'était montré déçu, devant le site, de trouver l'horizon circulaire. Le pharaon lui avait découvert l'endroit comme le lieu protégé duquel il allait pouvoir accomplir sa mission au mieux : ce cirque était une orbite de la terre. Smenkhkérê l'avait admis.

Il lui avait fallu admettre aussi l'idée de n'atteindre jamais l'horizon. L'assurance qu'aucun humain ne se l'approprierait dans l'intention de bâtir dessus le consola de son désappointement. Il le préférait peut-être ainsi, quasi inexistant.

Le soir venu, à l'issue des cérémonies, Akhénaton se retira avec Néfertiti sous une simple tente, à peine plus vaste que celles attribuées aux courtisans qui y rêvaient, en attendant, de villas somptueuses aux jardins plantés d'arbres aux ombres généreuses. Akhénaton voulait un temple au grand soleil qui eût pour toit le seul ciel.

Il se pencha vers son épouse et, dans l'émerveillement de son amour, lui dit :

— Mon amie, nous fonderons ici la cité du beau désir. Nos cœurs seront des plages peuplées d'hommes qui marchent, nos sourires seront des baies et nos bouches des barques qui ne connaîtront que nos rires pour tempêtes. Nous serons heureux. Notre esprit s'égaiera de ses propres volutes.

La reine l'approuvait. A la nuit, il se pencha vers elle un peu plus. Néfertiti ne bougeait pas. Elle priait tout bas pour qu'il parlât toujours. Il se tut bientôt et la prit dans ses bras. La jeune femme se plaignit, imperceptiblement. Le roi se méprit et resserra son étreinte.

Vers la cinquième heure, il se leva et sortit sous les étoiles. La nuit malgré elle se déchirait et enfantait le soleil. La lumière poussait derrière, le tissu craquait un peu partout. Progressivement, l'or du ciel recouvrit Akhénaton. Un garde en faction près de la tente, attiré par cette violente lueur, s'écria, terrifié, qu'il avait vu un dieu, et s'enfuit vers les falaises. Les pierres, l'une à l'autre, répétèrent à l'assourdir le mot mystérieux : « Dieu... dieu... dieu... »

Le nom trop grand avait chassé de lui tous les autres. Où qu'il allât, quoi qu'il fît, devant chaque être, chaque objet, un seul lui venait désormais. Le pharaon ennoblit l'homme élu entre tous. Il l'honora du très beau titre de Témoin de la Divinité, et le remercia publiquement de remplir sans faiblir son merveilleux office.

Un médecin appela le garde malheureux et proposa ses services. Il fut renvoyé : la divinité était partout et non cachée dans les statues, l'homme le ferait savoir.

Les jours passaient. Akhénaton prenait les premières dispositions pour l'édification de la cité et pensait à l'Unique. Il sentait confusément depuis toujours que la divinité vivait partout ; mais ce « partout » était-il borné, comme l'était par des stèles la cité de l'horizon elle-même ? Le terme n'indiquait-il pas au contraire le dépassement de toutes bornes ? Un « partout » extensible à l'infini semblait projeter au fur et à mesure la divinité dans l'espace. « Je crois, songeait le roi, que la divinité se développe continuellement. Le regard ricoche d'astre en astre, et de nouvelles plaines s'ouvrent toujours à lui. La divinité court devant, ce qu'elle est ne peut mieux se définir que par ce qu'elle sera. « Être », pour elle, ne serait autre que « devenir ».

Nuit après nuit, assis sur ses talons, il s'interrogeait sur la création. Si la divinité était perpétuellement à définir, l'idée de perfection tombait d'elle-même. Si l'infini signifiait bien « ce qui n'était pas fini », la perfection, avec son sens d'achèvement, était une invention humaine. Voilà qui était comique, la divinité avait moins de prétention.

« Odieuse perfection ! Illusion détestable ! se disait Akhénaton. Ce que j'observe, c'est l'élan des éléments les uns vers les autres, des attirances et des répulsions — en somme, des rythmes. Les allées et venues de la mer vers la terre, de l'homme vers la femme quand il entre, et de l'enfant dans le corps de sa mère quand il sort, sont significatives. Cet élan n'est autre que l'amour, et sur lui repose tout le système. »

Au cours d'une nuit plus dense que les autres, le pharaon contemplait ainsi la voûte céleste, fasciné par l'ensemble en mouvement, ravi et solitaire sous le regard assoupi de la divinité. Ses paupières alourdies se fermaient, lasses de l'apparat des cieux. Il chercha une pierre plate sur laquelle appuyer sa tête pour dormir et n'y parvint pas, conscience cruciale entre l'agitation du dedans et celle du dehors. Son souffle, peu à peu, devint plus régulier. La divinité, machinalement, pesait sur sa poitrine.

La génitrice infatigable, pensait-il, évoluait en générant. Elle agissait et était agie par son œuvre. Elle n'était donc pas omnisciente comme on l'entendait généralement. Elle ne savait pas tout d'avance et devait collaborer en quelque sorte avec l'homme et avec toute la matière vivante engagée dans sa création. Cela soulevait des problèmes considérables que les prêtres éludaient en s'en tenant à des croyances immuables. De telles perspectives poussaient un pharaon averti à des révolutions. L'Égypte habituée aux certitudes massives devrait se rendre à l'imprenable réalité, la mouvance essentielle.

Akhénaton soupira profondément et s'installa confortablement sur le sol. Il ouvrit des mains impuissantes et s'avoua humblement :

— Je réfléchis, mais c'est sans conclure. Cette histoire n'a pas de fin.

Au matin, le garde trouva son pharaon allongé dans la poussière, la tête sur une pierre mince qui lui meurtrissait le visage.

— Dieu, dit-il devant le roi.

Celui-ci ouvrit les yeux.

— Dieu, répéta le garde en désignant la pierre.

Akhénaton se redressa en soulevant un nuage blanchâtre qui les recouvrit tous deux.

— Dieu, dit le garde en secouant la poussière de ses vêtements.

Un mois s'était écoulé. La cour devait rentrer à Thèbes en attendant l'achèvement des édifices les plus importants de la ville. Tout se présentait bien. Akhénaton se sentait heureux.

La veille du départ, le grand-prêtre Panehésy s'approcha de Sa Majesté et lui demanda de procéder aux derniers actes des cérémonies : le roi n'y pensait plus. Il s'agissait d'annoncer l'emplacement des tombeaux royaux et ceux des prêtres d'Aton. Le pharaon se soumit à cela et montra la falaise.

Soulagé de s'être libéré d'une obligation qui l'embarrassait, il se rassit sur son pliant au milieu de l'estrade préparée pour les déclarations officielles. Il avait à ses côtés le Témoin de la Divinité et le Scribe des Célestes Transformations. Le garde d'un seul mot et celui d'une seule image avaient sympathisé aussitôt. Le pharaon se réjouissait de ces fortes amitiés sur lesquelles se fondait le royaume.

Les dignitaires paraissaient mécontents. Akhénaton sourit à la ronde et demanda obligeamment ce qui n'allait pas. Panehésy souffla à son oreille que la déclaration officielle n'était pas complète, que l'assistance souhaitait autre chose.

Le souverain se leva et poursuivit :

— La cité de l'horizon ira d'une falaise à l'autre. Elle appartiendra à mon père Aton. Collines, déserts, prairies, sol supérieur, sol inférieur, terrains, eaux, remblais, tous les volatiles, tous les troupeaux, tous les hommes, tout ce que produit Aton, sur quoi brillent ses rayons, appartiendra au Père, pour toujours et à jamais.

Akhénaton ouvrit les bras et répéta avec tendresse :

— ... Tout lui est offert, que ses rayons en prennent possession.

Le grand-prêtre invita la foule à s'incliner et glissa au pharaon qu'il avait oublié de mentionner le taureau Mnévis. Le visage d'Akhénaton s'assombrit. Cette bête était l'animal sacré du dieu Rê, avec lequel se confondait Aton... Comme les vaches sacrées de Dendera, les béliers de Thèbes et les taureaux de Memphis, il avait droit en mourant à des funérailles.

Le jeune roi, tout à son dieu, oubliait de plaire.

— Soit, murmura-t-il à contrecœur, pour le taureau Mnévis, nous construirons aussi un tombeau dans le rocher.

Panehésy fit signe à la foule de se relever pour l'acclamer. Il en fut gêné.

Les cérémonies s'achevèrent dans une certaine indifférence. Une fois closes, elles furent bien vite oubliées. Chacun rentra chez soi en l'ancienne capitale, avec l'intention de s'établir à l'horizon d'Aton deux ou trois années plus tard.

*
* *

Pendant que s'édifiait la cité solaire, alors qu'il résidait encore pour quelques mois à Thèbes, le pharaon se rendait régulièrement au désert pour y enseigner au gardien de l'oasis les principes de l'horizon. « Tout le monde y sourit », rapportait-il avec émotion. Nadir répondait que cela était merveilleux, que cela était joli.

— L'amour est partout, insistait le roi.

— Nous verrons bien, disait Nadir.

— Ne doute plus, lui dit un jour Akhénaton, et prépare-toi. Connais-tu bien le message ?

— Assurément.

— Nadir, reprit le pharaon d'une voix grave, si je venais à disparaître, tu me remplacerais sur le trône. La voie que j'ai tracée ne doit pas tourner court. Que diras-tu ?

— Qu'un seul dieu existe, mais que son visage est multiple. Que si l'on veut s'attacher à un seul, l'on considère le soleil qui éclaire également les bons et les méchants.

— Les méchants, Nadir ?

— Hum... « Méchants » appelle un commentaire.

Nadir hésita, se frotta le menton et ajouta :

— L'on aidera à la floraison de ses ennemis, frères moins favorisés.

Akhénaton l'approuva.

— Je dirai à tous, continua Nadir, d'aimer sans jalousie. De respecter en l'élu d'autres présences qui pourraient l'habiter. De ne retenir en rien ses amoureux élans, qui répandront partout la leçon de vie.

Il conclut hâtivement :

— Le besoin de posséder disparaîtra. On aimera fidèlement une foule de gens... Moi-même, ai-je bien récité ?

— Très bien, répondit Akhénaton, mais reprenons, s'il te plaît, les choses dans l'ordre. Sur quel système le monde repose-t-il actuellement ?

— Sur celui de la loi : le droit se divise en règles qui s'appliquent en rapport avec une conduite donnée comme idéale.

— La loi, interrogea le roi, avec sa rigoureuse précision, son intransigeance, n'est-elle pas très liée à l'idée de perfection ?

— Oui, certes, reconnut Nadir.

— Par là même, vis-à-vis d'elle, nous sommes tous coupables, nous qui sommes faillibles.

135

— Hélas ! admit Nadir, la mine contrite.

— L'idéal de la loi est invivable.

— A coup sûr, répliqua Nadir, vaguement inquiet.

— L'idéal, pour avoir une quelconque réalité, doit plonger dans les chairs.

— Ah ! fit Nadir effrayé.

Le roi continua plus doucement :

— Par l'amour, nous devenons responsables les uns des autres... N'est-ce pas bien préférable ?

— Bien préférable, opina Nadir consciencieusement.

— J'ai peur, ajouta Akhénaton, que l'idée de perfection n'ait de nombreuses conséquences néfastes aux humains. Elle fait d'eux des orgueilleux, des ambitieux épris de leur mérite particulier, séparés par des désirs individuels, oublieux du bien commun. Des rivaux toujours prêts à s'affronter sous prétexte qu'ils tiennent du beau et du juste la meilleure définition.

— Certainement.

— Par malheur, nous ne sommes pas également perfectibles : à la naissance, les dispositions ne sont pas les mêmes. Or, l'inégalité implique aussitôt la convoitise. Quelqu'un s'élève-t-il au-dessus de la condition moyenne ? Il est envié sur-le-champ. L'idée de perfection mène à la haine, voilà le résultat. Les préjugés de familles et de races s'en mêlent, mon pauvre Nadir. Pourtant, un humain, à peu de chose près, n'en vaut-il pas un autre ? Franchement, un Nubien ne vaut-il pas un Égyptien ?

Nadir sifflota :

— La reine Tiyi a prouvé le contraire.

— Puisque nous parlions d'inégalité, reprit le roi, je ne peux songer sans tristesse aux malheureux qui sont soumis à la servitude. Qu'un homme en tienne un autre par une chaîne, c'est insensé. Il va de soi qu'il n'y aura pas d'esclaves en la cité.

Nadir applaudit bruyamment :

— Pas d'esclaves, c'est bien dit.

— Nous ne pouvons pas oublier que l'inégalité s'est organisée en hiérarchie sous l'influence de quelques-uns, poursuivit Akhénaton. Les prêtres ont placé au sommet les dieux, à la base les hommes, et entre les deux le clergé. Cette structure pesante s'accorde mal avec l'élan qui meut l'univers. Pour employer une image simple, c'est une ronde qu'il faut faire, plutôt qu'une pyramide. Répète-moi, mon ami, ce que tu sais des dieux.

— Les dieux, répondit Nadir en jetant autour de lui un coup d'œil sauvage, ressemblent aux géants des fables pour les enfants. Ils sont souvent composites, avec des corps humains et des têtes d'animaux. Les gens en ont peur et versent des subsides aux prêtres pour les apaiser. En même temps, malgré leur apparence de bâtards, ils sont d'une prétendue pureté qui justifie encore le rôle du clergé : celui-ci se pose dans tous les cas en médiateur entre les hommes et la divinité et se débrouille pour enseigner le contraire de la vérité, qui est la suivante...

Akhénaton :

— Je t'écoute.

Nadir réfléchit un instant :

— Le dieu est en chacun et chacun est en dieu.

— Bravo ! s'exclama le pharaon. Paradoxalement, la notion de perfection inhérente au divin a pour effet d'éloigner de lui ceux qu'il séduit. Cette notion, je la rejette définitivement. Que ferons-nous des prêtres qui l'entretenaient, mon ami ? Si convaincus de fausseté, ils refusent de modifier leurs dires et d'enseigner à la place l'union des éléments et l'harmonie universelle...

Nadir prit un air dédaigneux, et balaya les airs de la main :

— Nous les enverrons au désert et dans les marais apprendre les leçons de vie.

Le pharaon sourit. Nadir demanda brusquement :

— Y aura-t-il des soldats, à l'horizon ?

— Pourquoi des soldats ? Il n'y aura plus de guerres. Nous leur confierons le soin des terres... Toutefois, précisa le roi un peu ennuyé, nous aurons dans les premiers temps une police.

— Ciel ! s'écria Nadir.

— ...Jusqu'à la conversion de tous à la croyance en l'harmonie naturelle. Nous aurons, cher compagnon, dans les débuts quelques ennemis.

Nadir se laissa choir pesamment dans les sables.

— Penser fatigue, dit-il, mon beau moi-même, j'ai trop réfléchi pour aujourd'hui.

Akhénaton s'étendit près de lui et ferma les yeux. Des astres tournoyaient sous ses paupières.

— Tout cela est fort bien, reprit Nadir tout à coup, mais Aton n'aura-t-il pas de prêtres ?

— Si, mon ami, les meilleurs, assura le pharaon. Les poètes, les musiciens, les peintres... Des artistes, assistés par des enfants. L'art est prière.

— Et Panehésy ?

— Nous verrons, ami, ce que deviendra Panehésy.

Nadir s'assit sur son séant.

— Un roi sera-t-il encore nécessaire ? demanda-t-il anxieusement.

— Sans doute, accorda Akhénaton en soupirant, il faut un guide.

Là-dessus, épuisés, tous deux s'endormirent.

*
* *

Lorsque Nadir se réveilla, le roi avait déjà regagné Thèbes.

Akhénaton remarqua aux portes de la ville des attroupements inhabituels d'ibis cacochymes, la plume grise, le duvet maigre, qui jabotaient avec des mines sournoises. Plusieurs gisaient dans la poussière.

A l'intérieur, les prêtres d'Amon grondaient. Le roi parlait de distribuer leurs terres aux paysans, des champs bien verts qui touchaient le Nil, les palmeraies. Il avait déjà dépouillé ceux qui étaient directement affectés à l'entretien du temple et les avait envoyés dans les marais étudier les mœurs des araignées et autres bêtes, le charme des eaux, la croissance des papyrus, plantes du genre souchet, leur courbe au vent, leur frisure, et la façon de les assembler pour en confectionner de belles pages sur lesquelles ils écriraient les louanges d'Aton.

Thèbes, atteinte de la rage de croire, mourait lentement de ses luttes intestines. Le sanctuaire d'Amon tombait en ruine. Le service du dieu ne se faisait plus sans accident. On ne voyait plus sur les bancs que des cadavres assis. Au fond des coupelles, les nourritures se gâtaient. Au pays de l'éternel été, la désolation est plus terrible encore : l'encens des rares fidèles ne suffisait pas ; les odeurs mélangées n'attiraient plus Amon en l'endroit.

Aux pieds de sa statue au vernis écaillé s'amoncelaient les rognures dorées. Elle avait perdu ses deux mains. Quelqu'un les trouva par terre, les paumes éclatées. Des gamins malicieux, grimpés sur ses épaules, lui avaient arraché les yeux, des pierres brillantes, pour jouer avec. Amon, aveugle et pitoyable, leur tendait ses bras trop courts.

Akhénaton se rendit là-bas pour y parler de l'Unique. Des prêtres le reçurent, des vieillards, réfugiés dans les décombres. Deux ou trois, touchés par le message, acceptèrent de le suivre vers le nord. Plusieurs lui opposèrent une résistance muette, les yeux clos, les bras raidis, répliques du dieu infirme. Les autres, d'une manière ou d'une autre, étaient morts.

Le roi sortit, pris de nausée. Dehors, les hommes et les femmes le regardaient avec curiosité. On murmurait ici et là qu'Aton avait l'amour féroce.

En revanche, les pauvres de toujours s'exaltaient. La misère, pensaient-ils, les excusait. Akhénaton les vit piller les maisons abandonnées et les supplia de se montrer moins voraces ; il ne fut pas écouté. Pressé par Tiyi qui veillait au palais, il envoya Horemheb contre ceux qui l'aimaient. Il y eut quelques pertes, quantité de blessés.

Le roi confia à sa mère le sombre devoir de nettoyer la ville. Lui, trop bouleversé, se retirait à l'horizon. Il passa devant le temple une dernière fois. Des disciples d'Aton s'étaient réunis sur le débarcadère, entre les deux petits obélisques qui constituaient une tribune, en face du bassin où se faisaient les manœuvres de la barque d'Amon. Ils encourageaient à grands cris quelques-uns des leurs à en défoncer la coque à la hache.

Akhénaton ne pouvait souffrir le moindre dommage. Il les pria de cesser de nuire et de s'en aller bâtir à l'horizon. Ils y mêleraient le sable et la paille au limon, et en feraient des maisons de briques.

Ils partirent. Akhénaton se retourna. A peine, peut-être même pas.

La poussière, derrière eux, recouvrait déjà le sanctuaire dévasté.

VIII

Le roi s'établit à l'horizon au milieu des artisans poudreux, avant la fin des travaux du palais. L'inconfort même lui plaisait.

Une fenêtre très simple avait été octroyée à Smenkhkérê qui gardait sa fonction. Lorsqu'il s'accordait un peu de repos, le prince observait son frère : le sourire du pharaon traçait d'une joue à l'autre une belle ligne droite.

Akhénaton lui avait fait remarquer un jour que s'il allongeait lui aussi les lèvres vers les bords du visage, une ligne semblable lui traverserait la face. Smenkhkérê l'avait écouté, décontenancé. Il savait, pour avoir ri une fois, contenir dans sa poitrine des mots cassés qui pouvaient fuser par la bouche en la déchirant, mais n'avait pas encore souri. Il se souvenait des concubines, retenues comme lui au harem à l'époque de Thèbes. Dès qu'il prononçait une parole, elles lui montraient les dents. Était-ce sourire, cela aussi ?

Il avait fallu beaucoup de patience au pharaon pour lui montrer que ce qui provoquait son effroi était l'image même de la douceur. « La bouche est ornée pour sourire et armée pour mordre, disait Akhénaton. Toutes choses sont doubles et vraies simultanément. » Il y mettait un rien de reproche. On eût dit que l'étroitesse de vue de Smenkhkérê parfois l'exaspérait.

141

Le prince résolut donc de sourire lui aussi, et même de sourire toujours, comme pour aider à la pérennité de l'horizon. Chacun, en la cité, en fit autant pour plaire à Sa Majesté. Un nouveau motif apparut sur les palettes, sur les stèles. Les arts se développaient beaucoup en ce lieu où l'amour d'Aton trouvait enfin à s'exprimer. Il fallait en saisir toutes les manifestations, le sourire de l'horizon ne devait pas s'effacer.

Akhénaton accueillit à la cour le peintre des béliers d'Amon sous le titre de Peintre des Réalités. Il souhaitait pour le palais des fresques dans lesquelles figureraient les dignitaires, ministres du soleil, que grâce au talent de son nouvel ami les passants pourraient reconnaître. Il s'agirait aussi d'exposer à tous la manifeste bonne volonté des grands du royaume. Le peintre accepta la charge en alléguant poliment qu'il aurait plaisir à reproduire des apparences si charmantes. Que cela lui serait plus aisé que de peindre les âmes. Cette remarque alarma le souverain, qui pria l'homme de répéter sa phrase. Celui-ci bégaya qu'il dessinerait sans faute ce qu'il constaterait sur les visages, à savoir les beaux sourires. Le pharaon répondit qu'ils étaient l'effet de la bonté d'Aton, dont la chaleur dilatait les cœurs et s'épanchait par les ouvertures : les larmes joyeuses, les rires, les humaines semences débordaient spontanément des corps sous l'impulsion d'amour.

Il croyait si fort à cela que le peintre s'inclina ; il accepta bien la commande de plusieurs fresques, mais avec la résolution d'exceller dans l'illustration des grâces naturelles, celles des martins-pêcheurs dans les papyrus ou des pesantes corolles des plantes luxuriantes, et demanda la faveur de commencer par la décoration de la volière de Néfertiti. Cette attention attendrit le pharaon qui en oublia les dignitaires.

142

Akhénaton se rendait fréquemment dans l'atelier de Thoutmès, premier sculpteur du royaume en la cité. Il y vit une fois un petit calcaire peint qui représentait la reine coiffée de sa gande tiare et parée du collier qu'il lui avait offert lors de la naissance de Méritaton ; il vit surtout le port élégant de la tête fine ; les pommettes hautes, le menton net, donnaient au cadre un modelé ferme et doux qui disait à la fois la franchise et l'honneur.

Les lèvres carmin lui souriaient, tendres et précises ; il voulut les embrasser : le sculpteur protesta qu'il venait juste de les tracer, qu'il fallait attendre. Le roi rit de les avoir trouvées si vivantes.

— Revenez plus tard, lui dit Thoutmès : un œil lui manque, l'ouvrage sera terminé ce soir.

Akhénaton regarda minutieusement l'œil droit de la reine en incrustation de pâte de verre. Il reconnaissait sur son éclat sombre ce voile exquis. C'était cela. Cet œil voyait.

— N'achève pas, Thoutmès, répondit le roi. Tu frôlerais la perfection.

— Que Votre Majesté me pardonne, répondit le sculpteur surpris, c'est ce que je cherche. L'œil gauche de la reine sera posé tout à l'heure.

— Thoutmès, dit gravement le roi, je ne le veux pas. J'aime que l'art surprenne l'instant et ne fixe rien définitivement. Néfertiti vieillira, sa peau s'affaissera sur des chairs amollies, sa lèvre se fripera, sa voix se brisera en s'accrochant aux dents gâtées... Je ne l'en aimerai pas moins. Je ne dois pas être épris d'une statue. Comprends-tu ? L'amour est un modeste artisan.

Thoutmès était sans voix.

— Mon cher Thoutmès, continua le roi, renonce à la perfection, un poison distillé par l'intelligence au détriment du cœur.

Le sculpteur le regardait sans comprendre.

— L'intelligence, conclut Akhénaton en plaquant un baiser sur les lèvres fraîches de la statue, c'est épouvantable. Cela fournit tous les arguments pour n'être pas humain.

Il se retira d'un pas léger, remarqua sur une table de pierre l'ébauche d'une autre Néfertiti en quartz rose dont l'artiste avait souligné rapidement au pinceau le tour des yeux et de la bouche, dans sa hâte de la voir surgir de la matière.

— N'achève pas, Thoutmès, rappela le roi, le doigt en l'air. N'achève pas ! Quelque chose s'arrêterait dans le mouvement de l'univers. Ne lui faisons porter aucune charge. Soyons mouvants, soyons prêts à nous élancer. Tendons les bras à la divinité.

En quittant l'atelier, Akhénaton trébucha à la porte sur un monticule de débris, parmi lesquels il reconnut le pavillon d'une oreille, la fossette d'un menton, une chute de reins, une boucle de cheveux fixée au sommet d'une épaule, quinze doigts, trois genoux et un sourire. D'un petit coup de pied il éparpilla les tristes restes et dégagea ce dernier, un beau sourire à peine ébréché.

Thoutmès, encore sous le coup de l'impératif : « N'achève pas, tu frôlerais la perfection ! » lança distraitement, du fond de la pièce :

— Ne faites pas attention, Majesté. Tout cela ne vaut rien.

— Au contraire, mon ami, répliqua le pharaon avec bonne humeur. C'est un trésor, et j'y vois mon bonheur.

Il ramassa son sourire et s'en alla content.

Deux gardes l'attendaient dehors, dont le Témoin de la Divinité.

— Dieu ! s'exclama celui-ci à la vue de la parcelle de statue.

144

— Oui, mon brave homme, répondit gentiment Akhénaton. La divinité est à la fois une et multiple. Elle vit aussi bien dans le Tout que dans ses fragments. Dans chacun d'eux elle est totalement incluse.

— Ah ! fit l'autre garde. Quand la statue d'Amon est tombée de son estrade et s'est fracassée contre le pont du bateau, il y a de cela six ou sept inondations, les prêtres ont dissimulé ses morceaux aussitôt pour que l'on ne croit pas le dieu mort.

— Je comprends, dit Akhénaton d'un ton conciliant. L'erreur est de placer son dieu dans une statue.

— Pour sûr, rétorqua le garde. Avec le soleil, pas de risque.

L'autre leva le nez et dit :

— Dieu ?

Le pharaon rit de bon cœur et les serra tous les deux dans ses bras.

— La divinité est partout, mes bons amis, et en nous aussi.

Il dévisagea l'un et l'autre, posa sa main sur la poitrine du premier :

— Dieu, dit-il d'une voix profonde.

Il se tourna ensuite vers le Témoin, et répéta sérieusement :

— Dieu.

Le pauvre homme se mit à trembler. Contenir Dieu signifiait pour lui contenir chaque être, chaque objet qu'il avait déjà désignés, la cité tout entière et le ciel accroché aux arbres et aux toits des maisons. Il vacillait sous le fardeau.

Le roi, très ennuyé, lui tapota la main et le cajola comme il put. Il réalisait que les hommes n'étaient pas tous de même capacité face à la divinité, et que, pour la plupart, ils ne pouvaient recevoir d'elle qu'une fraction sans dommage. Il prit en pitié le garde qui se tâtait, posa la main sur son cœur et la reporta sur le sourire de quartz rose.

— La divinité est partout, répéta-t-il, en toi et hors de toi ; elle est l'intérieur et l'extérieur, le jour et l'envers du jour. Tu possèdes en toi le ciel et la terre et vivras avec eux les grands bouleversements au temps ultime de la belle unité... En attendant, ajouta-t-il en lui tendant la pierre sculptée, crois toujours que le dieu qui t'a effrayé aujourd'hui te sourit. Pour moi, je n'en ai pas besoin : la vision d'un nuage entrouvert me suffit.

Le garde rit nerveusement et pressa la pierre contre sa poitrine.

« Quelquefois, se dit Akhénaton soulagé, un petit support aux grands discours ne nuit pas à la compréhension. »

La statue d'Amon lui revint à la mémoire.

— ... Oh ! fit-il, je salue les prêtres. Avec des objets, c'est plus simple. Ils donnent un volume à la foi. Autrement, elle s'étire jusqu'à l'anéantissement. Qui peut supporter l'idée de n'être rien, un postillon dans le souffle divin ? On réduit plus aisément l'image du dieu que celle que l'on a de soi-même. Où irions-nous ? Les paysans négligeraient de labourer, les femmes paresseraient en arguant que tout est vain, les pharaons délaisseraient les affaires de la couronne pour s'inquiéter des immensités...

Il haussa les sourcils :

— ... N'en suis-je pas là ?

Les gardes attendaient qu'il se remît en marche.

— Allons, dit-il tout haut, taisons-nous. J'allais dire des bêtises. Conclure, peut-être, qu'approcher le divin portait tort aux humains.

Akhénaton revint le soir même dans l'atelier de Thoutmès pour prendre possession de la tête à l'œil manquant.

Il se réjouissait de faire à la reine un aussi beau présent. Ce Thoutmès avait un talent remarquable. Néfertiti, un peu distante, ces derniers temps, recevrait son époux sur sa couche ; ils concevraient pour l'Égypte un héritier digne d'elle : le jeune Toutankhaton, turbulent et bavard, rendait à ses maîtres des palettes sales et gribouillées. Son trait horizontal malhabile peinait le pharaon ; ses eaux clapotaient faiblement mais faisaient force taches.

Smenkhkérê, par bonheur, n'avait jamais vu son travail. Il préférait jouer avec Méritaton qui grimpait sur ses épaules pour contempler le paysage jusqu'à l'aplatissement total.

Akhénaton avait le cœur empli d'allégresse en songeant à ces deux-là. Les occupations de son fils étaient au contraire dénuées de poésie. Il était né avec des briques dans la tête ; son cerveau, c'était un gros nuage bas. Le pharaon l'avait surpris en train de guerroyer avec ses camarades.

Il pensait à tout cela en se rendant chez la reine. Elle reçut le précieux cadeau avec des cris : l'œil en pâte de verre s'était sans doute décollé, on le découvrirait dans l'atelier entre des pierres ; Thoutmès était un maladroit qui réparerait l'outrage comme il pourrait.

Akhénaton, chagriné de voir le tour que prenait l'événement, dit assez brusquement qu'il en était cause, et qu'on laissât en paix un consciencieux artiste. Dans le grand débat qu'il menait contre l'abominable perfection qui condamnait en son nom les humains, dont le seul espoir résidait en l'amour universel, le pardon mutuel et la tendresse partagée, la coquetterie de Néfertiti n'était pas de mise.

Cet attachement à un œil qui manquait, c'était de la vanité. Lui, le roi, eût aimé la reine borgne le cas échéant. Le charme de l'œil absent surpassait l'autre, il l'en assurait. Plus il raisonnait là-dessus, plus il se félicitait de la décision qu'il avait prise de laisser l'œuvre inachevée.

— Le sourire est superbe, éclata enfin Akhénaton, vous faut-il davantage ? Au moins aurais-je la satisfaction de baiser à mon gré ces lèvres peintes quand vous me refuserez les vôtres.

Néfertiti, très meurtrie, tomba à ses genoux. Le pharaon, désolé et surpris de s'être emporté, implora sa clémence. Des pleurs abondants lavèrent tout.

Dans l'atelier de Thoutmès furent découvertes plus tard quantité d'ébauches d'une rare qualité, parmi lesquelles quelques bustes de la reine ; il s'était contenté pour son visage d'une esquisse des yeux et des lèvres. Depuis la visite d'Akhénaton, il n'était plus venu à bout de rien de peur de pécher par goût de parfaire.

Le pharaon savait que l'artiste se situait au centre du conflit entre la masse et le mouvant, et qu'il le poussait peu à peu à nier la matière dans laquelle il avait placé toutes ses certitudes. Mais il n'aurait pas supporté que le sculpteur perdît son sourire en en faisant naître d'autres.

Le péché, c'était un nœud dans la gorge et un caillou sur la langue, c'était les lèvres closes sur la nuit du corps aux honteuses transformations, aux incessantes ruminations, aux sécrétions visqueuses et amères où trempaient des chairs molles et des fientes. Le péché, c'était quelque chose de l'âme qui flottait dans ces eaux noires, c'était l'âme retenue dans les humidités malsaines, cernée de mauvais plis, perdue dans des dédales, étranglée dans d'étroits goulots où elle moisissait. C'était l'âme compromise dans l'obscur, une étoile rouillée dans les boues... Pourquoi les prêtres mettaient-ils cette maladie dans les gens ? Ils faisaient des âmes une purulence avec laquelle ils les forçaient à vivre.

La faute était d'enfermer les choses. A vouloir piéger le corps, on emprisonnait cette part de lui faite pour s'envoler. On abîmait ce qui devait s'élever, on tournait une flèche contre soi-même. L'image de l'âme-oiseau était une pauvre consolation.

Cette image, surtout, n'était pas juste. L'âme n'était pas cet élément distinct, mais une émanation du corps. Quelque chose comme un nom secret imprimé dans son cœur, dans son foie, dans ses reins, dans le cœur du foie et des reins, dans la loge d'un cheveu et dans son extrémité pointue, dans la peau, dans les os, partout en chacun comme la formule particulière de son être.

L'esprit, c'était différent. C'était plus subtil, c'était libre. Il participait du souffle divin ; le péché ne pouvait l'atteindre, mais il s'attaquait aux âmes et perdait les individus... Le terrible péché n'existait qu'en rapport avec l'idéal critère de perfection. A l'échelle des planètes, il ne signifiait plus rien.

Akhénaton parlait souvent ainsi à Néfertiti. Elle l'écoutait avec une admiration mêlée d'inquiétude : le roi s'ouvrait à des immensités, mais son regard indéfinissable traversait parfois les autres sans les voir.

*
* *

En quelques années, le domaine d'Aton devint florissant. Le vin et le blé y abondaient, les enfants s'y multipliaient. Néfertiti avait mis au monde trois autres filles : Meketaton, Ankhsenpaaton et Néfernéferou-Aton.

Néanmoins, la situation à l'extérieur était alarmante. Les Habirou envahissaient la Palestine, la Syrie subissait les attaques hittites ; les alliés du Double-Pays espéraient d'Akhénaton des renforts armés qu'il n'accordait pas.

La reine mère avait conseillé à son fils de faire une démonstration de la grandeur égyptienne à l'occasion de la parade des tributs étrangers. Néfertiti avait insisté avec Tiyi pour qu'Akhénaton donnât à la fête la magnificence escomptée par le peuple et les représentants des pays vassaux. Thèbes tombée, le prestige du royaume s'était considérablement amoindri.

Lui, l'air absent, mal assis sur son trône clinquant, tenait a contrecœur les insignes de la royauté et rêvait au désert.

Au jour dit, une foule multicolore afflua dans le quartier central d'Akhétaton où se trouvaient le palais et le temple, et longea la grande arche qui surplombait les rues commerçantes de la ville en reliant entre eux les édifices royaux.

La lumière vernissait les colonnades et faisait reluire sycomores, palmiers et saules, les arbres à grenades et les taillis de fleurs — des bleuets, des pavots, des mandragores. Des barques accostaient le long des berges ; les filles du pharaon, au jardin de plaisance, bondissaient dans les allées qui menaient à un grand bassin rectangulaire recouvert de nénuphars. La gaieté empourprait le visage des femmes à la coiffure ronde et courte, selon la mode nubienne ; la brise jouait à travers les voiles transparents qui voletaient sur les jupes de lin plissé.

Le cortège officiel se forma. Le grand-prêtre Pane-hésy, à sa tête, agitait une cassolette d'encens. Les petites princesses suivirent le palanquin de bois doré où siégeaient côte-à-côte leurs parents. Derrière elles marchaient les courtisans et quelques gardes sous la conduite de Mahou.

Le défilé commença aussitôt. Le pharaon regarda avec amitié les Syriens barbus, vêtus de longues robes, qui lui apportaient des chevaux et des chariots, des lions et des jeunes filles. Elles finiraient leurs jours avec les autres, dans ce qui restait du harem de l'ancienne capitale, attendant en larmoyant un roi qui n'en franchirait jamais le seuil.

Des guerriers proposaient sur un bouclier des poignards, des arcs et des lances. Akhénaton s'enquit de la santé des gazelles offertes à ses filles et s'intéressa aux vases des îles.

La Libye ne donnait que des plumes et quelques autruches. Les vassaux empanachés de Nubie et du Soudan s'avancèrent avec de l'or et des pierreries.

Smenkhkérê, très ému, applaudissait trop fort. L'eunuque lui tendit un éventail ; aucun peuple ne devait paraître plus qu'un autre en faveur.

On traîna enfin devant le pharaon des esclaves entravés. Néfertiti soutint son époux qui descendit du palanquin, raide, bouleversé. Sur son ordre, Ay délivra de leurs fers les malheureux qui vinrent se prosterner devant lui ; il ne le souffrit pas et les releva un à un. La honte, dit-il, était de son côté.

La foule, au signal donné, acclama le souverain.

Akhénaton était pour tous un sujet de curiosité ; des bruits couraient sur sa personne. Les enfants disaient l'avoir vu s'élever dans les airs. Il ne s'élançait pas dans le vide, du haut de la falaise, en battant des membres ; la chose se produisait pendant la prière. Il montait tout debout, simplement.

Un soir que le roi marchait sur le vent, il reconnut au-dessous de lui la nuque ployée de la dune où croissaient une multitude de plantes aquatiques brunes et drues.

— Des roseaux poussent en plein désert et paraissent s'y plaire, observa Akhénaton.

C'est le désir de la dune pour le Nil qui les fait croître ici. L'amour tend des ponts dans l'impossible... Je vois ces roseaux, me semble-t-il, depuis toujours. D'autres les voient-ils aussi ?

Il survola Thèbes et vit les ruines du sanctuaire d'Amon. Des vautours au vol lourd tachaient tout. Il s'approcha. Les vautours s'abaissaient peu à peu vers le sol en plantant leurs serres dans les chairs célestes. La nuit gagnait, le ciel emprisonné se terrait.

— Le bleu s'épuise, le jour suffoque... ! répétait le roi confondu.

S'achevait-elle, l'éternelle histoire de l'alternance noire et blanche ? Désormais un dôme plombé se rivait au monde par des griffes et des croches, le couvercle fatal se refermait.

— Hélas ! s'écria Akhénaton. Que signifie cela ? Mon ciel à moi est immense.

Il distingua dans la poussière de Thèbes une femme errante, une femme écrasante attardée dans les décombres. Elle portait sur la tête une nichée d'âmes mourantes.

— Les âmes-oiseaux ! s'exclama Akhénaton. Comment puis-je les voir ? Je n'ai pas cette croyance !

Il soupira et ajouta tristement :

— C'est que d'autres y croient et causent leur existence...

Des êtres surgissaient : la magicienne Isis, Osiris et son phallus merveilleux, Horus et Seth, les ennemis de toujours, le vieux Thot, greffier du Jugement des Morts, et près de lui Anubis, le veilleur des nécropoles. Le chien furetait autour des colonnes abattues, enfouissait son long museau dans la grisaille.

Derrière le sanctuaire, un petit groupe d'hommes sans âge et sans regard, réunis pour une terrible incantation, remplissaient de signes l'espace qui restait. De leurs doigts, ils façonnaient la Nuit.

— Divinité ! implora le pharaon au bord du désespoir, garde-nous de la magie ! Ces formes où se mêlent le faux avec le vrai, ces formes et ces couleurs qui montent des têtes et font le ciel d'Égypte me harcèlent...

Je redresserai les ruines de Thèbes, balbutiait-il, éperdu. Je bâtirai à leur place un temple pour Aton, le plus majestueux jamais vu.

La vision de la ville défaite le hantait. Son cœur lui pesait comme un sac de poussière.

Il s'éleva un peu et passa au-dessus des sphinx éclaboussés de sang. Des mouches, collées au globe froid des yeux stupides, leur suçaient leur regard vide. Akhénaton pleurait. Les yeux l'assaillaient. Des yeux et des yeux qui lui pullulaient dans le corps. Il lui semblait en avoir au bout des doigts, en être cousu.

— Dieu ! s'écria-t-il. Ne plus voir ! Ne plus sentir !

Ses paupières s'ouvraient sur des mers anciennes où dérivaient les images déformées du bonheur, celles de femmes tendres, de garçons rieurs, de bêtes dormantes, d'herbages fleuris. Ces mers le couvraient, elles le berçaient, il redevenait petit enfant. En même temps, elles le noyaient, elles lui enfonçaient la tête sous des paquets de douleur. Un gros rire les soulevait, leurs vagues gonflaient et lui crevaient à la face, elles le souillaient d'écumes où disparaissaient les débris colorés, des restes pitoyables, des sourires déchirés, des laits aigres, des semences perdues. Les vagues sales emportaient son corps qui roulait sur la dune jusqu'à l'usure.

Un peu de temps passa. Le pharaon se releva en titubant en plein désert, et offrit ses mains au soleil.

— Divinité, dit-il doucement, tes rayons sont des lances et des pics, des pointes rouillées au sang, des clous. Ton soleil, un buisson d'épines contre lequel je frotte mon visage, un hérissement de lames dressées contre moi pour me pourfendre. Divinité, ton esprit, c'est le mien. Je verse la mienne dans l'âme errante universelle.

Le sang des disciples d'Aton et celui des disciples d'Amon, c'est ton rougeoiement, ton cœur vermeil. Cette hargne, je ne la comprends pas, mais ton amour me tient. Ta violence acharnée, je ne veux pas la transmettre.

Transperce-moi, écorche-moi et ris : je demanderai encore pardon, je crierai encore merci. Mon amour entêté aura raison de tout. Je suis obstinément aimant, incorrigiblement confiant. Tue-moi, je vivrai pour me repaître de ton insupportable paix. Divinité odieuse, qui montre ses crocs quand elle parle, je baise tes lèvres sanglantes.

Le vent poussa Akhénaton inanimé jusqu'à Nadir endormi au milieu des palmiers, et le plaça dans l'ombre étendue, bras le long du bras, corps le long du corps, tête pâle contre tête noire, homme blanc sur homme noir. La divinité, du milieu des âmes volantes, le considérait avec patience.

— Il faut, dit-elle, que le lumineux ait conscience de l'obscur, que le blanc ne se livre pas innocemment mais choisisse d'être blanc, que le pur se veuille tel en connaissance de la souillure ; il faut un blanc trempé dans le noir, pour qu'il résiste, un blanc durci par la trempe. Cet être-là s'envole, il ne pèse pas. Il est si candide qu'aucune ombre ne le suit.

... Il lui fallait un pendant terrestre, reprit la divinité, évoquant Nadir. Sans ce personnage plus grossier pour fixer son image ici-bas, le roi échapperait complètement aux humains. C'est un de mes tours : un être en deux corps, si cela me plaît.

Nadir ouvrit un œil, vit Akhénaton à ses côtés, et se leva d'un bond en s'écriant :

— Dieu ! Que je suis donc mal en point ! De l'amour, vite. De la douceur, ou je meurs.

Akhénaton se remit sur pied. Nadir, affable, reprit :

— Mon beau moi-même, il était temps. Le soleil va se lever, viens t'asseoir au bord des eaux pour assister à ce spectacle.

Au fond, la nuit poissait encore les pierres. Le jour tardait. Au bout d'un moment, il déroula sur l'oasis sa bannière mauve. Les deux amis s'assirent côte à côte et regardèrent les eaux. Nadir, voyant leurs deux reflets, remarqua :

— Nous sommes quatre, aujourd'hui, cela fait à l'astre un bon public.

Akhénaton se taisait.

— Le soleil vient, lui dit tout bas Nadir.

— Monte-t-il des eaux, demanda pensivement le pharaon, ou bien tombe-t-il du ciel ?

— Ah ! s'exclama Nadir, pour sûr, il monte des eaux.

— Vraiment ?

155

— Pour sûr, il tombe du ciel, corrigea Nadir.

— Le papyrus des morts ne prétend-il pas que Rê est sorti du domaine liquide pour s'envoler aux cieux ?

Nadir haussa les épaules :

— Bah ! Je ne sais plus.

— Sérieusement, mon ami, le soleil ne naît pas de cette bouche d'eau que tu surveilles si bien.

— Non ?

— Non.

— Je fais bien de me méfier de ce qu'on gribouille.

— Pour te dire toute ma pensée, je ne crois pas non plus que le globe tombe du ciel. Tu es trop crédule.

— Pardon ! répliqua Nadir. Je ruse avec les mots. Quand je dis « blanc », attention : mon blanc est multicolore. Quand je dis « noir », gare ! Noir n'est rien, c'est un vide, un piège pour faire tomber.

Akhénaton lui donna une petite tape sur l'épaule :

— D'accord. Tu es très fort.

Nadir cala son menton entre ses genoux et s'installa pour bouder.

— Je disais, poursuivit le roi, que le globe ne tombait pas non plus du ciel. Le soleil, la terre... Tout cela tient tout seul. Ton reflet dans l'eau ne te laisse pas imaginer que tu es tombé dedans.

— Non, sapristi.

Akhénaton se leva et fit quelques pas. Le disque orangé flottait maintenant au milieu du lac.

— Il flotte, et les Égyptiens disent qu'il s'embarque. Il est rond et rayonnant, ils voient en lui un œil.

— Des mensonges, des sornettes, répliqua Nadir avec humeur.

— D'autres diraient que c'est une roue... et que le monde voyage.

Akhénaton se rapprocha de la berge. L'eau porta jusqu'au globe son image ondoyante.

156

— Je suis le fils du soleil, dit-il lentement.

— Nous le savions, répondit Nadir avec une pointe d'ennui.

— Aton, « Jati », signifie « père », rappela le pharaon. Le père, c'est le fils, et le contraire est vrai.

Nadir hocha la tête avec conviction.

— Le souffle dans nos poumons, poursuivit Akhénaton, c'est l'esprit... Celui que l'on appelle Shou. Toutes les paroles échangées entre les humains sont portées par l'haleine de la divinité. Comprends-tu, Nadir ? Les hommes ne doivent jamais cesser de se parler : de la sorte, l'esprit divin circule et anime le monde.

Puis, revenant à sa première idée :

— ... Le père, le fils, et l'esprit : la divinité est une unité sous trois formes.

Nadir leva les bras en signe d'incompréhension. La voix du pharaon était devenue trop basse, presque indistincte.

« Un seul dieu existe, mais son visage est multiple, avait-il dit. Si l'on veut s'attacher à un seul, il suffit de considérer le soleil qui éclaire également les bons et les méchants... » Les Égyptiens adoraient bien le soleil sous trois formes et sous trois noms, mais qui n'étaient ni « père », ni « fils », ni « esprit ». Ils adoraient Khépri au lever, Atoum au coucher, et Rê dans la journée. Ils racontaient aux petits que Rê était un enfant le matin, un jeune homme à midi, et un vieillard le soir, et disaient leurs prières sans réfléchir : « Que ta lumière soit sur moi, âme de trois. »

Ame de trois. Comme si cela allait de soi. Quant à Shou, que citait Akhénaton, il entrait dans une autre composition divine bien connue en trois personnes ; il avait été créé par Atoum sans l'intermédiaire d'aucune déesse en même temps que Tefnout, la pluie, « lorsqu'Atoum était un et devint trois », disaient les gens sans y penser.

La diversité dans l'unité ? Amon se vantait bien d'être le dieu originel, le seul qui se soit transformé en millions d'êtres.

« Laissons Amon tranquille, pensa Nadir, Aton me suffit. » Il ne savait plus où il en était. Un dieu unique, cela pouvait être si simple... Le père, le fils, l'esprit : qu'est-ce que cela voulait dire ? L'histoire du père et du fils venu pour rendre la vie, siéger sur le trône, et dont la bouche exprimait la vérité, ne l'avait-on pas déjà entendue ? C'était celle d'Horus, fils d'Osiris.

— A la fin, s'exclama-t-il, pourquoi faut-il qu'un dieu se compte par trois ? « Ame de trois ! » Elle est bien bonne.

Le pharaon, tiré de sa méditation, répondit innocemment à son ami toujours grincheux :

— Mon bon Nadir, la vie n'est-elle pas conduite par trois canaux ?

— Comment ? fit celui-ci distraitement.

— Je parle du cordon nourricier. La section du cordon ombilical révèle que la vie nous vient par l'intermédiaire de trois canaux.

— Ah ! Très bien, rétorqua Nadir de mauvaise grâce. Cela ne se discute pas. Ma royale personne a réponse à tout, j'abandonne.

Ils restèrent silencieux jusqu'à midi. Nadir assis, l'air buté, le pagne noué sur la tête, les orteils cramponnés à l'ombre minuscule qui les bordait d'une petite dentelle noire, les poings sur les yeux ; le pharaon debout, immobile, bras ouverts, yeux effilés comme le chas d'une aiguille où fusait la lumière.

A midi, le soleil jeta ensemble tous ses rayons sur la terre. Ils se plantèrent dans les paumes d'Akhénaton et dans ses pieds, dans sa poitrine. Il ferma les yeux ; ils clouèrent ses paupières, percèrent son front de mille pointes. Dans sa tête, l'âme, cet oiseau blanc, était en feu. Des larmes rouges lui venaient. L'âme traquée hantait le corps, suivait le chemin des veines, répandait partout l'incendie. Pas un repli de lui-même qui ne fût conscient d'être possédé. Le sang poussait sa lave jusqu'au cœur. Le pharaon mourait.

Akhénaton entrouvrit les lèvres pour implorer Aton. Aton plongea dans sa gorge une longue épée qui blessa l'oiseau. A ses pieds, la coupe du lac s'emplit d'or.

Le dieu dit :

— Je suis le Verbe. Ce que j'ai fait, c'est au moyen du Verbe que j'enfonce dans ta gorge... Me voici haut sur mon pavois. Et toi, qu'en feras-tu ?

Le pharaon perdit connaissance.

A Thèbes, derrière le sanctuaire, les hommes sans âge et sans regard poursuivaient leurs incantations.
La nuit jaillit au désert d'un seul coup, un peu après midi.

Elle se mit aussitôt à l'ouvrage. Elle cracha au ciel pour le maculer, arracha l'ombre d'un palmier qui croissait là et la déchira en menus morceaux dont elle parsema le visage du roi, puis elle versa dans la fente de ses yeux tout ce qu'elle put trouver d'obscur, sanies de serpent, rêves de crocodiles, pétales fanés et moisissures, huiles amères, suie et poix pour engluer son âme. Elle bourra son corps d'immondices pour en faire une momie infecte sous le regard d'Aton.

Les sables insatiables se précipitèrent sur lui pour ravir sur ses joues, sur ses lèvres, l'ultime miroitement d'une larme, quelque chose d'étoilé.

Les vents se rassemblèrent au désert et tournoyèrent au-dessus du corps inerte d'Akhénaton, balayant les cils, rafraîchissant le front, se frayant enfin par les narines un passage. Ils dissipèrent la Nuit et emportèrent le roi vers le nord, jusqu'à son palais.

Smenkhkérê signala à l'horizon la présence d'un oiseau d'une espèce inconnue. Lorsque l'oiseau enfila les sandales dorées, il reconnut le roi et lui fit fête.

*
* *

La vie de la cité s'organisait progressivement. Tacitement, il était entendu que tout le monde y serait heureux. Le bonheur occupait une telle place dans l'esprit des habitants que chacun excluait spontanément tout ce qui aurait pu assombrir l'horizon. Il n'était plus question de mourir. Au bout d'un certain temps de béatitude, vieillir ne se pouvait plus seulement concevoir. Les mots évoquant le deuil, la maladie ou la nostalgie furent rapidement bannis du vocabulaire.

Des problèmes surgirent où on les attendait le moins, souvent avec les étrangers, incapables de suivre les modes fantasques de la cour, auxquels la ville avait ouvert généreusement ses portes.

Le pharaon voulait voir le corps entièrement livré aux rayons bienfaisants. La nudité devint parure suprême. Pour que les têtes vouées à Aton puissent recevoir le soleil sur toute leur surface, la tonsure fut bientôt jugée d'une élégance toute moderne ; les lourdes perruques frisées qu'avait tant aimées Sât-Amon ne protégeaient plus de l'insolation.

Les sujets les plus zélés s'exposaient au globe à l'heure de la sieste. Les courtisans applaudissaient à chaque malaise d'autrui, mais les Nubiens, Syriens et autres barbares gardaient leurs sentiments sur le cœur, empêchés de prononcer ce qui fâchait. En leur enlevant les mots de leurs souffrances, il semblait aux pauvres gens qu'on les privait de la moitié de leur existence.

Les étrangers choisirent très vite de rester entre eux, de parler comme d'habitude et de manger la cuisine du pays. Ils s'installèrent autour de l'arche de la ville, s'y agglutinèrent et ouvrirent des boutiques pour y vendre à bon marché des bimbelots de chez eux. Les dames trouvèrent cela vulgaire et terriblement hardi ; elles mirent à leur au cou des colliers qui sentaient le poisson et renoncèrent au maquillage traditionnel pour des peintures sauvages. Les Égyptiens de vieille souche voyaient leurs affaires péricliter et s'en prenaient aux nouveaux venus.

Les visées égalitaires du pharaon avaient fait germer les envies les plus saugrenues, parmi lesquelles celle de cuire son pain soi-même. Chaque grande maison avait autrefois son boulanger assisté de plusieurs serviteurs. Les dames prétendirent broyer le grain entre deux pierres aussi bien qu'eux et les renvoyèrent. Quelques courageuses allèrent jusqu'à pétrir la pâte avec leurs pieds dans de grandes jarres plates.

Un beau matin, plusieurs mécontents se réunirent devant le palais pour protester auprès du pharaon contre le tort qui leur était fait. Akhénaton répondit qu'il ignorait tout de la façon dont on cuisait le pain et qu'il aurait là-dessus plaisir à s'instruire. On le mena jusqu'à la villa voisine ; il y vit d'un côté le boulanger assis sur une marche, un brave homme à l'air piteux, de l'autre la maîtresse de maison, les deux pieds dans la jarre.

161

Les dames se lasseraient, dit le pharaon sans s'émouvoir. Les boulangers ne seraient pas longtemps sans travail.

Certaines professions tendaient pourtant à disparaître. Les corporations les plus menacées étaient celles des embaumeurs et des fabricants de sarcophages, toutes celles que la mort concernait.

La Maison de la Vie, un bel édifice, se dressait à l'est de l'arche, près du palais. Akhénaton ne voulait pas d'une Maison de la Mort à l'horizon. Il avait refusé l'installation coûteuse d'une cuve à natron pour le trempage des corps et privilégié les travaux de l'école. Mourir, disait-il, signifiait vivre plus encore. Trépasser, entrer en un clin d'œil dans la grande conscience universelle. Le corps devait subir les transformations naturelles qui étaient celles des animaux et des végétaux plutôt que de se soumettre aux préparateurs impudiques qui, sous prétexte de le conserver, le feraient macérer dans la cuve en question, lui enfilerait par le nez des instruments tordus et lui briseraient les os du crâne pour en extraire la cervelle à l'aide de longues pinces et la déposer dans un vase canope.

Si lui, le pharaon, avait accepté de faire creuser des tombes dans la falaise, c'était uniquement pour ne pas contrarier. Quant à lui, un petit trou dans le sable lui suffirait.

La mort n'était que l'une des étapes de la vie. D'ailleurs c'était une illusion dont personne, en la cité, avec une foi assez ferme, ne serait victime.

Du roi à l'enveloppe dorée, un homme qui n'avait pas d'ombre et dont les pieds s'envolaient, ses sujets pouvaient tout attendre. Le désir d'immortalité l'emporta sur tous les raisonnements ; ils le prirent au mot et crurent ne devoir mourir jamais.

Quelques mauvais esprits suggérèrent toutefois de compter les âmes de la nouvelle capitale. Cinq fonctionnaires furent mis aux écritures. Ils rendirent soigneusement leur rapport, cinq années durant, un long rouleau de papyrus partagé en deux colonnes, celles des vivants, surchargée, débordante, l'autre vide, celle des morts.

Il y eut aussi une poignée de malveillants pour surveiller les êtres en péril aux franges douteuses de la vie, les hommes séniles, les enfants pâles, les femmes en couches, ceux dans les yeux desquels on voyait plus de nuit que de jour, ceux que l'on voyait marcher au bord de la falaise et qui sortaient à midi sans chapeau, ceux dont le sourire se rétrécissait, le vieil Amenhotep et le fragile Smenkhkérê.

Durant cinq années, personne ne mourut.

L'amour régnait. La Nuit devait se contenter d'observer l'emploi du temps habituel et se cantonner aux heures prévues pour elle. L'aire somptueuse de la mort semblait lui être interdite, il ne lui restait plus que l'humiliant retranchement des ombres. Elle en était réduite à frôler les vivants sans les atteindre, à se tenir dans l'humaine proximité détestée, cachée sous un coude ou derrière le lobe de l'oreille, et à dessiner par terre leur forme noire pour qu'ils la gardent en mémoire.

Elle pensa s'en prendre aux plantes, d'une vitalité extraordinaire dans cette partie du royaume : pendues aux feuilles charnues, accrochées aux tiges vigoureuses, cramponnées comme des lierres, leurs ombres mêmes verdoyaient. Exaspérée, la Nuit voulut s'attaquer aux chats dont les yeux jaunes la narguaient depuis toujours. Elle se demanda où elle pourrait trouver en la cité de la noirceur. Il en restait dans les âmes. Elle la rappela à elle, concentra ses forces et fondit sur les chats. Ils ne moururent pas. La méchanceté avait beau transformer dans le cœur des plus ignobles les âmes en corbeaux, ceux-ci battaient encore des ailes et ranimaient des souffles.

Enfin, elle obtint un résultat : les chats blancs, les chats couleur de sable, les roux, les gris, les tachetés, tous devinrent noirs, avec dans l'œil un éclat mauvais. En vain. Les enfants les apprivoisaient.

La Nuit se rencogna en elle-même. Le vrai responsable, le fauteur d'amour, le grand germinateur, l'excellent vivant, c'était le pharaon. C'était lui qu'elle atteindrait.

Les chats avaient envahi le palais. Les courtisans, d'abord effarouchés, les avaient adoptés.

Quelques-uns s'étaient perchés sur le trône où Akhénaton s'abandonnait à la rêverie. Ses filles grandissaient, il songeait à leur avenir. Il faudrait les marier. L'une épouserait Toutankhaton, l'autre Smenkhkérê. Méritaton avec Smenkhkérê, Anksenpaaton avec Toutankhaton. Néfer-néferou-Aton était beaucoup trop jeune, Méketaton trop jolie.

Le pharaon tressaillit et se reprit : trop jeune. Méketaton était trop jeune aussi.

Les chats frottaient leur tête contre son cou. L'un d'eux se coula derrière lui en ronronnant et s'endormit. Fatigué, Akhénaton détacha le collier ouseck, lourd sur sa poitrine, pour le déposer sur une tablette à ses côtés. Ce collier était merveilleusement ouvragé. Les doigts du roi effleurèrent les perles et remontèrent jusqu'aux deux faucons qui retenaient le contrepoids appelé « pour vivre » parce qu'il venait s'appliquer sur la nuque et protégeait ce point du corps que tout Égyptien considérait comme le nœud vital. Akhénaton avait remarqué, sur l'une des fresques du palais, le dessin d'un chien de chasse porteur d'un semblable collier destiné à le préserver des morsures des bêtes féroces.

Le roi sentait le sommeil l'engourdir. Il déposa aussi sa couronne, prit les chatons qui remuaient à ses pieds et, comme par jeu, les mit en rond dedans. Il voulut s'adosser contre son siège. Celui qui dormait derrière lui, réveillé en sursaut, miaula de douleur et lui mordit la nuque.

Akhénaton, très inquiet, les repoussa tous, se leva, saisit sa couronne et sortit du palais à pas lents. Après son départ, les bêtes reprirent une à une possession du trône doré.

TROISIÈME PARTIE

L'inondation

IX

Le pharaon se dirigea vers le temple magnifique d'Aton. Il pénétra dans la double enceinte et s'arrêta devant les deux tours du pylône analogues à celles du temple d'Amon à Thèbes qu'il avait transformé et agrandi pour le dédier au globe. Il avait voulu ici deux groupes de cinq mâts pour y fixer des banderoles témoins de la manifestation de Shou, l'esprit divin. Le vent courait sur le tissu, le retroussait, le plaquait autour du bois.

— Que ta lumière soit sur moi, âme de trois, dit Akhénaton à mi-voix, divinité unique aux trois visages, âme du Père. Ton fils s'approche et sent ton haleine sur sa nuque.

Il entra dans le temple, dont il franchit les trois portes. Au-dessus de la première était gravé le mot « Croire ».

— Je crois en toi, dit-il clairement, en Toi qui es le Père et le fils, la pensée et la bouche pour la dire, la voix et l'oreille pour l'entendre, le geste et la main du geste, le poumon qui expire et la poitrine qui s'emplit, les mille baisers et les mille plaies.
Je crois au fertile ensemencement de ta parole... Noir et Blanc sont entraînés dans le devenir et germinent au lieu de leur enroulement, je crois en leur enlace-

ment fécond. De même l'envers et l'endroit et les autres contraires. Ce qui se contredit, c'est pour se compléter, ce qui se divise, c'est pour se rassembler.

Akhénaton reprit sa respiration et s'avança vers la seconde porte, au-dessus de laquelle il lut : « Savoir. » Sa couronne commençait à lui meurtrir les tempes. Il passa la main sur son front brûlant.

— Je sais, dit-il distinctement, que la divinité est la source et l'aboutissement, l'activité et la passivité, le créateur et sa créature. Je sais que le Père est le fils.

Il poursuivit à grand-peine :

— ... Je déclare hautement qu'à partir de l'Un, deux se séparent et l'innombrable, mais à partir de l'innombrable, l'Un se conquiert. « Toutes choses ensemble » est le nom caché de la divinité, et « Impossible » son nom secret. J'en ai conscience et je le proclame. Je l'ai constaté par les moyens actuels de mes sens, car moi, l'infime aux yeux étroits, j'ai eu la vision des sphères et des sphères, moi qui suis grave et massif, je me suis élevé dans les airs ; moi qui suis dense, je suis transparent, aucune ombre ne suit le corps à l'enveloppe dorée.

Il franchit la seconde porte et s'avança difficilement jusqu'à la dernière. La tête lui faisait mal, un grand vide bourdonnant s'y creusait. Lorsqu'il la leva pour déchiffrer le nom de la troisième porte, « Connaître », sa couronne roula sur le sol. Il hésita sur le seuil. « Pour le temple, avait-il ordonné, pas de toit. » Il vit très haut la tache ronde du soleil, sa blancheur insupportable de gorge tranchée et exsangue. Il entra. Le soleil précipita sur lui ses laves blêmes. Akhénaton voulu cuire son être à la rage du ciel et marcha plus avant.

— Divinité ! s'écria-t-il à bout de forces, pour des restes de parole, quelques gouttes de ta salive !

Un peu de vie lui échappa. Son esprit libéré transperça le voile de lumière tendu sur le trou carré du ciel.

— Je nais en toi, divinité, souffla-t-il avant de s'effondrer sur les dalles du temple.

Smenkhkérê, attiré par la grande fenêtre, cheminait lui aussi vers le temple.

Si l'eunuque l'avait encouragé à sortir, c'était pour son propre repos. La ligne l'angoissait. Dans ses rêves, elle se faisait nœud coulant. A bout de nerfs, il sanglotait parfois ; de grands vides froids lui éclataient dans la poitrine.

Son séjour dans la cité avait pourtant transformé le prince. Il s'était assoupli, il s'était attendri. L'amour le gagnait à son tour.

Sur le sentier, il se baissa pour ramasser des pavots ; il s'en ceignit le front, en tressa autour de ses poignets et emplit son pagne de bleuets dont ils jaillissaient comme d'un panier. Les ibis le prirent pour un arbre à tige double et s'interrogèrent devant ce grand végétal qui marchait. L'arbre était un nouveau produit de l'horizon, où régnait le bizarre. Les hirondelles, en volant vers le temple, virent elles aussi le prince bien éclos. Elles se poussèrent du bec : Smenkhkérê était amoureux.

Il fut accueilli sur la première marche du temple par la fille aînée du pharaon. Le voyant si fleuri, Méritaton rougit. Smenkhkérê, ébloui, entra dans le sanctuaire. L'amour le transportait. Ce long corps étroit comme un couloir s'était dilaté à la dimension d'une place publique un jour de fête. Sous la ramure des côtes, on jouait du tambourin. Son sang lui coulait dans les veines comme du bon vin.

Il arriva devant la première porte tout ébaubi.

— Que crois-je donc ? pensa Smenkhkérê. Je subis la division, mais croire réunit. Moi, le pauvre Smenkhkérê, si je ne croyais pas, quelle chance me resterait-il ? Dans le vase à deux anses, le lotus existerait-il, si je ne croyais pas en lui ? Ce que j'aime, je le suscite, ce en quoi je crois existe. Entre croire et aimer, peu de différence ; l'un et l'autre créent. Que font-ils tous deux, sinon établir une relation entre des éléments séparés ? Le vase est là : parce que j'y crois, entre l'objet et moi, le vase existe. Méritaton est ici : parce que je l'aime, entre la jeune fille et moi, Méritaton existe. Divinité ! Donne-moi de croire toujours pour combler le vide noir ! ... Parce que Méritaton m'aime aussi, ajouta Smenkhkérê, je suis réconcilié. Moi, l'infortuné, j'affirme que la division est une illusion. L'amour m'a révélé l'unité profonde.

Il s'avança d'un pas assuré vers la seconde porte, au-dessus de laquelle était gravée l'inscription « Savoir ».

— Je sais maintenant parfaitement que deux ne font qu'un. Je l'ai éprouvé par les moyens actuels de mes sens, car je suis amoureux. Je sais même qu'à partir de l'Un, l'innombrable surgit, qu'il contient. Il suffit de penser à la famille humaine.

Ayant dit, Smenkhkérê marcha résolument vers la dernière porte, où le mot « Connaître » brillait d'un atroce éclat. Il recula en cachant ses yeux derrière sa main et tomba évanoui.

Quand le pharaon, revenu à lui, le trouva et le prit dans ses bras, il balbutiait des mots sans suite : « Lumière noire... Ciel carré... Passage étroit... »

Les médecins se succédèrent inutilement à son chevet ; Méritaton vint aussi. Seul Akhénaton semblait le comprendre.

Au-dessus de l'ouverture du temple, les hirondelles traçaient des figures que les jeunes prêtres d'Aton transcrivaient sur les papyrus fabriqués dans les marais par les anciens serviteurs d'Amon.

Ceux-ci prétendaient mal supporter le climat trop humide de la région du Delta. Peut-être leurs mains oisives répugnaient-elles seulement à la tâche.

La Nuit coulait dans leur encre et souillait les belles pages destinées aux louanges du globe. Le chef de la police, Mahou, avait dû envoyer au nord un petit détachement d'hommes sûrs pour surveiller le travail des rebelles : il avait surpris un réseau de fabrication clandestin ; un nom revenait sans cesse dans les rouleaux saisis, celui, détestable, de Toutankh-Amon.

Ainsi songeait-on à déposer le pharaon pour proclamer son fils sur le trône et placer de nouveau le Double-Pays sous la férule d'un dieu à face de bête... Le rapport des hommes de Mahou plongea le roi dans la consternation. Son fils, « la vivante image d'Amon » ! Celui-ci grandissait dans l'insouciance, gâté par la reine mère qui l'attirait à Thèbes où, selon elle, la famille royale aurait dû se montrer plus souvent pour mettre un terme à la médisance.

Le pharaon ne concevait pas qu'une quelconque mauvaise rumeur pût circuler. A propos de quoi, divinité ? On l'appelait assassin. Il ne comprenait pas ; il aimait ses sujets. Pour sa part, il se dépensait en louanges et tournait ses regards vers les jeunes gens qui s'entraînaient au temple chaque jour à reproduire le plus beau motif qui fût : le carré du ciel d'Aton. Des peintres expérimentés enseignaient aux novices le maniement des couleurs, obtenues des fleurs sauvages qui poussaient au bord du Nil, exubérant en cet endroit. Ils les voulaient intenses, avec des flamboiements, peu de nuances.

Le soir, ils s'assemblaient sous cette fenêtre énorme par où la divinité jetait au crépuscule son regard violet. Ils attendaient le divin bariolage qui safranait les visages et les striait d'incarnat. C'était Aton, le maître ; il les peignait lui-même, il leur montrait l'exemple.

Les peintres faisaient signe aux fidèles qui accouraient de partout pour recevoir l'ultime lumière, la violente, cruelle aux yeux, celle qui jurait dans la paix du ciel et incendiait les sens, et ils leur distribuaient des pinceaux.

Ils peignirent ainsi des milliers de carrés. Carré rose au matin, lilial au beau midi, carré mauve. Les ors étaient les plus rares. Chacun d'eux contenait une prière. Le pharaon voulut un jour en couvrir la falaise, l'envelopper de ciel pour en faire l'offrande au globe.

Smenkhkérê en peignit trois très beaux et guérit. Akhénaton le déclara « Grand Surveillant des Bleus » et « Peintre Excellent ». Le prince fit remarquer modestement que le carré n'était autre qu'une portion de droite un peu épaisse. Chaque dignitaire, chaque noble dame, se soumit à l'exercice. Néfertiti s'y prêta volontiers, et puis ses filles. Toutankhaton dut refaire le sien deux fois, trop large vers le bas, qu'il appliqua sur la falaise près des autres en rechignant.

Vint le moment de poser tout en haut le dernier, qu'avait peint Sa Majesté. Celui-ci s'envola. Les dames et les dignitaires s'écrièrent. Akhénaton riait et lui souhaita bon vent tandis que les petits enviaient son cerf-volant.

Le papyrus était d'un blanc pur lorsqu'il commença son voyage, celui de la tunique de l'œil, celui d'un ventre d'hirondelle. Il entra dans le bleu et devint bleu, se posa sur le bras du vent et devint transparent. Shou le poussa sur le Nil. Le dieu bleu s'étira, allongea la main vers la mer et ouvrit les doigts. Le papyrus glissa le long de l'index qui désignait au loin, au-delà des horizons verts, les terres étrangères.

*
* *

Les chats occupaient maintenant toute la ville. Nul ne savait ce qui les y attirait. Leurs présences silencieuses finissaient par incommoder ; il n'était plus rien qui ne fût suivi d'une queue. Le chat noir pourvu de son ombre devenait un monstre à deux corps attachés par les pattes ; le toucher malencontreux d'un duvet arrachait des cris ; la moustache déchirait, c'était une ronce.

Les enfants affirmèrent qu'il suffisait de nommer les chats pour les soumettre. Assez vite, les noms manquèrent. Ils furent traduits en langues étrangères, il en fut requis de toute la terre... Des noms de Chine, des noms de Babel. Ceux-là aussi s'épuisèrent.

Les dames pleuraient. Les chats venaient leur lécher les larmes sur les joues.

Pendant ce temps, le roi mûrissait son message. Le mal n'était autre que l'expression d'un besoin extrême de bien, son creux affamé. Rien en soi ne pouvait nuire, tout était question de quantité. Les artistes, sensibles aux mesures, aux proportions, pourraient apprendre à l'humanité les beaux mélanges : choisir, trancher, disséquer ce que l'on n'appréhendait pas étaient des procédés hérités du droit. Sous le divin amour, il s'agissait d'embrasser pour comprendre.

— Ce que je prône, disait Akhénaton, c'est le saisissement, c'est l'étonnement, l'immédiate et globale perception. Sauver les liens, voilà l'urgence : disjoindre condamne, il faut célébrer les alliances.

Les dignitaires ne l'entendaient pas ainsi. Les conceptions du roi sur le monde, son aptitude à tout englober, justement, les offensaient. Le cercle terrestre était, à leur idée, celui formé par les provinces asservies, au centre desquelles se trouvait l'Égypte, « le milieu de la terre habitée ». Au-delà de ces frontières, rien ne valait qu'on en parle ; si des êtres y vivaient, à peine pouvait-on les qualifier d'humains. Les « beaux mélanges » menaient à une fatale dégénérescence. Le pharaon allait trop loin.

Akhénaton laissa son rire s'envoler et emplit de ciel sa poitrine.

Il marcha pendant trois jours et trois nuits. Il avait au-dessus de lui la voûte du corps de Nout, et sous les pieds les mondes poudroyés. La dune était prête. Elle attendait le Nil.

Les premiers signes s'inscrivaient d'abord au firmament... Une pâleur insolite au front du vent ; une trouée dans le gris. Le ciel d'abord ; ensuite le fleuve. Ce serait le bleu lavé dans le bleu, les eaux d'en haut plongées dans les eaux lourdes pour y dénicher quelque chose de leur passé, pour s'y reconnaître sur leur miroir de vase, pour le plaisir nécessaire de se connaître maculées, de suivre aussi le terrestre parcours avant de s'enfuir en vapeurs. Puis ce serait le haussement des vases, l'effort des fonds bruns vers le ciel penché. La terre à sa conquête sentirait ses veines saillir. Elle ramasserait ses forces dans ce fleuve qui se lèverait lentement et se répandrait sur elle en un long épanchement, large et puissant. Elle inonderait enfin l'azur de son contact à elle, elle mouillerait son air, elle lui ferait savoir qu'elle avait aussi ses besoins et ses fureurs. Dans son débordement elle se viderait de ses entrailles, elle irait porter ses limons jusqu'en haut de la dune.

Elle, la noire, la silencieuse, la renfermée, se donnerait sans retenue. Elle se soulagerait dans l'espace à la face des hommes et de la divinité.

Akhénaton s'assit au sommet de la dune et trempa un pied dans l'eau.

— Depuis la hauteur, dit-il, je goûte aux profondeurs. Il n'y a plus ni haut ni bas : le monde est comblé.

Le trou rond ne se referma pas. Une grande colonne d'air se fit jusqu'aux vases. Dans le cercle, au fond, le roi vit passer une aile furtive.

— Voici découvert le désir des vases, murmura-t-il.

Une autre colonne s'ouvrit vers le haut, dans le prolongement de la première. Dans le cercle, au pinacle, l'œil du roi saisit l'ondulation d'une nageoire.

— Voilà révélée l'aspiration céleste, remarqua-t-il joyeusement.

Il répéta :

— Le monde est comblé. L'eau a tendu sur la terre sa grande nappe uniforme, les rides et les crevasses de son relief ancien disparaissent. L'histoire s'efface, tout commence. Nous sommes dans les limbes. La divinité baigne dans les eaux de son ventre l'enfant à naître. L'horizon est la fine membrane qui sépare encore les mondes. Bientôt la terre se propulsera dans le ciel, l'avenir fendra la nuit opaque.

Où est l'intérieur ? Où est l'extérieur ? Ce qui était dedans sort de son lit, le fleuve déborde. Ce qui était dehors rêve de s'enfoncer, le ciel traîne ses couleurs sur la peau liquide du désert. Enfin le Nil a fécondé la dune, il a caressé sa pente douce hérissée de roseaux, il a empli ses cavités d'eau précieuse. Le désert sera sillonné demain par des bateaux, il n'est plus d'espaces interdits... Les limites ne sont plus.

Akhénaton se pencha et posa un baiser sur la surface des eaux. Son baiser vogua tout autour de la terre. Les oreilles de la divinité s'emparèrent de son bruit léger et le portèrent tout là-haut, dans son champ de planètes. Celles-ci, un instant, pressèrent l'allure. Un instant, tout fut bousculé. Les sables les plus durs devenaient tendres et dolents, les cubes se mettaient en boule, les granits revêches se vrillaient pour cause d'amour.

— Il faut cela, dit le roi. Échapper à la monotonie des règles, explorer les diversités, enchevêtrer les imprévisibles. Divinité ! Des tresses pour les comètes et de nouvelles parures !

L'eau montait, et avec elle, au ventre, les désirs des grands fonds. Les cœurs devenaient des glaises maléables, des boues, des lacs sombres où bouillonnaient des sangs lourds qui charriaient des rouges épais mêlés à des noirs.

Lorsque l'eau du Nil dépassa les genoux du roi et atteignit sa taille, il avait déjà décidé de prendre sa fille Méketaton pour épouse.

Un peu plus loin, les sphinx eux aussi trempaient dans les ondes. Les poissons s'approchaient, curieux de leur panse ballonnée. Le latus, le lépidote, l'oxyrhynque jouaient à cache-cache entre leurs pattes. Ils virent dériver, à l'angle d'un socle, la dépouille immonde du vieil ibis. Ses couleurs flottaient autour de lui, des salissures purpurines, des flaques grisâtres, quelques taches blanches bientôt gagnées par la saleté du Nil.

L'oxyrhynque se demanda tout à coup si le secret des âmes n'était pas là, contenu dans les couleurs des êtres. Puis cette pensée fugace le quitta ; il se remit à la recherche des phallus, dans lesquels il croyait qu'elles nichaient.

Pendant l'inondation, il se trouvait toujours quelques imprudents, emportés par les eaux, auxquels il dérobait le membre dans l'espoir d'accroître son savoir. Depuis qu'il avait mangé celui d'Osiris, il lui semblait avoir vécu un million de fois. Ou bien grâce à cet excellent aliment il ne mourait jamais tout à fait et c'était toujours le même oxyrhynque que l'on voyait sillonner le fleuve, celui de la glorieuse histoire de l'Égypte, ou bien l'histoire s'était inscrite dans la mémoire des poissons et les oxyrhynques naissaient depuis des générations avec l'obsession des phallus.

Il reste que, lorsqu'on découvrait, après la crue, les cadavres amputés, un petit froid parcourait les échines. Même dans la mort, un phallus pouvait encore servir, qu'en savait-on ? En tout cas, on y tenait. Il était bien meilleur d'entrer dans la Douat tout entier. Les textes anciens revenaient à l'esprit. Le mort, à la question : « Es-tu complet ? Es-tu équipé ? »... Que devait-il répondre ?

Au moment d'énoncer la liste des dix-neuf attributs :

Mon visage est celui de Rê
Mon cou est celui de Neith
Ma poitrine celle du Grand de Prestige
Mon ventre celui de Sekhmet
Mes jambes celles de Ptah...

comment éviter, entre le ventre et les jambes, l'évocation de ce qui manquait ? Comment déclarer avec assurance : « Si je suis intact, Rê est intact, et vice versa ? »

Cette année-là, la crue fut terrible. Pour ne pas mettre en péril les grands équilibres, il fallait compléter les victimes.

Conseillé ou non par les prêtres, un homme de Thèbes décida de fabriquer pour les corps démunis d'habiles prothèses de paille à ajuster discrètement sous les bandelettes. Il en fit un petit commerce et devint prospère. Comme il avait le sens des affaires, il établit le long du Nil une multitude de boutiques pour proposer le fameux article. Les femmes en offraient à leur époux, les fiancées à leur promis, les célibataires, par précaution, s'en munissaient aussi. Tous en voulaient. Le pire était possible : une vaguelette passait, sur laquelle le pied glissait, vous étiez emporté et l'oxyrhynque vous grignotait votre bien. C'en était fini des perspectives éternelles, les millions d'années de vie future s'en allaient par la brèche.

Une boutique vint s'implanter tout près de la cité, un peu plus au nord, à proximité d'un dangereux tourbillon. Accroché au toiton grossier, un écriteau pendait : « Pailles en tous genres. » Les objets, empilés par dix, se trouvaient au milieu des chapeaux et des pliants destinés aux fidèles qui venaient prier chaque jour sur l'esplanade du temple.

Aucun homme n'eût avoué sous le globe sa peur de périr noyé. L'ingénieux procédé permit de doubler la vente de chapeaux.

Le manque de foi était l'unique grief dans cette ville sans loi, mais il revêtait mille formes inattendues : la simple décence qui poussait les vieillards à recouvrir leur nudité passait pour un refus de s'exposer aux rayons d'Aton ; la précaution qui consistait à se mettre à l'abri quand le soleil était au zénith, pour de la rébellion. Le pharaon était bon, il n'aurait pas sévi. Mais les fonctionnaires, à la situation précaire sous ce curieux régime, exerçaient avec zèle, contre les étourdis qui s'écartaient de la Voie, une répression sévère. Ils acceptèrent pourtant les chapeaux et s'en coiffèrent aussi.

Cependant, l'intraitable Mahou surveillait étroitement les courtisans, dont la loyauté n'était jamais acquise ; les serviteurs surveillaient les maîtres, les gardes se surveillaient les uns les autres. Des espions guettaient les promeneurs qui s'aventuraient derrière la falaise, du côté de la bicoque où se vendaient les pailles, pour s'assurer qu'ils repartaient bien avec des chapeaux. Ils rentraient chez eux à la fermeture de la boutique, le visage révulsé par le soupçon, le regard abominable et le sourire de travers.

Le roi s'aperçut de l'émoi de tous et finit par se rendre dans l'atelier de ses sculpteurs, qu'il visita un à un, pour leur ordonner de représenter Aton sous une forme bienveillante. Chez Thoutmès, il traça par terre le modèle qui allait être reproduit par la suite si souvent, le globe dont les rayons se terminaient par de petites mains distribuant la vie. Thoutmès montra l'exemple à ses apprentis et donna quelques cours à l'école du Kep où les fils des provinces assujetties

181

étaient élevés avec la progéniture royale sous la direction d'Amenhotep.

Le roi passait souvent par l'école en se rendant au temple. Il s'enquérait régulièrement de la santé de l'architecte, qui avait atteint l'âge invraisemblable de cent et quelques inondations. Le visage du vieil homme était si ridé que l'on eût dit une plage piétinée par une troupe de demoiselles de Numidie. Sa bouche évoquait une vanille fripée, ses yeux des crevasses au fond desquelles brillaient des topazes. Le chef dodelinait en haut du branlant échafaudage.

Chacun redoutait de le voir figurer un jour dans la colonne des morts, vierge, jusque-là, sur le papyrus des Cinq. Visiblement, Akhénaton désirait croire lui-même la mort bannie de la cité et le redoutait aussi.

L'architecte s'était rendu aux principes atoniens et avait promis de poursuivre au Kep l'enseignement de Thoutmès. Dès lors, dans le coin des tablettes, sur les genoux des enfants sages, on vit des soleils aux bras frêles prolongés par des doigts maladroits.

Les plus insolents se moquaient des dignitaires qui se plaignaient de l'insolation ; ceux-ci punirent les enfants. Akhénaton ne put le supporter. Il convoqua Ay qui lui exposa la douloureuse affaire des prothèses.

Apprenant que son peuple vivait encore dans la superstition, Akhénaton se confina dans son palais et y resta prostré pendant une lune.

La Nuit l'y guettait. Elle l'enveloppa de brume et obstrua ses yeux, ses narines, sa bouche, ses oreilles. Elle eut beau faire, elle stationnait aux ouvertures et n'entrait pas plus avant : la lumière intérieure la chassait... Elle agirait donc du dehors. Elle décida de se donner la silhouette d'Akhénaton et de le suivre partout : elle allait jouer à être son ombre.

La Nuit considéra la pièce et rappela à elle les différentes formes dont elle avait besoin. Elle détacha du tapis l'ombre de sa frange pour les longs doigts du roi et celles arrondies des coussins pour le ventre, les cuisses et les mollets ; puis elle préleva dans les angles de la chambre deux découpes sombres pour les coudes et deux autres pour les genoux. Elle vit l'ombre d'un chat passer sur un mur, prit le dessin de ses moustaches pour en faire des cils, se ravisa et rajusta les moustaches sous le nez de l'animal : à quoi bon être méticuleuse ? Ce qu'il fallait, c'était une simple esquisse, à grands traits, quelque chose de souple, bien articulé.

Pourtant l'essentiel manquait : une ombre ovoïde pour le crâne du roi.

La Nuit parcourut rapidement la pièce, contourna un à un les objets qui l'ornaient, passa dans la salle de bains, s'arrêta sur un miroir de bronze de forme oblongue, s'enfuit devant l'éclat qu'il renvoyait, parvint au jardin et considéra le bassin qui la chassa à son tour. Elle se rendit au poulailler pour y chercher sous les œufs des ombres qui fussent à la taille. Les volailles dormaient encore et n'avaient pas pondu. Une grosse oie faisait au fond une tache blafarde.

La Nuit sortit, très irritée. La seule blancheur qu'elle acceptât était celle des ibis, celle des spectres et des ossements. Mais, par tous les dieux, où trouver la forme inimitable ?

Elle rentra au palais et s'approcha d'Akhénaton. Une vague lueur dorée flottait autour de lui, qui l'insultait. Lui seul pourrait produire l'ovale adéquat. Elle devrait se pencher sur les rêves de cet être extraordinaire ; elle serait à l'affût, pour le surprendre au détour de ses peurs profondes, de ses désirs cachés... Il concevrait l'œuf parfait, et elle s'en emparerait.

La Nuit s'assit auprès du roi et disposa le long de son corps les découpes qu'elle avait préparées, les coudes, les genoux dont elle vérifia la mobilité, le ventre mou, les cuisses flasques. Elle avait su rendre le corps grotesque. Machinalement, elle peignit la frange des doigts.

Akhénaton commençait à rêver. Des couleurs imprécises montaient de ses entrailles. L'âme voletait au milieu, appliquant de-ci de-là des petits coups d'ailes pour leur donner une allure acceptable d'objets. Puis l'esprit s'en saisissait et s'amusait à composer une histoire. L'âme riait, bousculait l'assemblage, surgissait à l'improviste entre les personnages, remplaçait l'un par l'autre, puisait très loin dans les fonds humains pour en tirer d'antiques images.

La Nuit attendait patiemment. L'œuf apparaîtrait forcément. Le roi soupira. Il rêvait de Méketaton. Elle dansait devant lui et jouait au ballon. Le ballon rebondissait au rythme de sa respiration. Akhénaton toucha du bout des doigts le ballon de la fillette. Il était doux et tiède, un ventre de mère. La Nuit poussa un cri de joie. Alarmé, le pharaon retira vivement sa main. Trop tard : l'obscure ravit l'ove et s'enfuit.

*
* *

Les chats avaient été noircis contre leur gré. Ils sentaient confusément qu'ils devaient résister à cette noirceur imposée et, gênés de faire peur, refusaient d'être méchants. La chaude luminosité du pharaon, qu'ils auraient dû détester, les fascinait.

Leur langueur exaspérait la Nuit qui s'en voulait d'avoir fait confiance à des êtres vivants pour servir ses projets. Elle renonça à les utiliser, se désintéressa d'eux et les laissa à leur sort. Marqués par elle, ils étaient pourtant condamnés. Ils devinrent gris et dépérirent lentement. En quelques jours, ils moururent tous.

La famille des ibis avait été elle aussi mystérieusement décimée.

Les chats et les ibis disparus, le noir et le blanc, en ces temps troublés de l'inondation, avaient perdu leurs supports.

Les rares échassiers survivants avaient fui la cité et s'étaient réunis dans l'aire des sphinx.

Ils se perchèrent sur les têtes dignes qui semblaient posées sur les eaux du Nil, sagement alignées sur deux rangs, face à face. Les têtes sottes regardaient le fleuve couler ; l'eau leur arrivait au menton, mouillait parfois une lèvre bombée, s'attardait sur une autre, y laissait une perle et poussait plus loin ses vaguelettes pour filer dans un clapotis. Le Nil ne se souciait pas de suivre cette allée bien tracée. Quelques poissons l'empruntaient par jeu et venaient frétiller sous le nez des statues impassibles, absorbées dans leur propre absence. Une brise légère fronçait les ondes. Au fond, le courant roulait et brassait les chimères primitives.

Les pattes des ibis se cramponnaient à leur petite île de grès. Ils demeurèrent là, tremblants dépositaires de la fidèle Égypte, pendant toute la durée de la crue, et moururent d'épuisement. Il n'en resta que deux, un couple misérable.

La dune que le fleuve baignait enfin se laissait modeler par la caresse lente et s'abaissait à plaisir sous le poids du dieu bleu à la mamelle pendante.

Au nord, les pyramides, oublieuses des miasmes où elles avaient le pied, méprisaient la dune, toujours prête à se coucher sous le Nil ; elles avaient la fierté d'être raides, de se maintenir immobiles, pareilles à des poinçons pour marquer l'espace et se l'approprier, acérées pour rien.

La divinité considéra minutieusement son territoire et prit sa respiration. Les vents du monde s'engouffrèrent dans le vaste golfe de ses narines, au bout des cieux courbes. Elle les en chassa, et avec eux les feux égarés d'étoiles tardives. La pâleur lunaire se dissipait au loin. Elle recueillit les quartiers du luminaire, quelques rayons solaires, les dorures roussies dont se paraient les aubes de toujours, et lança tout cela à la mer. Il n'y eut plus au ciel privé de matins qu'un bleu lustré, poli par le frottement des airs. Alors le Nil noirâtre, le Nil limoneux, l'épais et le sale, prit l'azur dans sa souillure et s'élargit au-dessus du désert pour s'en aller à l'oasis couvrir le mirage.

*
* *

Au même moment, dans sa chambre, Smenkhkérê empoignait l'omoplate de bœuf pour l'adapter à son œil droit. L'eunuque, le coussin sur le ventre, attendait en songeant à des rizières. Smenkhkérê s'agita, lui qui était si précautionneux d'habitude, si attentif à ne pas laisser échapper de sa personne des courbes, des emmêlements, des brouillons de gestes qui lui eussent

186

fait honte. Il secoua l'os énergiquement, jeta à son serviteur un bref coup d'œil de détresse et, les yeux nus, affronta le paysage qui s'offrait à lui. A droite : trois roseaux, un figuier, une pierraille ; au fond, au lieu de la ligne familière, une vapeur, un vague plumetis, un crachin quelconque de la divinité. A gauche : trois figuiers, un roseau, une pierraille, et au fond, le plumetis.

Pris d'un doute, il s'équipa de son ustensile : nul horizon ; la droite s'en allait en brume.

Smenkhkérê se tourna vers l'eunuque et déclara gravement :

— Mon rôle s'arrête là. J'avais une ligne à garder, celle de la bordure des mondes. Cette ligne s'est évaporée, la divinité a soufflé dessus, je ne distingue plus là-haut que des buées. Ma raison d'être a disparu, je m'en vais. Que meure le pauvre Smenkhkérê !

Là-dessus, il chercha dans la chambre quelque chose de pointu, de quoi s'occire, et avisa un poignard décoratif suspendu à son mur.

— Voilà l'objet qu'il me fallait, dit-il en tendant le bras pour l'attraper.

L'eunuque s'interposa :

— Halte-là, il n'est pas temps de mourir.

— Pardon ? fit Smenkhkérê avec un brin d'agacement.

L'eunuque reprit :

— J'ai vu en songe autrefois sur mon maître les emblèmes de la royauté.

Le prince n'écoutait pas. Il retourna à la fenêtre. Son sourire jusque-là impeccablement tendu fit un pli.

— Ai-je failli ? demanda-t-il plaintivement. L'ultime limite n'est plus, les mondes vont se jeter l'un dans l'autre. Suis-je coupable ? Ai-je mal vu ?

Tout à son désarroi, il n'avait pas entendu entrer le pharaon. Akhénaton se tenait près de lui.

— L'ultime limite n'est plus, répéta-t-il tranquillement. Les mondes s'étreignent aujourd'hui.

Smenkhkérê réfléchit un instant :

— Que je meure !

Le roi le serra dans ses bras et le fit virevolter ; le sourire de Smenkhkérê ne se défroissait pas.

L'eunuque ne put réprimer l'envie de se pencher dehors pour constater par lui-même l'état de l'horizon. La vue de la ligne éparpillée, dont il espérait obscurément un soulagement, n'en déplaise au prince, le mit mal à son aise.

Akhénaton continuait à réconforter son frère.

— Tes longues années de veille, lui expliquait-il, sont justifiées par ta vision présente et n'ont de sens que par elle. Il fallait l'œil d'un gardien pour guetter cette manifestation divine exceptionnelle.

Smenkhkérê se trémoussait. Son regard était réglé sur la ligne. De tout son être il refusait les extravagances de la réalité.

— Je suis confiant, disait Akhénaton. Il nous faut connaître d'abord la division pour accéder à l'unité.

Smenkhkérê n'était pas loin de pleurer.

... C'est pourquoi nous devons nous réjouir des différentes formes de désordre qui nous affectent. L'accomplissement du multiple, c'est la condition de l'unité.

Le prince se mordait les lèvres. Le roi répéta :

— L'accomplissement des multiples voies, voici la Voie. Le droit est un artifice de la loi et ne convient pas au vivant, mais l'énergie d'amour, communiquée aux multitudes, soude les humains à la divinité.

Le prince lançait aux tablettes entassées, sur lesquelles il avait gravé la ligne horizontale un si grand nombre de fois, de longs regards nostalgiques. Akhénaton se tourna vers l'eunuque et précisa en levant un index vers le ciel :

— La première frontière entre un monde et l'autre est dépassée... Mais jusqu'à la lumière, il y a des mondes et des mondes. Notre Smenkhkérê a confondu l'étape avec le but.

Tout en parlant, il tapotait gentiment la main que son frère lui avait abandonnée. Il conclut, en chuchotant à son oreille :

— Les limites rassurent, mais il nous faudra les dépasser toutes.

Le pharaon était sorti en entraînant Smenkhkérê. Ils agiraient en tout ensemble désormais. D'ailleurs, l'admiration que lui vouait le prince le soutiendrait. Néfertiti ne se confiait plus que rarement à lui et ne l'écoutait guère. Très attristé, il avait prié Thoutmès de représenter souvent la famille royale bien unie, dans les attitudes touchantes de la vie privée, non pour tromper les habitants de la cité sur l'état de leurs relations véritables, mais parce qu'il croyait aux vertus thérapeutiques de l'art, étant donné les liens étroits de celui-ci, sous son règne, avec la réalité. Leur portrait aurait pu agir légèrement sur les humains, par exemple en faisant naître sur leur face le sourire, ou, dans ce cas précis, en affermissant des sentiments qui s'avéraient labiles.

Sa façon même de glorifier la nature tenait encore du rêve. Il y avait dans ses rapports avec elle quelque chose d'ambigu, de discordant, un problème qu'il ne solutionna jamais. Quand il regardait son image sur le miroir du Nil, il souffrait de déceler, ici et là, sur son visage, de la mollesse. Il s'accusait d'avoir pour la chair trop d'appétit, voilà ce qui le tourmentait et lui gâchait la vie. La délicate Néfertiti se plaignait ; ces plaintes l'humiliaient.

Il prétendait être quitte en exigeant de l'art une figuration cruelle de lui-même. Dans son for intérieur, il savait ne l'être pas tout à fait.

La malheureuse histoire de la prothèse de paille l'avait profondément blessé. Il saisit l'occasion de régler une bonne fois la question sexuelle en affirmant l'assimilation des genres par la divinité et s'en alla trouver Bek, fils de Men, responsable des constructions de la Montagne Rouge sous le Troisième Aménophis. Celui-ci était moins sensible que Thoutmès, moins compliqué que son peintre favori qui eût défailli à l'idée d'escamoter, à la fourche des jambes, une réalité, et passa commande d'une statue gigantesque le montrant sans son membre.

En rentrant au palais, il apprit que Néfertiti avait quitté les lieux avec Toutankhaton, parce qu'elle ne pouvait supporter que son époux s'unît en mariage avec leur fille Méketaton.

Akhénaton en eut le cœur brisé, mais il avait de la vie des conceptions sublimes auxquelles il n'était pas en son pouvoir de renoncer, l'eût-il désiré pour être agréable.

X

Sur les marches du palais, Akhénaton parlait avec Smenkhkérê. Le prince souffrait. Il cherchait des repères, une base, un pourtour à l'infini où appuyer le regard pour reposer l'esprit.

— Comment cheminerai-je, protestait-il doucement, sans la ligne pour me guider ? Où iront mes pas ?

— Tu voleras. « La droite », « la gauche », « ici », « là-bas », n'existent plus. Plus de route tracée. Plus de couloir étroit. « Partout », pour l'homme nouveau, est le nouvel espace.

— Y a-t-il seulement une finalité à l'existence ? poursuivit humblement Smenkhkérê. L'avenir, quelle forme a-t-il ?

— Le sentier du passé qui s'efface, celui indistinct de l'avenir, se confondent dans la dimension éternelle.

— Mais, continua pourtant le prince, la parenté... la longue lignée des familles... Que devient-elle ?

Il regardait craintivement le roi. Celui-ci croisa son propre regard dans les yeux de son frère qui lui renvoyaient son reflet sans l'altérer. Il fit face et dit nettement :

— La parenté s'est dissoute dans le corps universel.

Smenkhkérê éclata en sanglots.

— Suis-je fautif ? s'écria-t-il. Ai-je péché ?

Akhénaton leva un sourcil arrondi et répéta :

— Fautif ? Que non ! Pourquoi faut-il que les humains soient ainsi portés à s'accuser de tout ?

Il prit les mains de son frère et s'agenouilla devant lui.

— La culpabilité, dit-il avec émotion, nous prendra-t-elle tous au piège ?

— Hélas ! gémit Smenkhkérê, qui suis-je, si tu ne vois plus en moi ton frère ?

Akhénaton comprit et sourit.

— Tu es mon frère, répondit-il en se relevant. L'esclave et l'étranger le sont aussi ; le pauvre comme celui qui vit dans l'aisance, le malade et l'homme sain ; les êtres pitoyables et ceux qui étincellent. L'indigence n'octroie aucun privilège. En chacun son prodige.

— Les aimes-tu tous ? demanda Smenkhkérê miné par l'inquiétude.

— Tous.

Smenkhkérê inclina la tête :

— C'est ce que je pensais, je suis désespéré : je n'aime que toi.

Akhénaton, troublé, heureux sans doute, ne savait comment le rassurer. Il l'embrassa, le câlina, lui dit mille douceurs. Rien n'y fit. Smenkhkérê continua d'une voix lugubre :

— Gros temps. La mort m'attend, j'embarque.

— Cesseras-tu ? supplia le roi. Écoute. La divinité nous a donné un monde dont elle t'a confié la lisière. Elle a fixé ton regard sur la ligne unique, elle s'est servie de toi pour marquer un domaine dans lequel elle a enfermé les humains. A l'intérieur de ce périmètre, ils se sont organisés ; ils ont adopté des lois, des systèmes religieux, toutes sortes de moyens pour répartir entre eux la puissance.

Smenkhkérê, immobile, se méfiait. Les paroles d'Akhkénaton commençaient pourtant à agir sur son esprit. Celui-ci continua :

— Elle t'a posté là. Ton regard, c'est un peu de son regard d'hier. Mais ce regard qui crée des mondes au fur et à mesure qu'il se déploie, ce regard brûlant, qui refroidit dans les airs et laisse derrière lui une traînée de larmes dures, elle l'a porté plus loin. Tu comprends ? Rester en arrière ne signifie plus rien... Les pyramides, les édifices de mon père, le temple d'Aton lui aussi, tout cela...

Il leva les yeux, chercha dans sa poitrine un grand souffle et murmura :

— C'est si dérisoire.

— Bon, dit Smenkhkérê un peu apaisé. Tu enseigneras, j'apprendrai.

Il réfléchit un instant :

— L'apprentissage est-il long ? J'avais une certitude. Elle disparue, il me semble que ma colonne vertébrale s'est écroulée. J'étais rigide, je chancelle.

Akhénaton répondit gravement :

— La rigidité est-elle souhaitable ? L'observance stricte de la loi est mortifère. Elle empêche toute créativité.

Il ajouta un peu plus bas :

— Créer, c'est se mettre hors la loi pour explorer l'interdit. C'est débusquer la divinité pour ravir ses arcanes.

— Ai-je une telle ambition ? répliqua faiblement Smenkhkérê.

Le roi ferma les yeux.

— Mon bon Smenkhkérê, mon frère aimé, il est vrai que l'orgueil s'arroge l'inaccessible, et que la mort, quand les dieux tiennent audience, sanctionne l'usurpation. Ce que je voudrais te dire surtout, c'est de n'être pas chiche de ton existence quand la vie abonde et regorge de formules. Crois-moi, la vie prodigue ses solutions.

— Prodigue ses solutions ?

— Les Égyptiens n'imaginent-ils pas, parce qu'ils vivent en bordure du désert, que ce qui ne transpire pas est voué à disparaître ? Or les hommes dans la neige vivent aussi bien.

— La neige, demanda tristement Smenkhkérê, est-elle très jolie ?

— J'en suis sûr. Vois-tu, des êtres très différents grandissent et se reproduisent dans le même milieu, et les mêmes êtres dans des milieux très différents ; l'esprit a plus d'une façon de s'insérer dans la matière. Le génie est naturel. Pourquoi la pensée rend-elle les âmes stériles ?

Le prince, malheureux, faisait les yeux ronds.

— Parce que les hommes ont peur, poursuivit Akhénaton. Mais moi, j'annonce la libération de la peur par l'amour.

Insensiblement, il avait haussé le ton. Smenkhkérê se mit à trembler. Le roi approcha son visage du sien et lui dit nez à nez avec autorité :

— Un message pour les âmes, un seul : pullulez !

Smenkhkérê frémit.

— Âmes des âmes, s'écria Akhkénaton, forcez l'enveloppe des corps et répandez-vous !

Smenkhkérê, anéanti, laissa échapper un petit gémissement qui alerta le pharaon. Celui-ci, confus, le serra affectueusement contre lui.

— Mon ami, lui dit-il, je m'emporte pendant que tu pâtis. Non, ajouta-t-il doucement, se rappelant la question de son frère, l'apprentissage ne sera pas long. Tu me feras confiance. Tu seras heureux. Tu verras, l'avenir est merveilleux.

Akhénaton s'en alla d'un pas souple, le cœur léger. Il se rendait chez Méketaton. Des poèmes lui passaient par la tête, des rires lui naissaient dans les joues.

Il croisa sur son chemin les dames de la cité, les dignitaires débordés de ne rien faire. Des jardiniers consciencieux ratissaient les eaux hardies qui noyaient les ruelles ; ils les peignaient, ils les égalisaient. La chevelure du Nil se reformait aussitôt, les jardiniers reprenaient leur rateau. La noble besogne que celle de caresser les eaux ! Akhénaton s'inclina vers ces travailleurs vaillants et reconnut les soldats d'Horemheb envoyés autrefois au désert. Après l'inondation, ils le prendraient pour chantier.

La cité rayonnait. Quant à guerroyer, personne n'en parlait plus devant Sa Majesté qui n'aimait pas y penser.

Son garde, l'homme de Dieu, marchait sur ses talons. Akhénaton lui fit signe d'attendre et se glissa dans le jardin où somnolait sa fille préférée. Un petit singe à côté d'elle enfilait des perles. Non loin, ses sœurs entouraient Baketaton, plus âgée, qui venait leur rendre visite. Elles parlaient toutes ensemble, s'inquiétant beaucoup de Thèbes, où leur père ne daignait pas les mener. Baketaton, coquette, très fardée, riait de leur naïveté et se faisait prier.

— Thèbes a bien souffert, disait-elle, et n'est plus ce qu'elle était. Votre père n'y est pas populaire. Songez que des morts, récemment encore, salissaient la chaussée.

Les fillettes baissaient la tête. Des morts, c'était si incongru.

— Vous n'êtes pas aimées, ajoutait l'autre pour les tourmenter. Vous êtes pour tous les filles de l'assassin.

Méritaton, bouleversée, s'enfuit pour chercher consolation auprès de Smenkhkérê. Néfer-néferou-Aton sanglotait ; Ankhsenpaaton envisageait de se venger ; presque nue, comme le voulait la mode sous le globe, honteuse devant Baketaton, ravissante et vêtue, elle éprouva pour son père un commencement de haine.

Baketaton s'enquit de la santé de Toutankhaton. Ankhsenpaaton résolut que sa rivale, jamais, n'épouserait son frère.

Le malheureux Akhétaton avait saisi toute cette conversation. Le mot « assassin » lui cisaillait les oreilles. Il s'approcha de l'innocente Méketaton qui dormait toujours. Le singe se sauva en renversant les perles.

Le roi contempla silencieusement son enfant, encore plus belle, semblait-il, dans son sommeil, et puis n'y tenant plus, se pencha sur sa joue rose. Une large tache noire recouvrit en un instant le visage bien-aimé. Akhénaton, décontenancé, recula d'un pas. La tache disparut. Rassuré, il s'avança de nouveau : la tache revint.

— Divinité ! s'écria-t-il. Quel signe néfaste est-ce là ?

Au cri qu'il poussa, le garde se précipita dans le jardin. L'homme vit l'ombre sur la princesse et regarda le pharaon sans comprendre. Cette ombre, la cause d'une telle frayeur ? Il la désigna, embarrassé, et demanda gauchement :

— Dieu ?

— Mon ami, je ne sais pas, répondit Akhénaton très troublé.

Smenkhkérê, assis sur une marche, méditait dans l'eau tiède.

Sous cette couche bien unie, les sables se cachaient. Autrement dit, les apparences étaient trompeuses. La

196

divinité tendait partout une nappe liquide, la terre, à première vue, faisait peau neuve. Mais en dessous, elle se décomposait. Tous les grains de sable, il s'en persuadait peu à peu, étaient des éclats d'ossements, des réductions de squelettes, des miettes de crânes. Le pharaon avaient d'ailleurs son idée là-dessus : les sables... des yeux, des prunelles durcies. Le prince l'avait entendu prononcer quelque chose de ce genre, il l'aurait juré.

Akhénaton convertissait ses soldats en jardiniers qui ratissaient cela soigneusement pour calmer les imaginations, mais lui, Smenkhkérê, ne s'en laissait pas conter : la terre mourait lentement. Le sourire lui tombait sur le menton.

Le malheureux, tout doucement, s'habituait au chagrin. Comment le pharaon pouvait-il proclamer l'avenir merveilleux ?

Jusque-là, l'horizon ceinturait le paysage et retenait les sables de s'envoler. Sinon, à la première bourrasque un peu vive, la planète se serait éparpillée. Plus rien ne l'en empêcherait maintenant, sinon, pour un temps seulement, cette petite épaisseur d'eau. Une fois l'eau partie, elle s'en irait en poussière.

Il aperçut Méritaton qui courait vers lui, les mains ouvertes, les yeux brillants. L'eau lui arrivait aux chevilles. Smenkhkérê se leva pour aller à sa rencontre. L'eau les unissait, et sous leurs pieds, le sable.

Il y avait dans cette situation quelque chose de tragique qui les poussa à se lier par un serment. C'est alors que Méritaton, très émue, murmura à son fiancé d'une voix juvénile un peu hésitante :

— Smenkhkérê... L'avenir est merveilleux.

L'impérieux besoin d'y croire opéra enfin. Smenkhkérê oublia la menace des sables pour ne plus voir à la surface des eaux que le reflet de leurs visages heureux.

Au-dessus d'eux, les dernières hirondelles s'en furent, coups de pinceau légers tracés de la main même de la divinité.

A la réflexion, ces formes volantes, quoique parsemées, étaient charmantes.

Akhénaton vit lui-même les oiseaux. Inexplicablement, il commença à s'inquiéter de leur noirceur. Que signifiait sur eux cet habit mi-parti ? Sincèrement, il avait cru les hirondelles tout unies. Si quelqu'un lui avait posé une question aussi simple que celle de leur couleur, il aurait, en riant, répondu spontanément : « Blanche, bien sûr ! »

Visiblement, il s'était trompé ; la noirceur des hirondelles s'imposait. Il lui apparaissait soudain que, familier des mondes imperceptibles, il traversait celui-ci comme par inadvertance.

Chaque fois qu'il se penchait au-dessus de Méketaton, il constatait maintenant qu'une large tache noire s'étendait sur elle. Il causait ce noir, cela ne faisait pas de doute. Pis, ce noir était le sien. Or, en toute bonne foi, il ignorait receler la moindre noirceur. Chez les êtres ordinaires, il y avait au moins un endroit où elle était bien concentrée, bien profonde : la pupille de l'œil. Était-il seulement muni de pupilles ? Nul ne l'aurait affirmé.

Akhénaton croyait ferme que la réalité des choses dépendait essentiellement de la qualité du regard que l'on portait sur elles.

Depuis qu'il avait vu sur le visage de sa fille l'ombre noire, ses yeux s'étaient ouverts du même coup sur l'existence de toutes les ombres, qu'il percevait naguère vertes ou bleutées. Les choses les plus claires étaient doublées de nuit, c'était désormais évident.

Mieux encore, la noirceur était proportionnelle à la blancheur de l'objet. Son opposée, ou plutôt son exact complément.

Si donc les hirondelles présentaient bien cette composante, un aspect non négligeable de la réalité avait échappé au regard pourtant très beau d'Akhénaton qui ne garantissait plus rien ou, du moins, n'offrait plus qu'une demi-garantie, ce qui revenait au même.

Au milieu de tous ses soucis, le pharaon avait toutefois une satisfaction : Bek, fils du sculpteur Men, venait de lui livrer la statue qui devait mettre un terme aux conversations centrées sur le membre. Akhénaton s'était rendu en personne à la boutique où se vendaient les pailles et avait clos l'affaire en achetant le lot des prothèses restantes.

Le moment de l'inauguration venu, il en fit un grand tas auquel il mit le feu, juste sous son monument qu'il dévoila brusquement à la dernière flammèche devant les habitants de la cité.

Haute de quatre mètres, en grès peint, la statue donnait de lui l'image attendue. Elle le représentait debout, les deux sceptres correctement croisés sur la poitrine, la double couronne bien en place sur le crâne recouvert d'un nemes léger, une coiffure de lin modeste qui encadrait son visage allongé par la barbe postiche, maigre, vilain, et d'où se détachait une bouche épaisse qu'on eût dite façonnée dans les chairs économisées sur l'ensemble.

Les gens, les pieds dans l'eau, incommodés, échangeaient quelques mots sur la bonté d'Aton qui couchait ses rayons sur les feuilles des arbres pour les faire reluire en l'occasion. Akhénaton n'entendait pas les ménager. Il attira leur attention sur le petit pagne simple tendu sur ses larges cuisses de grès, au plissé admirablement rendu, sans la moindre hésitation dans la direction des plis parce qu'il n'abritait pas de sexe. L'hypocrisie de tous lui pesait, le scandale lui fit du bien. Détendu, il profita de l'effet de surprise pour annoncer officiellement son mariage avec Méketaton. En même temps, précisa-t-il, Smenkhkérê épouserait Méritaton, et Toutankhaton sa sœur Ankhsenpaaton. Tout cela serait rondement mené.

Enfin, il fit monter Bek sur une estrade, le fit acclamer, se déclara content et commanda sur-le-champ une trentaine d'autres statues dans le style de la première pour orner les piliers du grand temple de Thèbes.

La cérémonie s'acheva sans incident. Personne n'avait bronché.

Le soir venu, le pharaon manifesta le désir de rester seul. Il aimait l'humanité entière et les hommes un par un, mais rien ne le fatiguait tant que de les voir amassés. Il pria ses serviteurs de ne pas le déranger et s'enferma dans sa chambre.

Akhénaton repoussa une chaise élégante au dossier cintré décoré d'un nain à tête de lion susceptible d'écarter les mauvais esprits. Maintes fois il avait demandé qu'on l'en débarrassât. Il tira d'un angle de la pièce un fauteuil plus modeste, fait de lanières de cuir entrelacées, un petit repose-pieds d'ivoire, et quitta ses sandales.

Considérant celles-ci d'un œil critique, il les retourna prestement et vit avec contrariété qu'elles avaient été doublées de tissu sur lequel on avait peint, sur l'une un Asiatique, sur l'autre un Nègre, les deux adversaires de l'Égypte qu'il avait, en se chaussant, humiliés à son insu.

— Faut-il que les humains marchent les uns sur les autres ? s'exclama-t-il avec douleur.

Les Égyptiens sont-ils incorrigibles ?

Fâché, il jeta les sandales sous son lit, s'approcha avec soulagement du siège qui n'était ni sculpté ni peinturluré et s'y installa l'esprit serein, débarrassé des présences importunes, enfin seul.

Sur le mur, une ombre aux bras frêles, aux doigts filiformes, s'assit sur l'ombre du fauteuil. Le roi s'assoupit rapidement et inclina la tête sur son épaule. Sur le mur, l'ombre inclina la sienne.

Un chien aboya dehors. Une rumeur s'éleva dans la ville, du côté du quartier des étrangers. Sans doute préparaient-ils une petite fête, en son honneur, probablement. Tous, sous le globe, festoyaient beaucoup. Il le voulait ainsi... Vivre joyeusement... La joie était le seul secours qu'il connût face à la cruauté de vivre contre laquelle le grand Ay à la noble figure tentait parfois de l'avertir, quand il lui rendait compte de la situation du royaume, en lui faisant supposer le pire. « Votre Majesté, disait Ay, ne peut agir sur les réalités sans avoir conscience du pire. »

Comment, sans l'assistance de la joie, n'être pas mortellement affecté par la connaissance du pire ? L'amour portait le monde. Pourquoi fallait-il que l'on souffrît dans le détail ?

Il remua un peu, ouvrit les paupières, et vit sur le mur la forme inimitable de son crâne.

— Tu es là, mon bon Nadir, dit-il sans réfléchir. La cérémonie m'a rompu, nous sommes bien fatigués.

Toutefois, une vague inquiétude l'empêcha de se rendormir. Il se faisait des reproches. Ainsi, il abandonnait Thèbes au malheur... Il ne croyait pas au mal. Le malheur, qu'était-ce donc ?

— Ai-je jamais dit : « Aton est bon, Amon est mauvais » ? s'exclama Akhénaton. Aton est le tout. Si j'osais, je dirais à la foule : « Ne rejetez pas Amon ! Aton le contient. Ne vous privez de rien ! Tout est bon. »

Son âme s'agitait. Elle fit claquer ses ailes et se cramponna à la gorge du roi ; il passa sur son cou une main fiévreuse.

— Parce que j'ai parlé d'amour, on s'entretue à Thèbes. Thèbes a été mal informée. Où le message a-t-il été perverti ?

L'âme se secoua bruyamment et serra plus fort.

— L'amour m'étrangle.

Il tourna la tête. L'ombre, sur le mur, en fit autant.

— Que disais-je ? reprit-il. Nadir veille à l'oasis. L'ombre que voilà n'est pas la sienne. C'est celle de ma statue, je ne vois que cela.

Rassuré, il se remit d'aplomb dans son fauteuil et s'endormit pour de bon. L'ombre se laissa peu à peu absorber par la nuit.

Au matin, elle était là, près du roi. Akhénaton la vit aussitôt et prit peur.

— C'est impossible, s'écria-t-il, je n'ai pas cet attribut. Je me suis déjà interrogé là-dessus, je suis dépourvu de noirceur.

Il hochait la tête. L'ombre l'imita. Akhénaton, déconcerté, la prit à partie :

— Non, décidément, je n'ai pas la force de porter le pire, je ne m'en charge pas.

Il se leva et se mit à la recherche de ses sandales. L'ombre s'aplatit sur le sol.

— Cette ombre me donne des idées noires, pensat-il. Je ne suis plus le même. L'illumination m'a-t-elle quitté ? Cela ne se peut pas.

Il continua à soliloquer tout en détachant délicatement la doublure de tissu de ses semelles, posa l'Asiatique et le Nègre côte à côte sur son lit et leur dit, les larmes aux yeux :

— Mes amis, le pire n'est pas sûr. Naturellement, il serait bon que la divinité s'exprimât clairement et que le Verbe ne fît pas de lapsus.

Il reprit les petites figures peintes et les rangea dans un coffret où s'empilaient déjà une bonne vingtaine de personnages semblables, tassa bien, et sortit pour donner des ordres pour la célébration de son mariage.

L'ombre trottait sur ses talons. L'homme de Dieu, voyant sortir le pharaon, reprit aussitôt du service et, l'ayant salué, ouvrit la bouche en désignant ce qui traînait derrière lui. Akhénaton l'arrêta d'un geste : la chose le suivait, il s'en était aperçu. Ce garde un peu sot n'avait pas besoin d'attirer l'attention sur elle.

Il s'en alla trouver le maître de cérémonie et lui confia son projet. Il voulait un mariage modeste, qui coutât peu d'argent.

La décision d'Akhénaton d'épouser sa fille avait choqué un représentant si respectueux des traditions, mais lui avait fait espérer aussi de pompeuses réjouissances pour lesquelles il aurait aimé donner toute sa mesure.

Le noble Ay avait averti Akhénaton qu'on avait surpris l'homme en secret entretien avec les fabricants de sarcophages, autour d'un pichet de bière, à la tombée de la nuit. D'après Mahou qui les avait fait espionner, ils auraient comploté ensemble de faire périr le vieil Amenhotep. Selon eux, la situation était inacceptable. Ils voulaient des morts comme avant, une cuve à natron et des cérémonies. La prolifération des êtres avait quelque chose d'obscène. L'éternité, quand elle passait par les petites portes du corps, était monstrueuse, tandis que la mort, traitée à l'égyptienne, devenait grandiose. Avec le meurtre d'Amenhotep, le processus naturel se serait remis en place de lui-même. L'ancienne habitude de mourir ne pouvait s'être perdue tout à fait.

Akhénaton savait que les dignitaires reprochaient à la nouvelle cour le défaut d'apparat. Il avait entendu parler de la somptueuse tombe thébaine du vizir Ramosé qui s'était récemment éloigné du trône, mais il se souciait moins des caprices des grands du royaume que des souhaits du petit peuple. La mort... son premier souhait ?

Fallait-il punir ? C'était insensé.

— Que Votre Majesté me pardonne, dit le maître de cérémonie, je suis consterné. J'aurais, pour ce mariage, voulu dépenser sans compter.

— J'ai d'autres projets, répliqua le pharaon.

— Oh, fit l'autre, je les devine.

— A quoi penses-tu ? demanda le roi.

— Il s'agit sûrement de la Maison de la Vie, pour laquelle vous envisagez toujours de nouveaux aménagements.

— C'est cela, répondit Akhénaton d'une voix enjouée. Je veux développer ici l'enseignement des langues étrangères.

Le visage du maître de cérémonie se ferma. Son sourire versa sur le côté.

— Pourquoi faire, Majesté ? dit-il d'un ton plaintif. Les autres peuples apprendront la nôtre.

— Les exercices de traduction assouplissent l'esprit, rétorqua Akhénaton avec bonne humeur.

— Hélas ! Pourquoi les Égyptiens feraient-ils cet effort ? Le pharaon veut-il leur humiliation ?

— Mon brave homme, répondit gentiment Akhénaton, laisserions-nous l'humiliation à autrui ? Non
pas. C'est pour s'élever la meilleure voie qui soit.

Le maître de cérémonie baissa le nez. La présence, à
la cour, du petit homme chinois qui escortait partout
Smenkhkérê rompait l'ordonnance des parades les
mieux réglées. Les intrus lui gâchaient l'harmonie.

— Figure-toi, mon ami, reprit justement Akhénaton, qu'il est au palais une personne pour laquelle
j'éprouve une affection toute particulière...

— Ah ! répondit l'autre avec défiance.

— Un étranger, mais oui... L'eunuque chinois. J'envie son état qui réunit les genres.

Le maître de cérémonie se taisait.

— Tout ce que je possède ira à la Maison de la Vie,
trancha le pharaon. J'y convoquerai des savants de
Babel ou d'ailleurs, qui nous enseigneront le mouvement des planètes. Nous allons quelque part, tout cela
nous concerne. Qu'on ne rejette rien : ce sera la
connaissance, ou la totale innocence, tiens-le toi pour
dit. Tout ce que je crois, je veux qu'on me l'explique.

Le maître de cérémonie faisait triste figure.

— Vous me lassez, vous, avec vos ornements, et
tous ceux qui collaborent aux œuvres de la mort, dit
encore Akhénaton. Quant à Amenhotep, n'imaginez
pas pour lui de fastueuses funérailles, si la divinité
venait à rompre le fil de ses jours. Si la mort survenait, je le plierais dans un sac de lin et je le ferais
enfouir sans façon au désert. En levant la tête vers
Nout, j'aurais bientôt l'impression de pouvoir compter
dans sa chevelure une étoile de plus. Aucune peur ne
me hanterait. Un grand calme m'emplirait le cœur, ce
serait tout.

L'autre, interloqué, regardait stupidement son souverain, cet homme qui ne ressemblait à personne, difforme en dedans et en dehors, au crâne aussi vaste que s'il cachait sa couronne, et dont l'ombre se tenait mystérieusement à distance. C'est à peine s'il l'entendit dire, d'une voix limpide à vous friser les nerfs :

— Eh bien, mourir n'est pas plus compliqué que cela. Les plus bêtes en sont capables, et nul, à cette heure, n'a plus besoin de maître.

Akhénaton fit un pas vers lui pour l'embrasser ; alors il s'écarta, montra le sol d'un geste vague et dit, avec un peu de méchanceté :

— Cette ombre, Majesté, il y a longtemps que vous l'avez ?

Resté seul, le maître de cérémonie remâcha longuement son désappointement.

Ce roi était insupportable, et son royaume un royaume de vauriens — des étrangers, des déguenillés qu'il avait sortis de leur condition inférieure, auxquels il avait distribué les biens de ceux qui savaient la valeur des choses — un ramassis de toutes les laideurs du monde.

A part les cérémonies d'inauguration et quelques mariages à la cour, lui, dont le métier était de décorer, avait été privé de toutes les occasions de parer son pays de dignité, et le voyait envahi d'un bric-à-brac de mauvaise qualité auprès duquel l'austère ingénuité qu'affectionnait le pharaon lui paraissait un luxe, et d'où la magnifique apparition de Néfertiti surgissait comme un miracle.

Pourtant, répétait Akhénaton, l'humanité était un seul corps dont les différentes parties répondaient les unes des autres ; elle-même faisait corps avec la planète, qui faisait corps avec l'univers... et ainsi de suite. Le monde gigogne avait tout de la babiole exotique.

En présence du pharaon, le maître de cérémonie avait manqué de repartie. Le charme étrange avait agi sur lui. Il serait désormais impénétrable et vouerait au souverain une haine compacte.

Quant à l'amour qui liait encore le couple royal, il était à ses yeux une offense au bon genre dont il décida de faire l'objet d'une vengeance personnelle.

Le roi retrouva en sortant le garde qui l'attendait dehors. Il lui demanda de rentrer au palais. La ville était sûre, puisqu'en principe l'amour y régnait. Et puis, il y avait tout de même çà et là des hommes de Mahou. Enfin, rien n'était plus improbable que la mort. Pourquoi y avait-il seulement pensé ?

Une fois le pied dans la rue, il se retourna vivement et vit son ombre sur la porte. Le bel ovale de sa tête se trouvait plié par le milieu à la hauteur du linteau.

— Qu'est-ce que cela me fait ? dit-il tout fort. Aucun doute ne me plisse l'esprit. Il est lisse comme le miroir dans lequel se regarderaient les peuples de toujours.

Je te tiens tête, forme noire, ajouta-t-il en pointant sur elle son index dans l'idée de l'épingler et de l'abandonner là, sur le bois. Tu ne m'abuses pas. Je sais que tu n'existes pas, et la bonne raison, c'est que je n'existe pas non plus.

Soulagé, il esquissa un petit pas de danse que l'autre s'empressa d'imiter.

— Tu as beau feindre, continua-t-il avec un soupçon d'hésitation. Je vois clair. Je n'existe pas, bien que j'en aie l'air. Mon âme est un grand lac sur lequel souffle l'esprit, et dans lequel se mirent toutes les âmes du monde. Il fallait un corps pour contenir ce

207

lac. Il faut bien sertir le miroir. Mais attention : mon corps à moi n'est pas celui d'un individu ordinaire.

Il se faisait l'effet de parler comme Nadir. Était-il tombé si bas ? Après un silence prudent, il reprit :

— Je m'explique : c'est un corps composite, qui en abrite mille et des myriades. J'ajoute que s'il est laid, c'est qu'il a été formé à partir des rebuts de l'humanité, je pèse mes mots.

Il poursuivit son chemin, s'inquiéta une nouvelle fois de la présence de l'ombre et dit encore à celle-ci, d'une voix plus calme :

— Pour l'instant, je ne te comprends pas, mais puisqu'il le faut, je te supporte.

Il longea la taverne où avaient coutume de se réunir les fabricants de sarcophages, et y pénétra sans bruit. L'éclairage violent des torches le surprit. Ses yeux, que ne blessaient pas les rayons du soleil, se réfugièrent promptement sous ses paupières. Lorsqu'il les rouvrit au bout d'un instant, il vit de grandes taches noires se contorsionner, s'élancer, se reprendre, tour à tour menaçantes et implorantes, sous l'effet des courants d'air qui bousculaient les flammes ; en forme d'oiseaux triomphants ou sournois, les ombres de ceux qui se tenaient là, paisiblement assis mais emplis de mauvais projets, semblaient reproduire sur le mur le dessin de leur âme, comme si le corps l'avait crachée.

« Cet espace-ci est malade, pensa Akhénaton, je m'en vais. » Discrètement, il ramena d'un geste adroit son pan d'ombre derrière lui sans qu'elle en frôlât aucune autre, et sortit.

Sur le chemin du palais, il remarqua que le regard des dames et des dignitaires s'attardait sur lui, ou pour être précis, un peu derrière lui, à un pas d'environ. En peu de temps, la cité tout entière serait avertie du

208

phénomène, qui toucherait bientôt l'ensemble de l'Égypte : il serait colporté partout que le pharaon avait maintenant une ombre comme tout le monde.

*
* *

Le temps passa. Akhénaton ne prit pendant les mois qui suivirent aucune disposition contre les conspirateurs ; il s'était contenté de garder avec lui au palais le vieil Amenhotep.

Il apercevait bien de temps en temps des silhouettes agiles sauter dans le jardin par-dessus les buissons, se couler derrière les arbres et s'agglutiner sous les fenêtres de son protégé. Il les voyait aussi traquer son cher Smenkhkérê. Cet indécent désir de mort le rendait triste, mais la tristesse était elle-même pour le cœur une forme de noirceur. Contre elle, il priait Aton en qui la confiance ne l'avait jamais quitté, malgré la malheureuse présence de l'ombre.

Il s'ouvrit un jour au prince du souci qu'elle lui causait, après avoir commenté avec lui les événements des trois mariages qui venaient d'être célébrés sous le globe. Smenkhkérê écouta attentivement le pharaon.

— Que mon frère me pardonne, répondit-il simplement, je ne lui vois pas d'ombre.

Akhénaton insista ; il pria le prince de bien vouloir considérer, derrière la personne royale, cette forme plate et foncée qu'elle projetait partout, que, couramment, l'on appelait « ombre ». Smenkhkérê se rembrunit et répéta farouchement qu'il ne voyait rien.

Le roi était bouleversé. La nature entière savait que son ombre était fausse, une fabrication de la Nuit pour lui nuire — les mots parlaient d'eux-mêmes — qu'elle glissait furtivement sous ses pas pour en simuler une vraie ; qu'elle la glissait de biais, ce qui expliquait qu'elle échappât au regard de Smenkhkérê qui n'avait que des visées droites. Mais la nature, jusque-là, s'était tue.

C'est alors que le prince, piqué, proposa avec humeur :

— Le pharaon ferait bien de consulter son peintre des réalités, avec lequel j'ai tant de sujets de désaccord et qui serait capable, et si on l'en priait, de prouver que je n'existe pas, pour le questionner sur l'essence de cette ombre.

Akhénaton le remercia chaleureusement et courut chez le peintre.

Aussitôt consulté, celui-ci répondit qu'il avait remarqué, en effet, la présence récente d'une ombre derrière la personne royale. Akhénaton sentit les larmes lui venir aux yeux.

Le peintre nota sur un papyrus quelques mesures. Il releva avec soin l'ouverture des angles des coudes et des genoux, qu'il jugea un peu raides. Les doigts étaient souples, presque trop.

Le roi, tourmenté, se demandait si un tel descriptif avançait à quelque chose et souffrait de la méticuleuse attention portée à l'objet de sa honte.

— L'ombre des cuisses est conforme, déclara le peintre. Le galbe est bon, avec ce caractère féminin si particulier à Votre Majesté.

Akhénaton, malheureux, baissa humblement la tête.

— La forme la plus réussie, incontestablement, est celle du crâne, continua le peintre.

— Hélas ! Cela va de soi, s'écria le pharaon désolé, puisque c'est l'ombre du mien !

Le peintre ne semblait pas l'avoir entendu.

— L'ensemble, conclut-il peu après, ne fait pas un tout. C'est une composition... Je veux dire que ce résultat a été obtenu à partir d'ombres juxtaposées, d'origines différentes.

— Vraiment ? répondit Akhénaton d'une pauvre voix.

— L'ombre arrondie du ventre, celles des cuisses et des mollets, ont été empruntées à des coussins rebondis, celles anguleuses des coudes et des genoux ont été prélevées dans les encoignures de la chambre de Votre Majesté, et celles des doigts détachées de la frange de son tapis.

Il fit un pas en arrière pour jauger l'ensemble, et dit avec une assurance désarmante :

— L'imitation est assez médiocre. Seule l'ove du crâne, je ne sais pourquoi, est irréprochable.

— Je ne comprends pas, répondit Akhénaton ébranlé. Comment se peut-il ?

— L'imitation, poursuivit le peintre, présente un noir plus dense que les originales, comme si la Nuit se rassemblait en son endroit. De plus, elle s'introduit de biais dans l'espace ; on dirait qu'elle s'insinue subrepticement dans le sillage de Votre Majesté... Le temps de décalage... minime...

— Le temps de décalage ? répéta Akhénaton profondément ému.

— ... Qui correspond au sol à un petit pas de distance entre le talon de Votre Majesté et le début de l'ombre...

— Que veux-tu dire ? Parle, ami, j'ai le cœur à l'envers.

L'autre baissa les bras.

— Je dis que cette ombre n'est pas une ombre banale, mais un simulacre plutôt grossier de ce que serait celle de Votre Majesté si Votre Majesté en possédait une, bredouilla le peintre des réalités, perplexe lui aussi. Je ne peux expliquer ce phénomène, je suis confondu.

Akhénaton considéra en tremblant la forme noire tranquillement ramassée à ses pieds.

— Je suppose, risqua-t-il, que l'espace intermédiaire est délimité par le rayonnement de l'enveloppe dorée dont m'a paré la divinité.

— Je suis dépassé, dit le peintre. Je dis comme Votre Majesté.

Akhénaton croisa ses mains sous son menton et réfléchit longuement.

— J'ai nié le pouvoir magique, reconnut-il enfin. Par malheur, il est manifeste aujourd'hui. J'ai voulu ignorer le mal... Quel mérite ai-je, de n'envisager toujours que le bien ? Est-on démuni, sans la conscience du mal !

Je voudrais me plonger la tête dans un bain d'encre. J'y gagnerais l'expérience de la sagesse.

L'artiste, très ennuyé, restait muet.

— Mon brave homme, demanda gravement Akhénaton, crois-tu au mal ?

— Ma foi, dit tout de même le peintre, je le constate.

— Divinité ! Comme je t'envie. Tu connais des choses dont je n'ai pas idée.

— Rien que de très ordinaire, Majesté, je vous assure.

— Je poserai là l'enveloppe dorée, s'obstina Akhénaton, et me plongerai la tête dans un bain d'encre.

— Votre Majesté n'est pas raisonnable, objecta doucement le peintre.

Le roi ferma les yeux, resta un moment silencieux, puis reprit pensivement :

— Toi et moi, quel avenir avons-nous ensemble ? Tu perçois des réalités insaisissables pour moi. Mais le réel que je perçois excède toutes réalités.

— Je sens, avança le peintre prudemment, que Votre Majesté va déjà mieux.

— Ce que je crois, continua Akhénaton, c'est que le mal n'existerait pas si le bien n'existait pas non plus. Par conséquent, si je dois en passer par là, je fais volontiers le sacrifice du bien. Il n'y a ni bien ni mal, seulement du réel. Quant à ce qui caractérise proprement le réel, ce n'est pas l'existence, mais le devenir... Je t'ai exposé cela cent fois. Je rêve de remplacer à l'école un verbe qui nous abuse. On se méfie uniquement de l'avoir. On ne se méfie pas assez. Tout se transforme et devient. Je te le dis, mon garçon, « être » est bien plus traître.

Le peintre des réalités éprouvait des sentiments mélangés. D'un côté, il retrouvait son roi comme il l'aimait, de l'autre, il avait bien compris qu'il n'était à ses yeux qu'un simple gardien de l'avoir, et se sentait pauvre, justement, auprès de lui, de cet avoir.

— Ni bien ni mal, répéta Akhénaton. J'ai toujours pensé de la sorte. Je me demande pourquoi j'achoppe là-dessus aujourd'hui.

— Peut-être est-ce à cause de l'ombre ? répondit le peintre timidement.

— C'est cela, mon ami. Je n'y pensais plus. Mais grâce à toi, je sais que cette ombre n'existe pas, le problème a disparu. Tu n'as plus qu'à en témoigner devant tous sous le globe. Nous monterons tous deux sur une estrade, tu évoqueras la matérialité de l'ombre. De là, j'expliquerai de quelle façon elle échappe à... Eh bien ! A ce que je disais. Le réel.

Le peintre sentait le sol se dérober sous lui.

— J'ai peur, Votre Majesté, que nous ne soyons pas compris.

213

— J'avais tort, poursuivit Akhénaton d'un air dégagé, de nier le pouvoir magique. Il n'agit qu'au plus bas niveau de réalité, ce que tu as pu démontrer, mais il agit tout de même, j'en conviens maintenant.

Tout à fait revigoré, il se dressa devant son ombre :

— Parce que tu m'as donné une leçon, je t'ai presque prise en affection, lui dit-il en la flattant de la main.

*
* *

Le jour vint où Akhénaton fit la déclaration publique qu'attendaient tous les habitants de l'horizon.

Les dignitaires et les nobles dames se bousculaient autour de l'estrade sur laquelle il devait exposer son ombre.

— Vous monterez le premier, Majesté, avait précisé le maître de cérémonie. Le soleil sera consulté. Vous produirez votre ombre, que chacun pourra contempler à sa guise. J'introduirai ensuite l'expert en réalités qui n'aura plus qu'à faire son rapport.

Akhénaton avait demandé aussi la convocation de quelques oiseaux. Il allait être amené à parler du contraste blanc et noir. Le maître de cérémonie s'était rendu à cette exigence avec réticence.

L'auditoire, très impressionné, vit monter tour à tour sur les planches dix hirondelles, un cygne et un corbeau qui prirent derrière le souverain leur place avec aisance. Il y eut un brouhaha, des plaisanteries, quelques rires ; les hommes voulaient toucher à l'ombre, les femmes les en empêchaient ; les petits

214

lâchaient leur main et se sauvaient pour caresser les oiseaux.

La foule réclama le discours de Sa Majesté, qui prit enfin la parole. Les scribes notèrent quelques phrases énigmatiques qui furent plus tard gravées dans la pierre : « L'élu du soleil, roi de Haute- et de Basse-Égypte vivant dans l'harmonie universelle, bel enfant de l'Aton dont le nom demeurera à jamais... » « Jusqu'au moment où le cygne deviendra noir et le corbeau blanc, jusqu'à ce que les montagnes se dressent pour se mettre en mouvement, et que les abîmes se précipitent dans les rivières... »

Les gens s'impatientaient, le roi était trop long. Le maître de cérémonie, agité et confus, chassa les volatiles, s'excusa du désordre, rappela l'objet de la comparution et désigna l'ombre aux yeux de tous. Celle-ci, souple et docile, suivit son modèle, ouvrit les bras et salua.

Le peintre des réalités s'avança. Il était temps. Il exposa rigoureusement ce qu'il savait du caractère de l'ombre, à savoir les mesures de celle-ci, sa densité, sa mobilité, sa place et son inclinaison dans l'espace, son extraordinaire composition, et conclut son rapport en la déclarant non avenue. L'assemblée s'émut. Il ajouta quelques mots faisant allusion à des pratiques obscures, peut-être magiques, puisqu'on voulait le savoir, au-delà de quoi il ne certifiait plus rien.

La Nuit suivait toute la scène, dissimulée dans les joints des planches, dans la corolle des fleurs lumineuses qui ceignaient la tête des filles du roi, étroite sous leurs cils, soyeuse au creux des pommettes de Néfertiti, partout présente, sur la terre et dans l'envers du ciel, retenue dans le poids des heures, partout menaçante.

Le pharaon reprit la parole.

— J'admets les réalités inférieures, disait Akhénaton. Jusqu'où me faudra-t-il aller ? J'admets que le pire y règne, et la mort. J'admets que le blanc ici-bas a le noir pour doublure. Je tiens ce savoir des hirondelles qui transpercent pourtant la céleste cloison ; les hirondelles passent l'invisible mur avec leur noir bagage, l'horizon vole en éclats. Elles sont supérieures au corbeau porteur d'une couleur unique, mais le temps viendra où le cygne fera l'expérience de la noirceur du corbeau, et le corbeau celle de la blancheur, le temps des renversements viendra.

La foule recommençait à s'agiter et ne comprenait plus de quoi il retournait. Le pharaon avait-il ou non une ombre comme tout le monde ?

— Il faut que sur terre l'expérience des extrêmes soit totale. Il faut connaître l'épuisement des tendances, l'assouvissement des manques. Que le bien ait du pire sa mesure comble, et que le pire s'exténue dans son désir du bien. La terre est le lieu des faims.

Akhénaton ouvrit les bras vers l'assistance. L'ombre, indécise, le suivit encore.

— Je crois donc aux réalités inférieures, répéta-t-il, et à la maligne nécessité dans les tribulations terrestres. Mais je perçois d'autres réalités.

Il baissa les yeux et ajouta modestement :

— Je ne sais pourquoi la divinité m'a choisi, mais elle m'a donné, à moi, la charge de ne témoigner que de la lumière. Il y a dans l'univers des lieux purs et des êtres préservés, j'en réponds. Il y a, çà et là, des gardiens aux portes des mondes. Qui veillent aux portes. Il y a des responsables des liens et des correspondances, dont le rôle est de contempler les nœuds universaux, parce que leur seul regard les maintient.

216

Il faut que des êtres, quelques-uns, croient et voient pour les autres ; des êtres dont l'unique devoir soit d'attendre, des êtres patients pour les autres.

Les enfants s'étaient approchés de l'estrade pour mieux entendre. Les mères ne les retenaient plus. Les hommes, eux aussi, voulaient comprendre.

La Nuit s'enfonça un peu plus dans les joints des planches et se mêla à la poussière.

— Vous vous demandez tous si la divinité m'a abandonné, parce que je suis maintenant suivi d'une ombre, continua Akhénaton. Ce que je crois, c'est que je la dois à un mauvais tour de la Nuit. Mais elle la déplie avec un petit temps de retard, et à cause de l'enveloppe de lumière qui m'entoure, elle ne peut jamais toucher mon corps.

Tout cela, dit-il fermement, c'est pour que je doute, et que doutant, je me perde. Or, je suis inébranlable. Je maintiendrai que le mal, d'une certaine hauteur de vue, n'est pas, dussé-je être le seul à le prétendre. De la sorte, l'espace de ma personne restera un espace préservé. On m'objectera que la bande de terre sauve sera mince sous mes sandales. C'est amplement suffisant pour que le mal ne referme pas son piège. Un petit espace ! Une minime ouverture ! Et le souffle passe.

J'ai dit. Je suis soulagé.

Se tournant vers son ombre, il lui lança vivement :

— Viens donc, ma fille, s'il te chante. Suis-moi tant que tu voudras. Je suis protégé.

Néfertiti était venue écouter son époux.

Akhénaton, comme son père, s'était rendu coupable aux yeux des Égyptiens d'avoir inversé l'ordre des générations en convolant avec Méketaton, mais elle avait voulu paraître à ses côtés pour le soutenir en ce moment difficile, et s'était assise près de sa fille pour signifier sous le globe l'entente familiale en dépit de tout.

La princesse montrait ce jour-là d'inquiétants signes de fatigue. Enceinte, elle supportait mal sa grossesse. Alors que son père achevait son discours, elle poussa un cri déchirant et pressa sa main contre son ventre douloureux. Le pharaon descendit de l'estrade ; il s'approcha et voulut l'embrasser. La Nuit s'étendit entre eux pour les séparer. L'ombre s'interposait toujours. Pour retrouver sa fille intacte, il devait s'en éloigner.

Désolé, il demanda à ses serviteurs d'emmener la toute jeune femme au palais, et resta seul avec Néfertiti.

La foule rebroussa lentement chemin à travers la ville en pataugeant dans les quelques flaques qui y restaient encore. L'inondation était finie. C'était le temps des boues.

XI

La princesse mourut le soir même.

Les bêtes et les plantes le surent aussitôt. Dans les airs flottaient des poussières dont la grisaille n'était traversée que par la seule lumière du roi.

Celui-ci quitta les lieux et se dirigea vers le temple qui tremblait dans une laiteuse nitescence. Il vit de loin, sous l'ouverture carrée, les sculpteurs dans les bras des statues. Des enfants chevelus aux faces barbouillées l'accueillirent avec des cris de joie. Dans le temple, personne ne se tondait plus comme autrefois.

Il prit dans ses bras l'un des petits qui l'entouraient et lui demanda où se trouvait son père.

— J'ai besoin, lui dit-il d'une voix infléchie, altérée à la coupe des lèvres... J'ai besoin aujourd'hui d'une famille autour de moi.

Il déposa l'enfant qui traversa le temple en courant et revint en tenant deux hommes par la main, un graveur et un musicien.

— Qui êtes-vous ? demanda Akhénaton.

— J'écris dans la pierre, répondit le premier.

— J'écris sur la joue du vent, dit le second. Notre fils nous a appelés, nous voilà.

— Deux pères, remarqua le roi avec émotion. Où est la bienheureuse ?

219

La douleur montait, il retenait ses océans. Sa tristesse s'épuisait en sollicitude. Il souriait à ces gens, il vouait à leur beauté tout son bonheur fané.

Elle vint. Ils se tenaient tous quatre dignement devant lui. La mère, claire et droite au milieu des deux hommes, arrangeait sur son front quelques boucles à l'enfant. Les hommes se taisaient. Sur le sol, leurs ombres se touchaient. Dans le ciel, leurs désirs se rejoignaient.

Akhénaton voulut les étreindre.

La jeune femme demanda :

— Qu'est devenue la fille du roi ?

—. Toi, répondit-il seulement, suis-moi. Que ton regard aimant soit un instant sur elle. Je ne veux pas d'autre sacrement.

*
* *

Les fabricants de sarcophages venaient de dérober le papyrus des Cinq. Les fonctionnaires auraient pu leur cacher des cadavres pour que dure la légende de l'immortalité sur laquelle reposait encore le prestige du pharaon.

Depuis cinq ans, les artisans creusaient le grès avec dépit. A chaque naissance, par provocation, ils entamaient un berceau de pierre.

Réunis dans la maison de la bière, ils devisaient amèrement. L'humanité avait changé. Et les autres espèces ? Depuis combien de temps avaient-ils rien vu rancir ou se gâter ? Tout, ici, était choquant de bonne santé.

L'un des hommes s'empara du papyrus déroulé sur la table et le brandit à la face de ses complices.

— Voyez cette colonne vide, leur dit-il. Nous la remplirons sans plus attendre. Un nom, tout de suite ; celui d'Amenhotep. Ensuite...

Les autres l'approuvèrent.

— ... Un pacte entre nous, mes frères. Et vive la mort.

Quelqu'un frappa à la porte de la taverne, d'un coup violent qui l'ébranla. Une servante s'empressa d'ouvrir et livra passage au grand architecte.

Amenhotep s'approcha des conspirateurs. Tendant le bras vers le papyrus, il dit avec calme :

— Permettez que je reprenne ceci. Un nom doit y être inscrit aujourd'hui.

Eux le dévisageaient en gardant un silence hostile. C'était un vieux géant. Rapidement, ils considérèrent l'affaissement du corps, les paupières flétries et descendues, la bouche renversée, l'avalement des joues, pour tâter l'être au fond de ses crevasses. Les rides fêlaient toute la surface. Quand ce réseau-là s'installait, l'autre, à l'intérieur, commençait à se tarir. Qu'est-ce qui retenait Amenhotep de mourir ?

— J'expirerai cette nuit, déclara l'architecte. Méketaton disparue, la voie de la Douat, mystérieusement fermée jusqu'ici sous le globe, s'est rouverte. Je m'y engage à sa suite.

Ainsi, la jeune femme était morte... Cela tenait du prodige. Les mots pour mentir, les attitudes feintes, manquaient aux complices. L'un d'eux roula le papyrus et le remit gauchement à l'architecte.

Il sortit. Le soleil cognait à travers les branchages tortueux. Par terre, leur dessin formait un piège qui cernait les vivants. Il tourna la tête. Il vit au sol sa silhouette écrasée. Sa tache noire était un abîme ; un instant, il eut la vision d'une fosse ouverte à ses côtés.

— La lumière absolue nous assigne aux ténèbres, murmura Amenhotep. Les yeux cherchent dans l'obscurité... une forme de rémission. Le noir, d'une certaine manière, est désirable.

Il ferma les paupières et ajouta très bas :

— ... Et la mort, donc... La mort elle aussi.

*
* *

Akhénaton renvoya la jeune femme au temple avec sa famille et fit entrer Néfertiti et ses suivantes. Sur l'ordre muet de la reine, l'une d'elles prit dans ses bras l'enfant de Méketaton qui reposait, sans vie, à côté d'elle, et l'emporta.

Cette scène fut gravée peu après dans la nécropole royale à la demande de la mère de la princesse, que le roi ne repoussa pas. La mort avait été dessinée sous le globe pour la première fois.

L'œuvre achevée, l'artiste — mu par quel sentiment ? — avait repris son ciseau et corrigé la forme de la poitrine du roi. Des mamelles avaient jailli au buste frêle.

Le sculpteur haussa les sourcils en signe d'incompréhension, lava ses mains couvertes de poussière et s'en alla au palais chercher son dû, le visage illuminé.

Il croisa Néfertiti en petit équipage qui s'éloignait irrévocablement du cœur de la cité avec le prince Toutankhaton.

La reine marchait d'un pas lent. Elle passa devant l'école du Kep, s'arrêta un instant devant la Maison de la Vie, puis laissa à regret la grosse bâtisse derrière

222

elle pour s'approcher du temple. Elle hésita, songea à une offrande. Des petits, là-bas, pépiaient comme des pigeons blancs.

Néfertiti s'enfuit.

Quelque chose au fond des corps s'était épaissi. Les âmes-oiseaux avaient les ailes lourdes, et s'ébattaient aveuglément dans des pensées noircies. Leur espace intérieur s'était fait poisseux comme une cuve à natron, les portes du cœur s'ouvraient sur des flots de bitume. Dans les yeux, des nuits sorties des pupilles noyaient les iris.

Le peuple était malade. Chacun songea spontanément à se couvrir ; les dames tirèrent des coffres des robes de lin de l'époque de Thèbes. Les sourires s'étaient effacés des visages.

Au palais, Méritaton pleurait silencieusement la mort de sa sœur.

— C'est fini, répétait Smenkhkérê pour la consoler. Elle s'est allongée, toute blanche, toute droite.

Méritaton ne répondait pas.

— Au moins connaît-elle la satisfaction qui vient des droites, insistait Smenkhkérê.

— Oui, certes, répondit finalement Méritaton en sanglotant, le bonheur rectiligne, celui des murs de briques, du mât des bateaux, de ce qui ne palpite point.

— J'envie, moi, cette connaissance, poursuivit Smenkhkérê avec entêtement.

La pauvre princesse cacha son visage dans ses mains. Il ne s'inquiétait pas.

La timide Méritaton sourit tristement :

— Faudrait-il que je m'allonge moi aussi définitivement, pour que tu sois content ?

Et, toute pâle, elle s'étendit sur le sol, les bras le long du corps, jambes jointes. Mais les larmes suivaient sur la pente de ses joues des chemins obliques. Smenkhkérê, très attentionné, les lui essuya tendrement.

— Que tu es belle, mon épouse, murmura-t-il avec une sincère admiration.

Elle pleurait toujours. Assez las, il retourna à la fenêtre.

Alarmé par le bruit trop familier, l'eunuque chinois quitta la pièce voisine où il feuilletait des papyrus marqués du cartouche royal et accourut chez sa maîtresse, dont la vue l'affligea.

— Notre princesse est devenue si mince pour vous plaire, reprocha-t-il doucement à Smenkhkérê, si fragile...

— La colonne de son dos est une pure merveille, répondit celui-ci avec embarras. Sa vue m'apaise. Elle me repose d'une licence qui m'offusque et que je trouve au temple.

L'eunuque baissa la tête.

— Mon ami, reprit Smenkhkérê, j'ai tant de peine à comprendre le pharaon.

— Sa Majesté a pourtant pour vous de la patience... répondit l'eunuque à mi-voix. Des bontés.

Il se détourna du prince et tomba à genoux auprès de Méritaton alanguie.

— Petite dame, lui demanda-t-il avec effroi, nous quitterez-vous à votre tour ?

Il voulut laisser les époux seul à seule. Méritaton mourrait elle aussi, il en était certain.

Machinalement, il s'approcha de la fenêtre, pour le cas où la divinité aurait griffonné dans l'azur un ordre ou un conseil.

Par-dessus les maisons, au-delà du Nil, la dune étirait sa dorure jusqu'aux confins bleus.

Entre les deux montants de bois, d'un bout à l'autre, un filet noir, presque imperceptible, courait sur son échine.

L'eunuque, absorbé dans ses pensées, tout préoccupé du sort de la cité sur laquelle la mort planait désormais, leva la main et balaya l'espace d'un geste distrait pour dissiper ce dépôt sombre d'un ciel boudeur ou cette humeur terrestre. Le dos de la dune n'eut pas un frisson. Il n'avait pas lancé son geste assez loin.

Maussade et fâché, il jeta ses deux mains par la fenêtre et plongea ses doigts tremblants dans les épaisseurs célestes.

— Divinité ! s'écria-t-il, le cœur chagrin. Mon père et ma mère, quel signe est-ce là ?

Il plissa les yeux et suivit gravement du bout de l'index le chemin noir qui barrait le paysage et renvoyait ciel et terre chacun chez soi, en haut et en bas.

— Je te reconnais, va, dit-il à l'horizon. Avais-tu besoin de revenir ?

Il se dirigea comme un somnambule dans la chambre voisine, où Méritaton avait perdu connaissance. L'air hagard, il prononça quelques mots dans sa langue à l'adresse de Smenkhkérê qui tourna vers lui des yeux ahuris, deux lacs d'eau chaude.

— Mon maître, répéta clairement le bon serviteur, il est revenu.

— Qui est revenu ? demanda Smenkhkérê poliment.

— L'horizon, mon maître. L'horizon est là.

— Où cela, mon ami ? s'enquit le prince, subitement en éveil.

— Là, à la fenêtre.

Smenkhkérê bondit joyeusement. Le regard sombre de l'eunuque l'arrêta. Un instant indécis dans les airs, le prince retomba lourdement sur ses pieds. L'eunuque eut un petit geste désolé vers Méritaton inanimée.

— Mon aimée ! s'exclama Smenkhkérê. Viens avec moi.

Il la souleva dans ses bras et l'emporta devant la fenêtre ouverte.

— Que dira Akhénaton ?

Il posa délicatement la jeune femme sur une banquette appuyée contre le mur, fit voler les coussins, retourna les tapis, remua tout énergiquement.

L'eunuque se rendit dans la pièce où il rangeait ses papyrus, des hymnes au soleil écrits par Sa Majesté qu'il recopiait soigneusement, et tira du milieu d'eux l'omoplate de bœuf. Smenkhkérê s'en empara, la mine radieuse.

L'œil collé à l'orifice de l'os, il contemplait l'horizon.

— Je me demande, confia-t-il au bout d'un moment à son compagnon, ce qui a pu m'écarter de cette fenêtre aussi longtemps.

L'eunuque adressa à la princesse inerte un regard consterné.

— Le Scribe des Célestes Transformations a failli, continua Smenkhkérê, il a été puni : tu as vu le signe le premier. A partir de maintenant, je ne lâche plus mon omoplate. Ce vide rond qu'une simple ligne traverse fait à mes yeux œuvre complète. Tout est là, concentré à l'extrême, réduit à l'essentiel. A quoi bon se charger la vue et l'esprit du superflu ?

— Le pharaon prétend, je crois, que l'horizon marque la limite d'un monde archaïque, rappela l'eunuque avec précaution.

— Archaïque, répéta Smenkhkérê un peu irrité, cette image d'un ordre parfait ?

— Akhénaton assure que l'ordre est le signe d'un monde sclérosé et condamné et lui oppose le chaos comme foyer de toute création.

— Je sais cela, coupa le prince peiné. Mon frère me l'a expliqué tant et plus. Cependant, je vois là quelque chose dont la rigueur m'attire et qui ravit ma pensée.

— Si j'osais... avança encore l'eunuque.

— Quoi donc ? dit Smenkhkérê les larmes aux yeux.

— J'ajouterais...

— Hélas ! Quoi d'autre ?

L'eunuque prit Smenkhkérê par la main et l'entraîna vers Méritaton :

— Je dirais que l'image du droit horizon trouve dans celle de la mort une similarité suspecte, qui me rend méfiant quant aux mérites de l'ordre poussé aux extrémités.

— Comme tu entortilles tes phrases ! s'exclama Smenkhkérê avant d'éclater en sanglots.

L'eunuque serra ses mains dans les siennes et s'écria douloureusement :

— Mon maître ! Ne voyez-vous pas que Méritaton se meurt, et qu'il y a un lien entre sa mort et l'horizon ?

— Méritaton ? balbutia le prince. Que veux-tu dire ?

— Je dis que la force du pharaon se nourrit d'une conscience globale universelle dans laquelle l'idée de la mort est exclue.

— Pardon ? fit Smenkhkérê désolé.

— On ne mourait pas sous le globe, poursuivit l'eunuque.

La vie gagnait partout, portée par la ferveur d'un seul. Puis Akhénaton a choisi d'ignorer des lois qui pesaient depuis toujours sur les humains, et il a pris pour épouse sa propre fille. Or, celle-ci est morte. Mais pour avoir douté, non pour avoir transgressé.

Smenkhkérê, hors de lui, se précipita vers son épouse toujours sans connaissance sur la banquette.

— Que dit-il ? demanda-t-il stupidement. Qu'est-ce qui est archaïque ? Qu'est-ce qui est condamné ?

Il s'affolait. Il la secouait par les épaules. Il manqua la faire tomber. L'eunuque, sans un mot, le prit dans ses bras et l'éloigna de la couchette de pierre.

Ils veillèrent au chevet de Méritaton pendant une semaine. Le dernier jour, au crépuscule, il leur sembla que la jeune femme revenait à elle. Smenkhkérê lui parla posément, avec compassion et bel amour. Méritaton ouvrit la bouche pour répondre. La Nuit se glissa entre ses lèvres et entra en elle plus avant. Elle atteignit au fond l'âme de la princesse qui se débattait contre les parois brûlantes. L'oiseau aveuglé s'accrochait aux rameaux bleus du mince saule de sang qui croissait au milieu du corps de la jeune femme, déchirait et trouait, ravageait l'ouvrage de chair.

La Nuit noya l'oiseau et chercha dans sa gorge une dernière inspiration. Les poumons s'abaissèrent, semblables à deux misérables feuilles, plates et flétries.

Tout le souffle de Méritaton, elle le prit.

Smenkhkérê ne voulut pas assister aux funérailles. Il resta plongé dans l'hébétude pendant des jours et des jours. Des mots venus du cœur s'amoncelaient dans sa bouche jusqu'où ne put se faufiler un cri. Les images du dehors lui collaient aux yeux, les messages frappaient pour rien à l'huis des oreilles et butaient contre une forteresse de chagrin.

Akhénaton, le fils du soleil, l'inquiet des souffles, le rejoignit silencieusement à la fenêtre où il montait la garde en vaillant soldat de l'inutile.

Le désert s'ébrouait devant eux à la tombée de la nuit. La divinité lançait sur lui son cheval de vent. Le roi voyait l'animal au corps-tourbillon galoper sur la dune, il voyait la poitrine profonde où se prenait l'ample respiration des mondes et l'impulsion des temps, les portions de présent et les mesures de futur. La dune se dérobait et perdait sa bordure.

Amenhotep s'était éteint ainsi qu'il l'avait annoncé après la petite reine, Méketaton. La cité compta rapidement de nombreuses disparitions ; des vieillards qui s'étaient précipités au bout de leur âge, des nourrissons qui n'avaient pas eu le temps d'atteindre la mamelle, des jeunes gens éblouissants, ravis à mi-joie.

Une multitude périt en quelques heures. En quelques jours, le langage changea. Les expressions bannies au temps du bonheur retrouvèrent leur usage.

La mort vient avec la conscience du péché. Les étrangers furent considérés avec envie : leur retard à comprendre les maintenait plus longtemps. On se hâta de leur expliquer la faute d'inceste, pour plus d'équité. Les habitants de l'horizon s'étaient médiocrement entendus de leur vivant, il fallait qu'ils mourrussent d'accord, en même temps. Si le bien y avait échoué, le mal ferait l'unité.

La nécessité poussa les fabricants de sarcophages à creuser enfin la cuve à natron. Quelques-uns d'entre eux glissèrent dans le mélange fumant et furent engloutis parmi les cadavres.

*
* *

Smenkhkérê découvrit un matin son frère sur le trône, entièrement nu, les bras ouverts. A deux pas gisait la couronne renversée.

Son corps difforme était une merveille dorée. Ses pieds foulaient au sol des ombres traînantes, ses paumes battaient les airs pour en chasser les souillures. Son sexe fendait la Nuit et pleurait de la lumière. La vie exudait à chaque pore, à chaque porte de chair où apparaissait la divinité, au balcon des yeux, de la bouche et du nez, dans la cour des oreilles. Sa parole brûlait les anciennes pensées. Son regard balayait les mondes passés qui basculaient dans l'oubli. L'univers aux espaces enroulés s'épanouissait comme une fleur, et cette fleur était blanche.

L'apparition radieuse, insolite au milieu de tant d'affliction, émut vivement Smenkhkérê. Le souvenir de la perte de Méritaton s'estompa. Toute la personne du prince se portait vers le roi.

Les deux frères s'assirent ensemble par terre, de part et d'autre de la couronne.

— Elle est plus terne que toi, remarqua Smenkhkérê un peu troublé.

Akhénaton sourit humblement.

— L'éclat de l'enveloppe dorée n'est pas le mien. Ce que tu aimes en moi, c'est la dorure du soleil... Celle du miel.

Il passait par les narines du prince des parfums de pain d'épices. La lumière d'Aton était un baume à elle seule. Aton fleurait la farine de seigle et les aromates, il pansait dans les corps les cœurs endommagés.

Les deux frères, cependant, se sentaient malheureux et restaient taciturnes. Le pharaon retourna, au milieu d'eux, la couronne indécente.

— Il y a une filiation entre le roi et la divinité, commença Akhénaton avec lassitude.

— Certes, répondit Smenkhkérê avec un égal accablement.

— La divinité, reprit plus bas Akhénaton... C'est mon père et ma mère.

— Certes, certes, répliqua Smenkhkérê sur un ton lamentable.

— Comment te dire... continua le roi brusquement très gêné. Pour vivre intimement avec la divinité... Il faut des mariages, des enfantements, toutes sortes d'unions.

— Ah! s'écria Smenkhkérê, la divinité! Nos épouses nous ont quittés. Méritaton et Méketaton se sont allongées dans la mort et voyagent toutes droites dans les éternités.

— J'imagine qu'au-delà d'autres plans s'échafaudent, avança encore le pharaon qui perdait contenance... Plus loin, les trajectoires s'inclinent et ploient, les droites fourmillent et s'égaient en paraboles.

Smenkhkérê restait sur ses positions.

— Je me tiens en face de l'horizon, et je m'en satisfais.

Là-dessus, il fondit en larmes, disant qu'ils avaient devisé souvent de la sorte sans parvenir à rien. Leur mésentente avait des causes morphologiques : Aton l'avait dessiné à la règle, mais il avait pris pour le roi un compas à tracer les ovales.

Akhénaton l'écoutait avec indulgence. Le prince le taxa de légèreté.

— Je suis léger ? demanda le pharaon très surpris.

— Tu t'envoles, tu précipites les éternités, répondit Smenkhkérê le cœur gros. Tu mets les pyramides sur le nez.

Le silence, de nouveau, les sépara.

— Mon frère bien-aimé, implora au bout d'un moment Akhénaton désolé, réconcilions-nous au plus vite.

— Le moyen, s'il te plaît, quand tout nous oppose ?

Le prince résistait. Il lui tombait des cils une pluie verticale.

— Je ne t'entends pas, se lamentait le jeune homme. Je pleure. Je ne peux pas réfléchir.

Akhénaton prit affectueusement la main de son frère, l'air soucieux tout de même de quelqu'un qui a un poids sur la langue. Smenkhkérê se méfia. Le ruissellement des larmes cessa.

— Le pharaon a un poids sur la langue, dit-il lentement.

— Crois-tu ? fit Akhénaton embarrassé.

— Il était question de mariage, il me semble, continua le prince.

— De mariage ? répéta le roi tourmenté.

— Parfaitement. Je ne suis pas dupe. Nos épouses refroidies sont engoncées dans leur costume de pierre, mais je sens en toi... un attendrissement qui ne me dit rien de bon.

Le pharaon souffrait.

— Tant que subsiste la vitalité du couple divin animé par Aton... dit-il timidement...

— La vie dure sur la terre, coupa Smenkhkérê.

— C'est cela, reconnut Akhénaton très bas.

Le prince revint à la charge.

— Que devient Néfertiti ? La reine est-elle répudiée ?

— La reine a perdu confiance, répondit faiblement Akhénaton.

Il ajouta après une hésitation :

— Elle a été surprise avec le maître de cérémonie. Celui-ci, acheva-t-il rapidement, lui baisait les genoux.

— Las ! s'exclama Smenkhkérê profondément peiné. Les voies sinueuses sont abominables.

— Je suis consterné, répondit le roi au bout d'un moment, mais je n'accablerai pas une femme que j'ai rendue malheureuse.

— Toi ! s'écria encore Smenkhkérê incrédule. Tu es si bon.

— Pas assez, répondit Akhénaton très confus. Le vide de son cœur, c'est moi qui l'ai creusé... Néfertiti, poursuivit-il plus distinctement, ne veut plus être représentée à mes côtés sur des stèles nous montrant tous deux garants de la vie perpétuelle. Le globe, cependant, doit répandre sur un couple sa semence lumineuse.

Smenkhkérê raidit la nuque.

— J'attends. Je suis curieux d'entendre la suite.

— Mon frère, répondit franchement le roi, j'ai besoin de toi. Saisissons ensemble une occasion de grandir. Oublions la réserve des corps et réunissons maintenant les principes opposés.

Le prince baissa ses paupières, droit comme un bambou, raide comme le roseau à l'aisselle de la dune. Akhénaton, prudemment, se remit à parler.

— J'aime ta droiture, dit-il à son compagnon. Ta rigidité difficile.

Le prince, tout à fait déconcerté, se sentait fléchir. Il laissa s'écouler de longues minutes. Le roi tremblait.

— Ta douceur m'enveloppe, protesta Smenkhkérê d'une voix trouble. Ta beauté me cerne. Tu contournes ma rectitude, tu l'apprivoises et tu l'étreins.

— Il est bon, poursuivit Akhénaton d'une voix sans timbre, que la droite ne fuie pas le cercle, pour qu'ils forment ensemble une figure complète... Que les différences s'assimilent pour accéder à l'unité. Renonçons aux solitudes particulières... Les tensions s'apaisent, la sérénité se conquiert.

— La bouche de ton cercle me dévore ! se plaignit Smenkhkérê.

— Ta force pénétrante m'a soumis ! gémit le roi.

— Je suis perdu, car tu t'es emparé de moi !

— Je suis perdu ! Mon cercle est un cerceau que tu pousses dans l'espace ! Jusqu'où n'irons-nous pas ? Que se passe-t-il, là où se rejoignent les extrêmes ? Dans l'espace dynamique la bulle du temps s'étire, le cercle se déforme en faisant une ellipse, je reconnais enfin l'ove familier. Divinité ! Père puissant ! Mère immense ! Que se passe-t-il au nid profond du total enfantement ?

*
* *

Les choses ne traînèrent pas. Le mariage des deux frères, pour un accomplissement cosmique, fut célébré dans l'année. Le fidèle Nadir, un peu délaissé à l'oasis, s'était rendu dans la cité en cette belle circonstance le cœur navré. Il ne comprenait pas le roi.

— Ce que je rejette, se disait-il, il le désire bien fort. Sommes-nous symétriques, pour être si contraires ?

Le pharaon souriait de sa mauvaise humeur, il enrageait davantage :

— Fallait-il que je réplique ? A quoi suis-je autrement bon ?

— Ton temps viendra, répondit Akhénaton. Vois : à la croix des destinées, les perspectives s'inversent. Tu connaîtras ma gloire, et je ne serai plus rien.

Nadir s'interrogeait. Avant de quitter l'oasis, il avait constaté que les arbres reliaient solidement la terre au ciel. Le haut et le bas étaient bien à leur place. Que signifiait ce discours d'Akhénaton ? De quel retournement s'agissait-il ? Le mariage scandaleux d'un homme avec un autre homme lui avait donné la nausée... Il avait remarqué que le corps du pharaon, transformé par l'amour, probablement, était devenu très semblable à celui d'une femme.

Plus exactement, c'était comme s'il portait désormais les attributs des deux genres.

Nadir jeta involontairement un coup d'œil sur son propre buste et s'esclaffa :

— Sapristi ! Me voilà fait comme la dune.

Au milieu de la foule rassemblée autour du temple et du palais pour applaudir le cortège nuptial, Nadir sentit l'oasis lui manquer. Il leva un bras au-dessus de sa tête, ouvrit la main, et trouva à l'ombre de ses doigts le refuge d'un palmier.

Il allait devoir prendre la place du roi pour la seconde fois et devrait supporter Smenkhkérê, l'eunuque et l'os de bœuf... Akhénaton les quitterait pour toujours, il le savait. Sans lui, quelle assurance aurait-il de sa propre existence ?

Peu à peu, malgré tout, pensant qu'il aurait tout loisir de contempler son image dans le miroir de la couronne, Nadir parvint à la consolation.

XII

Les courtisans chuchotaient que l'audacieux mariage du pharaon ne lui avait pas réussi. Quelque chose s'était altéré dans l'élégance de ses façons ; naguère si éloquent, si habile à tramer les discours, il laissait des trous dans ses phrases, barbouillait des images à la hâte, négligeait son public pour causer à son ombre.

Tous s'en inquiétaient ; aucun d'eux ne découvrit le subterfuge. La reine Tiyi n'en eut pas le temps. Elle avait rejoint son époux au royaume des morts avant les cérémonies qui marquaient le début de la corégence.

Libérée du fléau de son devoir, « Souvenir d'Aménophis » avait perdu la raison. A un enfant qui passait dans les champs où elle mangeait des herbages, elle expliqua avant de se taire à jamais qu'elle était devenue girafe. Ces bêtes au long cou n'avaient pas de cordes vocales ; leur état depuis toujours lui avait paru désirable.

Son histoire parvint aux oreilles d'Akhénaton alors qu'il quittait le palais, enveloppé de sa seule auréole, dissimulé dans la mouvance lumineuse du soir.

Il alla trouver la servante et la maria à l'homme qui lui était resté si attaché durant l'aventure de son règne, le garde d'un seul mot.

— Dieu ! s'écria celui-ci devant l'être qui ne parlait pas.

Le cœur serré, Akhénaton observa en bénissant cette étrange union qu'il était préférable de réconcilier à la fin la divinité avec le silence.

Ce fut, curieusement, son dernier acte.

Tiyi fut ensevelie à Thèbes selon la tradition. Le roi n'assista pas aux rites funèbres, par crainte d'affronter une population hostile ; la violence d'autrui eût compromis son innocence.

Cette décision de Nadir était bien dans l'esprit d'Akhénaton. Elle ne surprit pas.

Néfertiti se rendit là-bas avec son fils et ses deux filles, la petite Néfer-néférou-Aton et Ankhsenpaaton qui, par bonheur, n'avaient pas péri.

Les jeunes gens découvrirent une capitale ruinée. Ils y respirèrent un air sali sous un ciel loqueteux, rongé par les feux d'en bas, ceux des incendies criminels allumés çà et là.

Quelques oiseaux maigres planaient au-dessus d'eux, piteux lambeaux de la couverture céleste. Ils touchaient les enfants du bout des plumes, ils les frôlaient de leurs pennes rêches, de leurs oripeaux d'ailes, harcelaient la petite et sa mère.

Néfertiti courut à eux pour les chasser. Ils tournèrent vers elle leurs faces d'âme fripées, leurs têtes humaines racornies aux bouches asséchées par des souffles fétides. Leurs mains jaunes s'agrippaient aux épaules de la reine dont le parfum les attirait ; les âmes s'enivraient des émanations des corps qui leur rappelaient les moiteurs de leur récent abri. Elles grouillaient autour de sa personne et collaient à sa peau leurs bouches chancies pour lui boire ses essences suaves de femme aimante. Elles la provoquaient, elles la raillaient, elles lui découvraient des sourires empuantis.

Néfertiti pensa qu'elle était assez pure pour traverser leur salissure, qu'elle la brûlerait au feu de son écorchure, que son grand amour mort ferait taire la laideur alentour et écarterait les âmes saoules.

Puis elle pensa les apprivoiser avec des prières apprises. Des formules lui vinrent, où se mêlaient le nom d'Amon.

Les âmes se pressaient en criaillant, de plus en plus nombreuses. Le règne d'Akhénaton avait causé la mort de milliers de personnes.

Néfertiti s'étonnait de ce qu'elles fussent si apparentes. Maintenant elle les dévisageait, et de temps à autre reconnaissait quelqu'un.

La reine se déplaçait dans les rues de la ville dévastées avec une modeste escorte. On la vit pourtant. Des Thébains glissèrent par les portes entrebâillées des mines déloyales. Quelques-uns s'enhardirent à la suivre. Plusieurs s'approchèrent bientôt, puis une foule d'où montaient de méchantes rumeurs qui souillaient de poison le nom d'Akhénaton. Des poings se dressèrent contre la souveraine. Les âmes la regardaient de leurs petits yeux haineux.

Elle prit peur et serra ses enfants contre elle. Quelqu'un lui fit signe, une brave femme, une Thébaine. Celle-là les entraîna dans un lieu misérable, une maison écartée. La reine ne vit pas le piège qu'on lui tendait. Des prêtres vivaient dans cet endroit obscur, ils avaient échappé à la répression exercée à leur encontre. Elle prononça quelques mots sur le courage et la peine, quelques phrases très belles.

L'un des prêtres, chevrotant et chenu, essuyait dans un coin une vieille statue. Un plus jeune attendait, un pot de dorure à la main.

— Cesseras-tu ? disait-il à l'aîné. Le dieu s'use. Ce qu'il faut sans tarder, c'est un nouveau badigeon.

La reine n'avait pas entendu. Elle s'avança, et, par politesse, s'intéressa à l'ouvrage. Le sujet, très abîmé, était encore méconnaissable.

Près du socle, Néfertiti aperçut deux formes arrondies et vrillées que la poussière dissimulait. Elle les dégagea sans réfléchir, du bout du pied, et reconnut trop tard les cornes d'Amon, emblèmes de sa puissance.

Elle recula en chancelant et porta une main à son cœur pour retenir sa fêlure. Sa confusion alerta le jeune prêtre qui saisit l'avantage et proclama d'une voix triomphante, pour être entendu de tous :

— La reine, mes amis, vient de découvrir ce qui nous manquait... Grâce à elle, continua-t-il la langue aiguisée, ce qui était caché a été révélé.

Elle tomba à ses genoux et le supplia des yeux. Il était sans égards.

— Grâce à toi, reprit-il plus fort, toi, la grande épouse royale, l'autorité du dieu sera bientôt restaurée.

Les prêtres plus âgés hésitaient à prendre part à l'humiliation de leur souveraine. L'autre s'empara vivement des cornes et les éleva devant la face de pierre.

— Amon ! s'écria-t-il. Gloire à toi !

— Gloire à toi ! s'écrièrent-ils cette fois à l'unisson, frappés par la vision de leur idole retrouvée.

Néfertiti crispa la main sur sa poitrine pour étouffer en elle ce qui restait de chantant et de tendre et rappela ses enfants. Elle marcha vers la porte comme une absente, le corps lourd ici-bas mais l'être amoindri, pour s'effacer dans le soir infesté d'âmes glapissantes crachées dans un ultime hoquet par les martyrs d'Amon.

Elle rejoignit son père, sur place depuis quelques jours, dans un quartier épargné de la ville.

Ay avait quitté la nouvelle capitale avec un petit groupe de dignitaires. Il avait abandonné le pharaon. Akhénaton était devenu... — Ay cherchait ses mots... l'ombre de lui-même. La cruauté des deuils qui frappaient maintenant la cité, leur multiplicité, signe du recul de la foi parmi ses proches, avaient aliéné son esprit.

La nourrice Ti accueillit la famille royale avec affection. Néfertiti, affreusement éprouvée, accepta le réconfort qu'à Thèbes lui offraient ses parents.

*
* *

Accroupis dans les arbres de la cité solaire, les petits singes rêvaient à la voûte verdoyante des forêts. Ils chipèrent quelques figues, en emplirent un grand sac et prirent la fuite vers le sud. Les âmes y étaient plus colorées ; leurs ailes s'irisaient. Certaines d'entre elles parlaient.

Les enfants les virent s'en aller et les suivirent en riant. Leur mince colonne sombre força l'horizon ; la ligne étroite s'ouvrit, ils disparurent dans un nuage jaune.

Akhénaton, seul, sans ami et sans garde, assis au bord du chemin sur l'une des bornes qui délimitaient le territoire du globe, les regarda partir. Il leva la tête, sonda l'étendue vide et jeta son cœur dans le gouffre des cieux.

— Je détruirai en moi ce qui est singulier, dit-il d'une voix sourde, ce qui réclame sa part d'importance. Je meurs au monde aujourd'hui ; c'est pour ma renaissance. Je ferai de mon corps un désert qui se confondra sans douleur avec le désert, balayé par ton souffle chaud, divinité. Tu voudras peser sur moi, mais j'entrerai dans ta volonté de peser. Tu voudras me perdre dans ton vertige ; j'entrerai aussi dans ton désir de vertige. J'entrerai dans toutes tes volontés et dans tous tes désirs au point de n'être plus en rien distinct de toi. Tu m'absorberas, ce sera pour me combler. Je mourrai pour vivre un million de fois.

Ses paroles se cognèrent contre la falaise et s'éparpillèrent en plaintes déchirées par les pierres. Puis il n'y eut plus que le silence stupide des craies, dans lequel il précipita son propre silence.

Pendant ce temps Nadir, sur le trône, comptait au plafond les étoiles en stuc d'un ciel artificiel. Le désert lui manquait, il avait voulu reconstituer autour de lui son décor familier. Les étoiles pointues, plus grosses que celles qu'il voyait dehors, plus accessibles, et surtout, dont il avait ordonné lui-même l'existence, lui avaient plu bientôt plus que les vraies.

De temps à autre le souvenir de son ancienne mission à l'oasis lui revenait, mais ce souvenir était vague, très vague. Parfois pourtant, la tristesse l'envahissait. Il levait alors le bras au-dessus de sa tête et ouvrait les doigts pour reformer son palmier. Il restait ainsi des heures durant, les paupières entrebâillées sur un regard morne.

D'autres fois, il s'abîmait dans la contemplation de son image sur la paroi déformante de la couronne, à laquelle il adressait tantôt des reproches, tantôt des supplications en faisant des grimaces. D'un doigt prudent il se tâtait la face dont il aurait voulu corriger l'aspect ; il penchait la tête de droite et de gauche, retournait l'objet pour voir ce qu'il adviendrait de son reflet, et le secouait finalement, excédé, pour l'en faire tomber.

Sous un ciel matériel, qu'en est-il des sentiments élevés ? Les hauteurs disparaissent en rampant, les nuées pèsent comme le plomb, les oiseaux se remémorent en catastrophe l'usage des nageoires, les saisons s'entrechoquent, les hiérarchies s'effondrent, les seigneurs se trouvent nez à nez avec les conducteurs de troupeaux qui se confondent avec leurs bêtes, enlisés dans les boues.

Sous un ciel matériel, les pieds s'enracinent, les pensées durcissent, le sang croupit, le cœur a des humeurs.

Nadir dépérissait.

Smenkhkérê, dans sa chambre, restait tranquillement accoudé. L'eunuque, près de lui, s'affairait à des tâches minuscules. Son esprit ne semblait plus lui donner de directives hormis ce qui concernait les soins ménagers. Il remuait un coussin, refaisait l'ourlet de son pagne, en repassait les plis et traquait dans les coins la poussière.

— Laisse donc, dit Smenkhkérê que cette agitation dérangeait. J'ai patiemment éduqué ma pensée dans ce sens : aucune espèce de pointillés ne peut plus me contrarier ; derrière le point, je devine la ligne vue de face.

Son compagnon zélé le regarda d'un air désolé :

— Dix de nos serviteurs sont morts la semaine dernière, répondit-il tout bas. Et aussi trois danseuses ce matin, deux joueuses de luth et le petit chien de la cuisine. Les singes espiègles qui se pendaient aux branches des sycomores ont quitté la cité en emmenant les enfants... L'école et le temple ne retentissent plus de leurs crix joyeux.

Smenkhkérê fit la moue.

— Les singes sont partis, insista l'eunuque, mais les arbres sont surchargés d'oiseaux. Leurs branches alourdies balaient la poussière.

— Hum ? fit Smenkhkérê. Surchargés d'oiseaux ?

— Oui, vraiment, et de quelle espèce ! Des oiseaux à tête humaine, à la peau fripée et racornie, aux petits yeux haineux. Des âmes-oiseaux.

Smenkhkérê se pencha à la fenêtre.

— Je ne vois rien.

— A trois pas du palais, mon seigneur, là où la verdure forme une touffe autour d'un grand pied.

— Tu dis ?

— Par pitié ! s'écria l'eunuque en tendant le bras. Là, sur l'arbre.

Le prince ferma les yeux à demi :

— En effet. Il faut chasser ces vilaines bêtes.

L'eunuque fit un signe d'impuissance.

— Le petit, là-bas, qui se rengorge, dit Smenkhkérê au bout d'un moment d'attention soutenue... Il me rappelle quelqu'un.

Il se pencha davantage, fronça les sourcils et dit sévèrement :

— C'est cette danseuse, souviens-toi... Elle traçait dans l'espace des cercles incongrus avec son ventre qui tournoyait tout seul au milieu de son corps.

L'eunuque sourit malgré sa tristesse.

— C'est bien elle, mon maître. Les fabricants de sarcophages sont venus hier au palais pour prendre les mesures de ce corps insolent qui n'offensera plus votre vue.

— En attendant, riposta Smenkhkéré sans compassion, son âme m'importune. Arrange-toi comme tu pourras. Que l'âme s'en aille.

— Et comment le lui demanderais-je ? gémit le bon serviteur. Les âmes n'écoutent rien. On n'est pas plus têtu.

Le prince serrait les mâchoires :

— J'en vois une au loin marcher sur mon horizon comme sur un vulgaire fil à linge.

— Elles ne se laissent pas comme cela déloger de la terre, poursuivit l'eunuque faiblement. Les meilleures s'envolent très vite, dit-on, mais les autres s'attardent par ici comme pour y régler leurs comptes.

— Ma parole, elles nous en veulent, explosa enfin Smenkhkéré. Toutes ces âmes qui sautillent dans mon paysage, c'est insupportable.

— Hélas ! fit l'eunuque.

— Comment cela, hélas ?

— Je ne saurais m'expliquer avec le rêve des autres.

— Tu me fais rire.

L'eunuque se tut un moment.

— Ce que je vois, reprit-il pourtant d'une voix anxieuse, c'est que les branches des arbres ploient jusqu'à terre comme s'ils ne s'écartaient plus d'elle qu'à regret, comme s'ils avaient oublié l'invisible chemin du ciel. Les rameaux semblent envier les racines, la cime s'incline. La végétation languit à l'instar des humains.

L'évocation des arbres, et avec eux, celle des palmiers, irrita Smenkhkéré. Nadir lui revenait à la mémoire, Nadir, réplique du roi et son rival.

— Je trouve notre pharaon changé, depuis quelque temps, observa-t-il avec aigreur.

— Vraiment, demanda l'eunuque en époussetant l'omoplate de bœuf d'un geste preste.

— Il m'a fait appeler hier, alors que j'errais dans la cité en longeant les murailles. Celles-ci, blanches et lisses, fractionnaient l'espace qui me semblait sur le point de tomber en morceaux. Pas un souffle ne circulait autour d'elles. L'air paraissait rationné, réparti en portions par quartiers. Je le sentais partout captif, derrière les fenêtres closes des maisons, derrière les bouches serrées, enfermé dans la niche des joues. Je croisai deux ou trois hommes chétifs qui ne m'adressèrent pas la parole, par crainte, pensai-je, d'en laisser malencontreusement échapper... Comme si l'air ne devait plus être échangé, lui que portait naguère le cours de la voix, lui qui se renouvellait sans peine, expiré d'une poitrine, ranimé dans une autre.

L'eunuque appuya ses mains contre son cœur et répéta d'une voix grise :

— Les rares survivants sous le globe retiennent l'air prisonnier... Ils l'accumulent au fond de leurs poumons, où il stagne et moisit. Que deviennent les âmes dans leur fétide enclos ? Si seulement j'y croyais, je libérerais mon oiseau.

— Détends-toi, mon ami, répliqua Smenkhkérê avec bienveillance. Tes sourcils se retroussent.

— Que le prince me pardonne, répondit le malheureux, je suis tout déprimé. Vous disiez, mon maître, que le pharaon vous avait mandé hier ?

— C'est cela, dit Smenkhkérê dont le visage se ferma. Mon frère souhaitait voir représentés sur une même stèle les corégents, assis sous les rayons bienfaisants du soleil. Il avait convoqué un sculpteur, et nous avons posé. Nous étions à la fin si engourdis que le premier venu nous aurait pris pour deux roches... Cependant, ajouta-t-il sur un ton neutre, personne ne passa, puisque tout le monde est mort.

L'eunuque ne put réprimer un frisson.

— Presque tout le monde, corrigea-t-il obligeamment.

Il se tut. Un silence affreux s'installa peu à peu. L'eunuque avait l'impression qu'autour d'eux l'air durcissait lentement et qu'il se dressait entre le prince et lui comme un obstacle. Machinalement, il tenta d'en écarter de la main quelques pans pour s'approcher de Smenkhkérê.

— Mon maître, murmura-t-il avec inquiétude comme si tout désormais leur était néfaste, mon maître, les habitants de la cité cessent de communiquer entre eux, de peur de sentir se raréfier un air qu'ils veulent garder pour eux.

Ce que je crois, moi, c'est que Shou nous retire sa faveur si nous interrompons nos relations les uns avec les autres. La mort règne maintenant sous le globe, la peur nous a rendus égoïstes et mesquins. Le bel amour nous fait défaut.

— Le bel amour ?

— Comment dire ? Les paroles d'amour de notre Akhénaton lubrifiaient tout. Un air souple et fertile s'immisçait partout, c'était une onction vivifiante.

Smenkhkérê ne comprenait pas. L'eunuque contourna une invisible paroi et se rapprocha de lui.

— Que mon seigneur m'écoute, supplia-t-il. Parlons toujours, parlons ensemble sans arrêt, ne nous enfermons jamais dans un mutisme criminel. Nos paroles entraîneront nos souffles avec elles, l'espace se gonflera d'air, la vie reviendra.

Les habitants de la cité sont punis aujourd'hui d'avoir méconnu le message du pharaon. Ils ont abusé de sa bonté. Mais quand il a cherché auprès d'eux un peu de confiance, ils se sont détournés de lui. Ils l'ont poussé à se justifier, lui qui était au-dessus de toute justice. Ils ont mené une procédure contre lui, qui était l'innocence même. Ils ont douté, et le doute a perdu la cité.

Smenkhkérê retint au bord de ses lèvres les mots qui s'y bousculaient. L'Akhénaton qui siégeait sur le trône, précisément, lui avait paru suspect.

Il aurait tenté de l'expliquer à l'eunuque, si celui-ci ne lui avait tenu pareil discours. Doutait-il, lui aussi ?

Il médita un moment puis, parce qu'il n'y avait pas de raison qu'il gardât pour lui seul un malaise, n'y tenant plus, il dit vivement :

— Aux égards qu'il avait pour son ombre, j'ai bien vu qu'il s'agissait de Nadir et non de mon frère. D'ailleurs, je l'ai pris sur le fait, un palmier sur la tête et des O dans la bouche.

— Des O ? demanda timidement l'eunuque.

— Des O. La bouche arrondie simulait la barbotière. Dans tout cela, j'ai reconnu l'oasis.

— Je ne sais, répondit l'eunuque peiné, je n'ai pas vu le pharaon récemment. J'ai peur que la jalousie ne vous aveugle.

— Au contraire, je vois clair. Je dénoncerai l'imposteur.

— Mon maître, cela ne se peut pas. Akhénaton est un homme plein d'amour. L'amour rend responsable.

— Responsable de qui, mon pauvre ami ? La cité est vide. Les survivants s'en sont enfuis. Les enfants sont partis devant. Je te dis qu'Akhénaton a disparu et que celui qui trône au palais est aussi faux que son ciel aux étoiles pointues.

Néfertiti a définitivement quitté le globe pour rentrer à Thèbes avec son fils et les filles qui lui sont restées. La famille royale a renié Aton et a reconstitué une cour autour d'elle. Ay a pris les choses en main. Il régnerait, à ce qu'il paraît, pendant quelques années. Toutankhaton est trop jeune, trop impétueux.

Thèbes nous enverra un de ces jours un brave soldat auquel on aura expliqué le tort commis par le

Quatrième Aménophis envers la fidèle Égypte, et l'homme valeureux fera son devoir : il transpercera Nadir d'une flèche sans un remords, et la belle histoire prendra fin.

— Mon seigneur, demanda l'eunuque interloqué, comment savez-vous cela ?

— Je ne le sais pas, rétorqua Smenkhkérê, je le prévois. C'est dans le droit fil du destin.

L'eunuque enfouit son visage dans ses mains.

— ... Et notre roi, murmura-t-il consterné, qu'est-il devenu ?

Smenkhkérê lui avait repris des mains l'omoplate. Il l'ajusta à son œil pour regarder dehors.

— Pourquoi m'a-t-on détourné de la contemplation de l'horizon ? Je ne suis pas loin de penser que l'amour est une nuisance. La dune, devant moi, peut bien rouler des hanches.

— Akhénaton, mon prince... Où est-il ? répéta l'eunuque tristement.

— Eh bien, je ne sais pas, mon ami, répondit Smenkhkérê avec ennui. Pourquoi me dérange-t-on ?

Le prince n'avait plus besoin de lui. L'eunuque le salua et sortit. A l'extérieur, l'air semblait plus oppressant encore. Le malheureux progressait péniblement, les mains tendues pour repousser les blocs vitreux qui venaient heurter sa poitrine. La divinité retenait son souffle. Sa dernière expiration s'était figée en cristaux qui caracolaient dans les immensités peu à peu paralysées, embarrassées d'elles-mêmes.

La divinité retenait aussi son regard. La lumière se décomposait lentement en couleurs solitaires, qui erraient un moment, se fanaient et s'éteignaient. L'univers retournait à la fade lactescence de l'avant-monde.

249

L'air durcissait entre les doigts de l'eunuque. Il voulut les dégager et les entailla. Il regarda s'ouvrir lentement les brèches de ses blessures. La peur le gagnait. Contre elle, il appela du fond de son être ses ressources secrètes, les douceurs, la beauté. Elles s'armèrent et le gardèrent vivant.

Il aperçut, non loin de lui, derrière les épaisseurs ternes, un homme au geste interrompu, un tailleur de pierre, captif de l'air solide qu'il tentait de sculpter pour le vendre. Il y avait à ses pieds un sarcophage ébauché. La masse reprit ses droits ; elle ravala ce qu'on lui avait ravi. La glace engloutit le sarcophage.

L'arche de la ville était déjà prisonnière d'une chape à demi transparente qui s'était abattue sur elle et les maisons avoisinantes en surprenant leurs habitants sur le seuil, alors qu'ils tâchaient de s'enfuir. L'eunuque compta en tout sept ou huit vieillards. Il s'approcha lentement de la paroi blanchâtre pour les observer. Ils avaient tous la bouche close.

Il sentait la léthargie le vaincre peu à peu. Il fallait parler à tout prix. Parler. Trouver en soi un souffle chaud pour libérer ce qui se figeait dehors.

Les mots, au fond de lui, se choquaient les uns les autres, l'humain appareil s'enrayait. Dans un dernier effort, il s'empara de ceux qui lui parvenait en désordre et jeta le tout à la face de la divinité.

— Divinité ! cria-t-il. Ta ville meurt. N'auras-tu pas pour elle une parole, pour que l'air se détende et circule ? Divinité ! Ton souffle sur la cité !

L'espace se fendit autour de lui. L'air cédait. Des cristaux tranchants tombèrent d'entre ses doigts. Ses coudes, ses épaules, son cou, se dégagèrent rapidement, ses jambes n'avaient plus d'entraves.

L'eunuque rit nerveusement. Son rire se porta sur un arbre proche et fit éclater l'enveloppe glacée. Il leva les yeux et chercha en haut le soleil, mais celui-ci avait disparu derrière l'écran opaque. La colère lui monta à la gorge. Il rassembla toutes les rages de son être, toutes les violences, les amertumes et les souffrances et hurla dans le ciel :

— Divinité impitoyable ! Une parole de toi... Même une injure, même un mensonge ! Ta parole sur les hommes, pour qu'ils vivent ! Nous renonçons à ta vérité, garde-là jalousement. Maudis-nous et mens ! Il nous faut tes brûlantes exhalaisons... Moi, l'eunuque, moi, l'homme et la femme, en tête à tête avec toi mon semblable, moi l'impuissant, je m'en prends à ta toute-puissance et nous estime égaux, car je parle. Ton secret, je le connais. Je parle, et de la sorte, tu ne te tais pas.

L'eunuque sourit. Une douce tiédeur lui frôlait la joue. Au Zénith, le soleil dégageait ses rayons un à un de la solide emprise.

Il rentra précipitamment au palais et trouva le prince immobile à la place où il l'avait laissé, les yeux gelés, la bouche serrée, le bras raidi, pendant devant lui.

Il se pencha par-dessus l'épaule de Smenkhkérê et aperçut sur le sol l'omoplate de bœuf qui s'était brisée en tombant. Il arracha le prince de l'appui de la fenêtre ; Smenkhkérê geignit, sans ouvrir la bouche. L'eunuque le souffleta ; il grimaça. Ses lèvres s'ouvriraient-elles ?

Il s'exclama enfin, fâché :

— Qui me bat ?

Une pluie de minuscules fragments vitreux se détacha de son visage.

L'eunuque rit cette fois de grand cœur. De lui montaient de chaudes merveilles, d'énormes bontés qu'il prodiguait à la ronde. La chaleur de son souffle leur frayait un passage dans la gorge glaciale de la divinité.

Il entraîna le prince hors de la cité et ils coururent tous deux au désert.

Derrière eux, le soleil étirait ses longs bras maigres sur le lieu meurtri. Les maisons, pour la plupart, n'avaient pas résisté aux pressions célestes. Leur ventre blanc s'était ouvert, elles montraient le vide de leur dedans. Des ombres noires se serraient sous les débris. On aurait dit des blattes, des insectes peureux. Les scarabées avaient fui.

Grimpé sur un fauteuil doré, sur un monceau de cassons d'étoiles, il y avait un petit homme étrange, au crâne ovoïde, une couronne sur les genoux, qui parlait à ses paumes. Les courtisans l'avaient abandonné. Il tournait et retournait sa couronne. Les yeux de son reflet ne quittaient pas les siens, et la bouche de métal conversait avec la sienne.

— En me parlant ainsi, dit-il, je me maintiens vivant. N'ai-je pas raison d'être fier, quand mes mains contiennent le cercle du monde, et quand mes pieds reposent sur un tapis d'étoiles ?

Et il trépignait sur le stuc colorié jusqu'à réduire en poudre peu à peu les étoiles. Personne ne l'entendait. Personne ne le voyait. Il n'existait plus qu'à peine.

Un homme pourtant s'avança, entièrement recouvert de poussière. C'était le peintre des réalités.

— Les réalités demeurent, quoi qu'on en pense, dit-il à Nadir. Je suis là. Considère-moi.

Nadir ne le vit pas. L'homme le laissa au mirage et se dirigea vers le temple presque intact. Par l'ouverture carrée soufflait une paisible brise. Le peintre regarda un instant le ciel par le trou et constata qu'il était vide.

Il souhaita quitter le domaine du globe, changer de contrée. « Plus tard, peut-être... » murmura-t-il en s'éloignant.

En partant, il croisa un soldat, un soldat valeureux venu faire son devoir.

— Où vas-tu ? lui demanda le peintre.

L'homme salua gaillardement.

— Dépêché par Horemheb, sous les ordres du nouveau souverain, le grand Ay à la noble figure, je sauverai la fidèle Égypte du péril du Quatrième Aménophis, répondit-il.

Le peintre ferma les yeux et hocha la tête. Puis il s'en alla. La poussière effaça bientôt la trace de ses pas.

*
* *

Le prince et son serviteur marchèrent longtemps sans se retourner. L'ancien domaine d'Aton avait disparu dans la grisaille. Smenkhkérê, épuisé, trébucha contre une pierre et resta étendu dans les sables. L'eunuque l'exhorta à se lever.

— Mon maître, veillons toujours. Gardez-vous de plonger dans le sommeil. Le cheval de vent vous recouvrirait de poussière en passant et vous péririez enseveli. Notre chemin est perdu, je le cherche. Je ne m'écarterai pas au-delà d'une centaine de pas, au détour de l'oreille de la dune, où les sables tourbillonnent. J'aperçois là-bas l'oasis.

253

Smenkhkérê fit de la main un signe bref et s'allongea mieux encore.

Un peu de temps s'écoula ainsi. Il ne distingait plus son compagnon. L'oasis était-elle un but raisonnable ? Il ferma les paupières et s'assoupit pour de bon. Tout à coup, il sursauta. Les sables chuchotaient. Un serpent surgit de derrière la pierre, près de sa tête. Smenkhkérê s'assit sur son séant et vit l'animal qui faisait des boucles sur le sol.

— Un cobra, remarqua-t-il sans manifester la moindre crainte. Cesseras-tu d'onduler ?

Le serpent le regardait fixement. Smenkhkérê ferma un œil. L'omoplate de bœuf lui manquait.

« Pourquoi, songeait-il simultanément, le pharaon chercha-t-il toujours à outrepasser les droits de toutes sortes ? Certains prétendent que le monde est une boîte fermée, sur le modèle du sarcophage. Pourquoi sortir du domaine à nous concédé et enjamber le garde-fou ? Akhénaton dit que l'on ne peut s'appuyer à l'horizon contre un mur de ciel. C'est simple, il me donne le vertige. »

— Au point où j'en suis, poursuivit-il tout haut à l'adresse du serpent, la ligne même de ton corps m'attire. Tu te dresses dans l'azur comme un membre de la terre... Terre et ciel, en toi, tout se résout. Dans ta housse de peau, la fange d'en-bas, mais ta forme épurée trace les signes furtifs de la grande écriture divine.

Le serpent ne bougeait pas.

— La ligne de ton corps... répéta Smenkhkérê fasciné par la fente noire sur le fond jaune de l'œil.

Les ocres pâles du désert et les ors violents du soleil qui fichait ses banderilles dans la poitrine de la dune miroitaient sur les prunelles de l'animal. La haine jaune, pour que le noir recule.

Le serpent remua. Smenkhkérê bégaya :

— Qu'as-tu écrit ? Quel ultime message est-ce là ?
Il supplia :

— La ligne de ton corps... Une droite parfaite, une dernière fois...

La Nuit s'enfla d'orgueil et gagna sur le jaune. Le soleil disparut des yeux sauvages. Le cobra se ramassa sur lui-même, se détendit brusquement, et saisit Smenkhkérê à la gorge.

L'eunuque s'approchait de l'oreille de la dune et rencontra le cheval de vent, les naseaux dilatés par le souffle brûlant de la divinité.

Le cheval le bouscula de son vaste poitrail. En dedans, ses poumons s'élargissaient et comprimaient son cœur, mais dans leur ciel croissaient deux arbres magnifiques, deux saules gigantesques aux branchages chargés de milliers d'oiseaux. L'eunuque les vit, serrés les uns contre les autres, des oiseaux noirs et blancs, des milliers d'hirondelles, et reconnut les âmes.

Les âmes le regardaient avec patience. L'amertume les avait quittées, et le désir de vengeance. Elles renonçaient à leur demeure terrestre. Leurs yeux étaient délivrés des images du passé ; celles-ci vinrent s'ajouter à la multitude d'images plus anciennes qui composaient le feuillage de l'arbre. Leurs chants criards s'étaient évanouis dans les cavités du grand corps de vent, empli de résonances inouïes. Leurs voix se propageaient sous la voûte des côtes et s'enfonçaient lentement dans les épaisseurs tièdes de l'architecture étrange.

Le cheval de vent secoua la tête. Son regard vers les nuées déployait les nuées.

L'eunuque crut voir l'oasis à quelques pas et voulut s'y noyer. Le cheval le conduisit vers l'oreille de la dune.

— Que l'oreille de sable engloutisse la bouche bavarde, ordonna la divinité. Que cette bouche se ferme à jamais, bouche insolente, bouche trop puissante. Bouche innocente. Innocence insolente.

L'oreille de sable s'ouvrit et engloutit l'eunuque. Le cheval s'élança au galop sur la dune.

Elle avait rassemblé les dépouilles éparses des mondes passés pour se façonner un corps de femme. Elle avait amassé un à un les petits grains secs avec l'idée d'en faire un ventre, des seins, pour provoquer la vie. Elle avait eu l'impudence de défier la divinité, mais le désert était un cimetière ; il suffisait à celle-ci d'envoyer son cheval de vent pour aplanir la dune.

Le cheval se cabra. La crinière rejetée en arrière zébra les cieux dont les chairs se fendirent. Mille étoiles en tombèrent, mille pluies, mille neiges. Les neiges s'envolèrent et les pluies s'enfuirent. Les étoiles se fracassèrent au désert. Le ciel vomit son soleil qui se répandit en mauvais jaunes, en caillots mauves.

La divinité flatta l'encolure du cheval de vent. Il continua au petit trot sa course au désert et s'arrêta devant de curieux monticules de sable. D'un souffle, il libéra les sphinx. Du côté de Thèbes, un groupe de jeunes ibis s'envola en tachant de blanc les acacias.

La divinité le lança ensuite au plus profond du désert. Il atteignit l'oasis, et se pencha sur son image d'eau. Il se vit là, dans cette liqueur, chevauché par Akhénaton.

Le cheval lappa son image et but Akhénaton. Il fit quelques pas autour de la mare, approcha ses lèvres du soleil, une dernière flaque ronde qui flottait près du bord, et but aussi le soleil. En dedans, Akhénaton reçut sa lumière en plein visage et rit de se retrouver tout doré, sans ombre aucune. Son rire gonfla le poitrail du cheval de vent qui s'éleva jusqu'au zénith.

Le zénith n'est pas un point final, tout en haut du ciel. C'est un petit point comme un autre, au milieu d'un pollen.

Fragments d'histoire
déchiffrés sur l'envers des poteries,
sur la section triangulaire des papyrus,
et saisis à la hâte sur les parois du vent...

D'un rêve de la divinité le monde est issu,
Son regard s'est répandu en eau.
L'histoire du monde, tel fut le rêve de l'eau,
Son rêve effrayant.

Des pierres humaines en jaillirent spontanément,
Comme un balbutiement de la terre.
Des bulles de pierre, les crânes des hommes.

On dit que parfois le flot de la divinité les rudoie
Et les renverse,
Et que l'eau de ses débordements se déverse
Dans les coupes offertes.
Un certain roi à la tête enflée fut amplement
Moqué à cause de cet œdème.

L'histoire en sera contée de monde en monde
Et d'éternité en éternité,
L'histoire de l'œdème,
Celle des eaux de la divine naissance.

Les hommes marchent et progressent et allant
Ils s'éloignent.
Parce qu'ils vont ils quittent et quittant
Ils perdent.
De la sorte ils vieillissent.

Le sage ne se fatigue ni ne s'use,
Il se meut sur les sables
Et glisse sans en souffrir d'un temps à un autre.
Il se garde se prendre, de peur de laisser choir,
Il se garde de vouloir.
Il dit :
Aux abords de la divinité,
La volonté est un souvenir inutile.

Le sage dit souvent :
La volonté se raidissait,
Mais elle ondule maintenant
Et son souvenir s'enfuit dans les roseaux.

La survivance des sables et la redoutable
Puissance de la divinité,
Tel est le murmure obsédant du sage
Parmi les roseaux.

La divinité infiltre dans la terre le désir aqueux
Et suscite sa soif des connaissances
De l'avant-monde.
Elle imprime son intolérable roulis
Au cœur des pierres
Et les arrache à la terre maternelle.

Le roi dit :
Voyez les sables du désert. Les billes de sable
Sont les prunelles durcies des yeux apeurés,
Quand les hommes sont abandonnés
Par la divinité.
Les sables sont ardents de leur ardeur passée,
De là vient le charme inquiétant
Et l'infinie tristesse du désert...

À la surface de la terre les délaissés
Poudroient longtemps,
Et la divinité contemple leur image désolée.
Le roi murmure son émoi devant la belle mort
Des désirs abandonnés, leur triste mort,
Et les dunes au loin frissonnent à son murmure
Qui se perd dans les roseaux.

Ne voyez-vous pas que la divinité souffla
Sur la terre
Pour former les bulles de pierre ?
Le souffle expiré et leur vide éclaté,
Voici ce qui leur reste.

Mieux vaut pourtant une plaie hurlante de la terre
Que son silence stupide, dit le roi.
Un cratère de la terre est un vase pour la divinité.

Il se lamente et gémit,
Mais ses paroles ondulent sur la tiède haleine
Du désert
Et s'enfuient avec elle.

Les béances déchirées, des bouches de la terre,
Des gouffres d'insatisfaction.

Le besoin humain de complétude,
Son désir de l'eau précieuse,
La divinité refuse de le satisfaire.

Elle l'emporte sur le dense et le compact,
La pesanteur muette, elle l'interdit.
Il faut cette fièvre, dit le roi.

De temps à autre elle souffle sur la terre.
Il faut cette fièvre et cette enflure
Pour que des vases soient creusés,
Il le répète inlassablement.

*
* *

Le roi lève ses mains aux doigts immenses et dit :
— La terre germine d'une étrange
Germination.

Le roi arrondit la bouche et dit :
— La terre bourgeonne d'un bourgeonnement
Bouillonnant,
Les bulles de pierre sont filles
De la terre effervescente.

La première eau ensemença l'univers,
Et l'Oie légendaire pondit l'œuf initial
Pour le pullulement des milliers d'êtres.

De lui sont nés tant d'oiseaux,
Qui peuplent maintenant les sables et les étangs !
Le vautour et l'épervier,
L'ibis et l'hirondelle, la demoiselle de Numidie.

Les hommes tendent la main vers ses oiseaux
Fabuleux
Pour apprivoiser la divinité.
Pour s'approprier la divine connaissance
Ils s'emparent de la tête de l'ibis
Et la posent sur leurs épaules,
Ils s'emparent de la tête du faucon,
Et les mondes sont dans la confusion.

*
* *

L'Informe contient toutes les formes,
L'Unique résume tous les pluriels.
Dans l'espace turbulent s'est faite
La fatale échancrure de la naissance.
Divinité !
Que n'a-t-elle arrondi la bouche
Pour ouvrir le monde d'un baiser ?
Mais c'est dans la douloureuse échancrure
Qu'est notre espace vital.

Le disque du soleil
Se pose sur les bras tendus du tamaris,
L'œil de la divinité,
Voici l'œuf et la graine, disait le roi.

— Le roi, dit le roi, s'il est intact,
La divinité est intacte, et le contraire est vrai.
Si je resplendis, elle resplendit,
Qu'elle brille et je brille,
Car j'ai eu pour premier vêtement
La tunique de l'œil.

Sur le miroir ovale flotte le disque sacré.
Quelles paupières sertissent le miroir de l'œil ?
Quand celui-ci regarde,
Mille et des myriades regardent.

*

* *

La vie appartient à l'œuf initial,
Les œufs de pierre gisent fracassés
Dans la poussière.
La divinité est-elle complexe et divisible ?
Par malheur est-elle friable ?

Par bonheur, il y a la lumière.

Il s'écrie :
— La lumière nous aveugle,
Coupable de la nuit, c'est la lumière.
Mes sentiments pour celle qui cisèle
Mes paupières, je dois les étouffer.
Lumière aux doigts pointus,
Aux couteaux douloureux !
Le sot lève les yeux vers elle, et elle le foudroie.
Le crédule la désire, et elle le dévore jusqu'à l'os.

Il s'écrie :
— Mère abusive,
Méchante mère à l'oppressante chaleur
Complice des tragiques éclosions.
Mère tyrannique, belle en grand deuil,
Femme coquette qui se pare de nos morts.
Un collier de jais au cou de la divinité,
Les bulles de pierre.

Pauvre roi, parce qu'il est laissé sans protection !
Infortunée, l'intelligence lucide !
L'amour invente les oasis, mais
L'intelligence est vouée au sec et à l'aride.
Pourtant elle a ses propres ruses et rêve l'oasis.
L'essentiel, c'est l'oasis.

Il s'écrie :
La lumière feint d'être une et tendue,
Mais elle jaillit d'yeux multiples.
La divinité n'est-elle que brisures brasillantes ?
Monde, prends garde !
Sujette aux éblouissements, c'est la divinité.

Sais-je de quoi sont faits les multiples cieux ?
J'appartiens à la première étendue,
Je suis né de la première espérance
Et du premier devenir.
Si je suis intact, la divinité est intacte.

Comment douter du souffle
Qui tend ciel sur ciel pour votre avenir
Et étire infiniment l'espace ?
Si vous doutez, vous mourez, le monde disparaît.

Parce que je feins, j'existe, et par ma ruse
Je vous maintiens.
Que sais-je des célestes étendues ?
Mais parce que je crois, je confirme,
Et parce que j'aime je rends fertile.

Le doute de la mort l'anéantit,
L'illusoire résurrection est vraisemblable.
Vraisemblable et Véridique se valent
Dans la divine réalité.

Vraisemblable et Véridique,
Les deux poumons de la divinité.

Pour les oiseaux,
Elle a déchiré des lambeaux d'aurore,
Elle a soufflé sur les franges du vent
Et a donné vie aux formes effilochées.

Qui les croyait issus de l'Œuf ?
L'Œuf exclut-il d'autres naissances ?
La divinité a toutes les possibilités,
La vérité est sans forme et sans fin,
Elle est sans préférence.
« Toutes choses ensemble »,
Un nom pour la divinité.

Que disais-je des oiseaux ? demande le roi.
Des écumes arrachées à la mer.
Qu'en disais-je encore ?
Toutes choses sont vraies simultanément.

Les oiseaux sont l'âme des morts.
Dans les jardins du Nil, les âmes
Se perchent sur les branches du sycomore.

Qu'elles retournent à la source éternelle !
Rien n'est perdu pour la divinité
Qui accorde tout avec intérêt.
« Excellente Régente »,
Un autre nom pour la divinité.
Que dis-je ? Que dis-je ?

Près du Nedyt, Seth tua Osiris et le réduisit
En morceaux qu'il jeta à l'eau.
Qui le tua ? Son frère le fit.
La divinité réchauffe en son sein les frères
Hostiles
Et les lance dans l'avenir.
Osiris, c'est le bien ! Seth, c'est le mal !

Le serpent redouté est un membre allongé,
Un sceptre imposant.
Cause des malheurs du monde, c'est le serpent.
Père de l'humanité, est-ce lui ?

Le lion à la gueule blanche,
C'est le membre d'Osiris,
Le lion à la gueule écumante, n'est-ce pas le soleil,
Celui de la divinité ?

Ô l'être incertain, et la pesante énigme !
Le phallus obstiné a plongé dans la mer
Et semé d'éternité le firmament liquide.

Le désert apporte son témoignage,
Les billes de sable s'expriment,
Et les bulles de pierre prennent la parole.

L'œil vertigineux fulmine,
D'une larme, il crée l'univers,
D'un regard il le cerne.
Ce qu'aime la divinité, c'est la contemplation
De l'abîme et sa désolation.

Son œil s'ouvre sur la terre,
Gare à l'œil vagabond !
Semblable au cobra femelle
Quand la rage enfle sa gorge,
Quand le fluide vital parcourt son corps sinueux :

Il cingle comme le feu. Ce qu'il a vivifié,
Il le consumme.
Gare à l'œil mortifère !

Des paupières de la divinité s'échappent
De longs serpents,
Ses regards nouent des liens définitifs.

Notre temps est-il compté ?
La divinité régit le temps à son gré et distribue
Rigoureusement les mesures de soleil.
La direction des ombres,
C'est le doigt pointé de la divinité.

Les planètes se sont échappées de sa main,
Comme le sable des doigts rêveurs.
La main de la mère monumentale s'est effritée,
L'univers est une roche détritique.
La manifestation de la divinité,
Est-ce sa mort ?

Sa générosité, c'est l'éternité,
Mais son étroitesse la mort et la fin lamentable
Et l'oubli des sables,
Répète l'inquiet des choses.

L'expiration de la divinité cause l'exubérance
De l'univers,
Mais l'enfouissement du souffle
Dans le sein obscur
Prépare la renaissance, répond le roi.

Elle plante le gnomon dans le cœur de l'univers
Pour que le temps féconde l'espace.
Ainsi soit-il !
Monde, quel est ton avenir ?

La séparation et la décomposition, pour la vie
Et l'éternité,
Tel est son plan, son vouloir effrayant.

Dans le rouleau de la grande oreille
Elle retient le déferlement volubile.
La musique me rive au mystère essentiel.

La divinité m'a confié l'insupportable éternité
Et mon vase n'a pu contenir sa réalité
Gigantesque.
Suis-je vivant ?
Je reflétais sans réfléchir, l'évidence m'aveugle.
Prodigieuse infirmité !
Je vois.
— Qu'est-ce ?
— Le désert est un grenier.
— Qu'est-ce ?

Suis-je vivant ?
En miettes, je suis en état.
L'illusion m'avait assuré l'existence,
Le vrai est-il vivable ?

Paix merveilleuse ! Lait et miel !
Ma coque éclate, j'explose en plein ciel.
Ma mémoire se dissémine dans l'infini
Comme un pollen.

Dans la même collection

Keyserling Hermann (comte de), *Journal de voyage d'un philosophe*
Lawrence D.H., *La Vierge et le Gitan*
Le Breton Auguste, *Du Rebecca chez les Aristos*
   Mémoires. Ils ont dansé le rififi
Lennon John, *Éclats de ciel écrits par ouï-dire*
Martin Hervé, *Le Fils de Minos*
Maugham Somerset William, *La Comédienne*
   Liza
   Mrs Graddock
Meyrink Gustav, *L'Ange à la fenêtre d'Occident*
   Le Dominicain blanc
   Histoires fantastiques
   Le Visage vert
Morgan Charles, *Sparkenbroke*
Norse Harold, *Mémoires d'un ange bâtard*
Roussin André, *Treize comédies en un acte*
Shelley Mary, *Le Dernier homme*
   Frankenstein
Soulat Robert, *Oncle Zach*
   Mais où donc est passé le Gulf Stream ?
Willy de Spens, *La Route de Varenne*
Teilhard de Chardin Pierre, *Lettres inédites*

CET OUVRAGE A ÉTÉ REPRODUIT
ET ACHEVÉ D'IMPRIMER SUR ROTO-PAGE
PAR L'IMPRIMERIE FLOCH À MAYENNE
EN DÉCEMBRE 1991

Le Rocher
28, rue Comte-Félix-Gastaldi
Monaco

Dépôt légal : décembre 1991.
Nᵒ d'Édition : CNE section commerce et industrie
Monaco 19023.
Nᵒ d'impression : 31685.
Imprimé en France

196059

MAGASIN **3**